中国百年工业文学大系

丛书主编　贾玉民　樊洛平

诗歌卷

柴高洁　主编

中国工人出版社

本卷主编简介

- 柴高洁，南开大学文学博士，现任职于中原工学院外国语学院，副教授，硕士生导师，青年骨干教师，长期从事中国新诗研究，近年来关注中国工业诗歌创作。主持结项国家社科基金后期资助《20 世纪台湾现代诗的突围与转型研究》，发表诗学论文 30 余篇。

顾　问

（按姓氏笔画排序）

何向阳　张　炯　谈　歌

梁晓声　董学文　蒋子龙

出版说明

一、缘起

为庆祝中华全国总工会成立100周年，中国工人出版社特组织编纂《中国百年工业文学大系》丛书。文学作品是社会现实的形象反映。本丛书的编纂，全面整理百年来工业文学作品及相关资料，精选优秀作品，按体裁分类，编成20卷的丛书，生动、形象地呈现百年来中国工业化的历程，呈现中国工人阶级的命运和奋斗历史，呈现中华全国总工会在中国共产党领导下，与工人运动一同发展壮大的图景，有助于讲好中国工人阶级故事、中国工业故事和中国工会故事，为更好继承弘扬革命传统，创造未来提供历史借鉴。

二、编纂团队

本丛书编纂团队由《20世纪中国工业文学史》和《中国工人文学史》的作者为基础，邀请郑州大学、河北师范大学、河北大学、河南师范大学、河南理工大学、中原工学院等院校为合作单位，以研究中国工业文学的专家、学者共同组成编辑团队，分工合作，在中国工人出版社的指导下共同完成编纂工作。

三、选录作品范围

重点选录反映工业生活、描写工业人物、揭示工业领域社会问题的优秀作品，根据中国具体情况，适度收录有关传统手工业、商业、人力车夫、纤夫等生活的作品。兼顾各历史阶段、各阶级、各阶层、各个地域、各种产业、各种体裁作品；兼顾专业作家、工人作家、业余作者。

四、编纂原则

真：选录的作品，基本以初发或初版为准，个别作品使用与初版接近“最佳”版本，使其成为中国工业文学发展史的可靠文献。其中繁体字须改为规范简化字；标点符号改为规范格式；错别字给予纠正，加注说明。原作署名为非通用笔名的，注明其真名或通用笔名。

专：各卷按文学体裁编列，分别为史论卷、报告文学卷、短篇小说卷、中篇小说卷、长篇小说卷、诗歌卷、散文卷、剧本卷、电影文学卷、电视文学卷、资料卷。各卷均有独立性，组合又具统一性、逻辑性。

精：各卷首的“导读”，长篇作品的“提要”、节选作品的“简介”，各篇所加注释，务求内容准确、文字简明。

鸦片战争后，中国近代工业开始萌芽，至今已近200年；从中国工人阶级队伍略具规模，至今也已百年以上。这期间出现的各类工业题材文学创作，虽然赶不上“乡土文学”等传统题材作品数量之多，但也可称数量巨大。我们的编纂工作肯定存在不少缺陷，切望有关作家、专家、学者，广大读者批评。

2025年4月

《中国百年工业文学大系》在编纂过程中，有幸收录了众多作家描绘工业岁月的珍贵作品，这些文字是中国工业发展的重要记忆载体。由于时间跨度长、信息更迭等客观因素，书稿付梓之时仍有部分作者未能取得联系，对此我们深感歉意与遗憾。恳请尚未联系上的作者或家属看到成书后，及时与我们取得联系，以完善作品收录的后续事宜。

总序

深刻反映时代巨变，描绘时代精神图谱
——新时代呼唤工业文学的繁荣

“文化是民族的精神命脉，文艺是时代的号角。”习近平总书记的这一重要论断，深刻揭示了文艺与时代的紧密联系。文艺作为社会生活的镜像与人类精神的诗性表达，始终与时代同频共振、血脉相连。它不仅是时代变迁的见证者，更是时代精神的塑造者和引领者，在为我们展现历史巨变的同时，也将中华民族伟大复兴的壮阔征程熔铸成一幅可触可感的精神图谱。

100 多年前，我国近代工业刚刚产生，就陷入帝国主义列强的围堵和封建专制的压迫之下，在其筚路蓝缕的艰辛跋涉中，20 世纪上半叶就有茅盾、夏衍等作家描写民族资产阶级“工业救国”梦的破产，描写工人阶级的悲惨处境和觉醒斗争，创作了《子夜》《包身工》等优秀作品。新中国成立后，在大规模经济建设中，更多作家长期深入工矿生活，创作了许多新作，如草明的《乘风破浪》、雷加的《潜力》三部曲、艾芜的《百炼成钢》、艾明之的《火种》等长篇小说以及李季赞颂玉门石油基地的诗歌等，出现了工业文学的初次繁荣。而工人

作家胡万春、万国儒等的崛起，则开了工人写工人的先河。到了改革开放大潮中，反映工业战线生活的作品更如雨后春笋，蒋子龙的《乔厂长上任记》等系列，张洁荣获茅盾文学奖的《沉重的翅膀》、程树臻的报告文学《励精图治》，以及众多作家反映工人生活的中短篇小说、诗歌和剧本等，势如乘风破浪，冲上改革文学的前沿。伴随着改革深化和经济转型，在“新写实”和“现实主义回归”文学潮中，又涌现出一批沉甸甸的作品，如张宏森、肖克凡、谈歌等作家真实反映国企工人经历的转型期阵痛的佳作。而“打工文学”在珠江三角洲等沿海经济特区异军突起，更成为新时期工人写工业文学的一道新风景。

从党的十八大开始，中国特色社会主义进入新时代，进一步强化了工人阶级是国家的领导阶级和主人翁地位。在《关于繁荣发展社会主义文艺的意见》指引下，文艺界克服价值扭曲、娱乐至上、唯市场化等倾向，用现实主义精神和浪漫主义情怀观照生活，歌颂光明、抒发理想，鞭挞丑恶、抵制低俗，给人民以信心和力量，在工业文学方面产生了一批讴歌大国重器、“中国制造”的响当当的作品。同时以“知青文学”而闻名的梁晓声，创作了长篇小说《人世间》，描写知青回城前后几个工人家庭两代人的生活变迁，以其动人肺腑的笔力而荣获茅盾文学奖。一向书写矿山工人生活的刘庆邦，以现实主义笔触展示了不同类型的煤矿工人的人生。不少剧作家也创作或改编了描写工业和工人生活的剧本，搬上屏幕，受到广大观众的欢迎。

百余年来，中国工业文学由小到大，由弱到强，形象地记录了中国工人阶级的发展历程。从百年前郁达夫笔下的女工陈二妹，到蒋光慈小说中的工人形象，从《百炼成钢》的秦德贵到报告文学中真实的英雄孟泰、王崇伦、王进喜、赵梦桃等等，构成了中国工业领域的英雄人物画廊，构成了工人阶级光辉的斗争史和成长史。感谢中国工人出版社和主编本丛书的贾玉民、樊洛平诸位教授学者，经过多年努力，辛勤劳作，为广大读者编成此套规模宏大、内容丰富的选本，自是一项盛举！

如今，中国工业文学作家面前仍然任重而道远。

首先，和我国工业迅速崛起的势头相比，工业文学的反映还远远不够。工业文化，尤其是21世纪以来，极速变化，迅速飞腾，节奏之快，前所未有。这就要求我们身在工业战线、对这种伟大变化有深切感受的工业作家，肩负起历史使命，拿出更多新的好作品来。

其次，和经典作品相比，相当一部分工业文学作品对现实的剖析和人物心理世界的开掘还不够深刻，还少有触及这方面深层次的观念冲突、心理变化和复杂的矛盾斗争的新作。随着城市化的加速，新工人、新市民成亿增加，对工业文学的期待必将日益强烈。

中国实现工业化、现代化，是多少代人的理想和立国之本。新时代呼唤工业文学的繁荣。这既是挑战，更是机遇。工业文学作家和工业战线的文学业余作者，自应把握这个历史机遇，全身心地投入这场新的工业革命，投入由农业文明向工业文明的深刻变革之中，在实践中观察，体验，对工业基础以及高端装备等建设成果努力深切了解，对这场变革中的各种人物表现有更生动把握，从而掌握扎实的生活素材，奠定工业文学更生动更深厚的基础。我们深信，广大读者都会殷切期待作家、艺术家的进一步努力，充分认识所承担的历史重任，开出灿烂的文艺之花。希望广大工业战线的文艺工作者不辜负时代召唤、不辜负人民期待，描绘出中华文明古国在21世纪工业腾飞的足迹，绘出民族的精神图谱，奏出时代的最强音。

张　炯

2025年春于苏州

导言

1840年鸦片战争之后，在“西学东渐”“师夷长技以制夷”“科学救国”等思潮影响之下，西方“工业革命”裹挟的“现代性”意涵，逐渐被我国知识分子认知并倚重。工业与“现代性”的缠绕关系，使得工业发展在我国近现代社会转型时期显得意义尤为重大。一方面，现代工业带来物质财富的迅速增加，确实可以让“现代化”梦想照进现实；另一方面，工业发展中涌现的工人阶级，更是成为革命斗争的生力军。这些都使得现代工业在我国近现代社会发展之初，就被赋予了“革命性”内涵。

显而易见，工业发展与人们的生活息息相关，工业化也一直被指认为强国富民的必由之路，转变传统的农耕生活到“现代化”的工业时代，也就成为近现代以来中国发展的重要目标。如此，也就不难理解为什么五四前后，陈独秀会在《新青年》杂志上多次撰文阐述其工业化思想；也就不难理解1920年6月，当郭沫若站在日本门司市西郊笔立山上，情不自禁地感叹，“大都会的脉搏呀！ / 生的鼓动呀！……黑沉沉的海湾，停泊着的轮船，进行着的轮船，数不尽的轮船，/ 一枝枝的烟筒都开着了朵黑色的牡丹呀！ / 哦哦，二十世纪的名花！ / 近代文明的严母呀！”(《笔立山头展望》)。这首短诗，节奏感十足，短短十六行，就用了8次感叹词“呀”，以及11个感叹号，激动之情溢于言表。诗中对“天郊烟幕”“轮船”“烟筒”的赞美，无疑是对现代工业文明的神往。

事实证明，作为文体“先锋”的诗歌，承担起了反映工业发展的重任。爬梳百余年工业诗歌文本，从人力车夫、铁匠、纺纱女工、矿工到纺织业、煤炭工业、石油工业、汽车工业，以及21世纪以来的物联网、大数据、航天航空、跨海大桥、深海探测等等不一而足，工业诗歌已然构成了与现代工业发展的深度互动。并且诗歌因为与心灵、精神的切近，工业诗歌必然地蕴含着诗人对工业发展的批判性思考，印记着工业与人际关系的变动轨迹。所以，梳理百余年工业诗歌，不仅仅是对其内容与艺术的考察，更是对现代性、现代化的社会诉求，对命运、存在的理性思考，对革命、社会地位的伦理考量。

一

按照恩格斯的观点，工业发展的一般历程分为手工业、工场手工业、现代工业三种历时性形态。鸦片战争之前，中国封建王朝在“重农抑商”思想，抑或是出于安全考虑，对于铜、铁、木等工业原材料，管禁甚严，使得传统手工业发展缓慢甚至停滞于满足自给自足的自然经济循环之中。为数不多的工场手工业，基本也都在官府督办或直接官办的形式下，呈现出远远落后于西方工场手工业的特征。鸦片战争之后，西方列强对中国的商品倾销，以及资本的涌入，迫使中国滑入半殖民地半封建社会，一方面，使我国封建经济体制加速瓦解，大批农民、传统手工业者破产，另一方面，使我国工业发展跳跃性地被卷入机器生产的近代工业。

当然，由于外有列强的扼制，内有封建专制的压迫，在清末民初，中国工业的发展严重滞后，而且呈现出半封建半殖民地的“畸形”状态，使得中国工人阶级在一开始就面临着帝国主义、封建主义、资产阶级的三重压迫。工人工作时间长，工作环境恶劣，工资收入低微，童工和女工也占比例较大。有压迫就有反抗，中国工人阶级的先锋性，体现在众多的罢工等斗争中。据史料记载，1894 年前，全国各地罢工有 71 次，绝大多数为手工业工人、苦力运输工人和矿工。1895 年到 1913 年，全国罢工 277 次，其中近代产业工人罢工 143 次，罢工最多的是缫丝厂和棉纺织厂，其次是煤矿和铁路工人。五四运动前后，随着产业工人规模的扩大，工人斗争高涨，1914 年到 1919 年，平均每年罢工达 34.7 次，其中 1919 年就有 60 次[①]。这些工人阶级受压迫的事实以及斗争精神都反映在工业诗歌文本中。

反映工人阶级受剥削的诗歌文本不胜枚举，沈玄庐的《工人乐》《起劲》，方志敏的《呕血》，汪静之的《劳工歌》，臧克家的《罪恶的黑手》，陶行知的《人与煤炭》，萧军的《码头夫》，田间的《铁工厂》等都是各历史阶段的代表性文本。这一类诗歌文本中，有一批表现女工的作品，如刘半农的《隔壁阿姐你为啥面皮黄》，王任叔的《女工的歌》，王亚平的《女针工之歌》，孙师毅的《新的女性》等，从多个侧面写出了女性相对男性更苦痛的命运，尤其是《女工的歌》，“虚伪的道德家，请你们想一想！/ 我做工的女儿，并不是生来就淫荡，/ 一天到晚末，在工厂里已经不亦乐乎忙，/ 夜里末，谁还愿拉着个客人来白相，/ 也为的是爸妈年纪大了，弟妹年还少，/ 挣一口哪，明天呵，唉！明天的食粮”，道尽了女性的心酸和屈辱。此外，“马达响了，/ 织绸子的机器开动了，/ 我们千百个人都随着机器开动了”（关露《马达响了》），“坐下来，就得整整一天，/ 手脚跟着机车忙乱，/ 工作在时间里紧紧排挤着，/ 找不到米大的一点空闲”（曼晴《车间》）等诗作，描绘出现代工业，机器大生产等“现代性”技术对人的威胁与异化，涉及机器与人的辩证关系问题，其精神内核可与此后某些工厂空间意象写作联系对比考察。

---

① 数据参见刘明逵主编：《中国工人运动图史》，广东人民出版社，2006 年 12 月版，第 39—50 页。

反映工人抗争亦是此时期重要诗歌母题，刘大白的《五一运动歌》，张维周的《悼林祥谦》《示威》，佚名的《“二七”惨案歌》，郭沫若的《电车复了工》，朱自清的《血歌——为五卅惨剧作》，刘一声的《五卅周年纪念放歌》，都是佳作。这类作品多以历史罢工运动为原型，较为充分地呈现出京汉铁路工人运动、“二七”惨案、五卅运动等事件，读来热血沸腾，革命精神充斥其间。“从今后我们要高举红旗，走上世界革命的路！/从今后我们要挥起利剑，杀尽外国的屠夫！/年年的五卅，我们要检阅革命的队伍！/年年的五卅，我们要复演革命的壮图！”（《五卅周年纪念放歌》），打倒帝国主义的反抗精神在文本中以对比的形式燃起复仇的怒火，警醒世人。

反映工人革命精神和工人阶级特有之韧性的作品，还有瞿秋白的《铁花》，蒋光慈的《我们是些无产者》，徐志摩的《庐山石工歌》，殷夫的《一九二九年的五月一日》《静默的烟囱》《血字》，蒲风的《咱们打铁匠》，高兰的《天然瓦斯火》等。其中殷夫的《一九二九年的五月一日》是一首革命现实主义的经典长诗，全诗分为5个部分共计148行，以直抒胸臆的表现手法，再现了五一工人示威游行的历史全过程，“满街都是工人，同志——我们，/满街都是粗暴的呼声，/满街都是喜悦的笑，叫，/夜的沉寂扫荡净尽。//呵哟，这是一阵春雷的暴吼，/新时代的呱呱声音，/谁都溶入了一个憧憬的烟流，/谁都拿起拳头欢迎自己的早晨”，诗人耳边响彻震天的口号，身旁是沸腾的人群，诗人融入这个激愤昂扬的集体，充满革命乐观主义和理想主义色彩。殷夫的无产阶级诗歌，拓展了诗歌表现领域，不再以俯视视角描绘工人阶级等受压迫劳苦大众，而是融入集体，进一步与无产阶级人民同频共振，做到了大众化与艺术化的有效结合。徐志摩的《庐山石工歌》别具特色，诗歌以石工劳作时的号子声为主体，粗犷雄厚，颇具印象主义特征，表现出“我们汉族血赤的心声”。

新民主主义革命时期的工业诗歌，也有一些通过工业意象表现积极进取、蓬勃向上精神的诗作。如番草的《汽力厂的巡礼》(1937)，借赞扬蒸汽机体现了抗战初期广大爱国军民的昂扬斗志和必胜信心；卞之琳的《给修筑公路和铁路的工人》(1940)，歌颂在大后方的筑路工人为抗战胜利所做出的重要贡献；刘御的《边区工人歌》(1940)，通过对比，表现了解放区工人工作的幸福状态，“我们的工厂是我们的家，/我们的学校也是它。/生活紧张又活泼，/机器旁边笑哈哈”，诗中一扫国统区工人的愁苦和悲愤，展现出奋进建设新中国的勇气和信心。

此一时期，整体而言，工业诗歌文本多采取现实主义创作手法，表现工人阶级的悲惨处境，以及大无畏的抗争战斗精神，能够揭示出历史正确的发展方向，革命宣传鼓动作用带来的粗犷刚健之美，以及大众化追求，拓展了中国新诗的美学风格。当然，部分诗作也存在激越有余，艺术力不足之憾。

二

1949年新中国成立，百废待兴，工业发展自然是重中之重。1953年，在中国共产党带领下，中国开始实施发展国民经济第一个五年计划(1953—1957)。周恩来总理阐述第一个五年建设计划的基本任务，多次提到“集中主要力量发展重工业，建立国家工业化和国防现代化的基础；相应地发展交通运输业、轻工业、农业和扩大商业”[①]。1958年到1962年的第二个五年计划时期，基本任务仍然首先把工业发展放在首位，继续进行以重工业为中心的工业建设。

其实，中国共产党一直就有实现工业化的目标追求。早在

① 洪银兴、杨德才等著：《中国共产党经济思想史论·上册》，天津人民出版社，2021年版，第287页。

1949 年 3 月召开的中国共产党七届二中全会上，毛泽东代表中央政治局做的报告中就提出，要把中国由农业国变为工业国。怀揣梦想，踔厉奋发，新中国成立后，在中国共产党的带领下，我国重工业发展迅猛，正如冯至在《伟大的事业——题发展国民经济的第一个五年计划》中写道，“我们要生产更多的钢铁，/ 我们要发出更多的电力，/ 我们要挖出更多的原油、原煤，/ 我们要制造更多的新机器，/ 我们要收获更多的粮食，/ 我们要织出更多的布匹，/ 我们让高山峻岭阻不住我们的交通，/ 我们让黄河的河水变清，供我们使用，/ 我们给社会主义打好物质基础，/ 让敌人在我们的面前垂头丧气”。新中国快速构建起了以能源、原材料、机械制造等为核心的较为完善的工业体系。其中石油工业、冶金工业、煤炭工业、机械工业等得到长足发展，为后续工业化结构改革打下坚实基础。

新中国的工业建设以及工业诗歌，就像音乐家马可 1947 年改编的《咱们工人有力量》一样，“咱们工人有力量”“咱们的脸上发红光”“改变得旧世界变呀么变了样”，诗歌配上音乐铿锵有力，新中国的工业建设也是如火如荼，全面展开。

冶金工业方面，徐迟的《在白云下》，刘环的《为钢而战》，阮章竞的《进军酒》，李瑛的《包头钢铁大街的清早》，王荆岩的《鞍钢赞歌》，韩忆萍的《炼铜》等都歌颂钢铁和有色金属工业的发展。石油工业方面，李季的《我站在祁连山顶》《我们的油矿》《玉门儿女出征记》，薛柱国的《我为祖国献石油》，曹建勋的《油海寄情》，满锐的《大庆抒情》等经典文本不一而足。煤炭工业方面，冯至的《煤矿区》，孙友田的《工业子弟兵》《大山欢笑》，中流的《矿工——市长》等文本丰硕。此外还涉及汽车工业，如邵燕祥的《中国的道路呼唤着汽车》，胡昭的《汽车城的节日》等；水利建设方面，如方纪的《纤夫和水利工程师》，苏金伞的《三门峡短歌》，穆旦的《三门峡水利工程有感》，贺敬之的《三门峡——梳妆台》《中流砥柱》等；工业城市建设，如徐迟的《在包头》，李季的《寄白云鄂博》等；铁路建设，如魏钢焰的《六公里》，雁翼的《写在宝成路上——为宝成铁路正式通车而写》等；森林采伐，如傅仇的《告别林场——给共产主义的伐木者》，郭小川的《林区三唱》等。

新中国初期的十七年，众多的工业诗歌，突出的一个表现就是把新民主主义革命时期昂扬的革命斗志转化为建设新中国的豪迈激情，诗歌中充满了自豪自信，对新中国取得的成就发自内心地欣喜和赞美。正如印刷工人出身的李学鳌，在成名作《每当我印好一幅新地图的时候》里所表述的那样，“每当我印好一幅新地图的时候，/就无法控制那海涛般的激情”，因为“祖国啊，我的母亲。/你神速的变化，像闪电，像飓风，/昨天，这儿还是一片空白，/今天就出现了一座工业新城，/当新地图上刚把这里添好新点新线的时候，/谁知道又有多少地方响起了震天的夯声”，诗人感叹印刷地图的速度赶不上新中国建设的热潮，诗人自信地在地图上点出鞍钢、玉门油矿、宝成铁路、兰新铁路等，诗人自豪新中国“神速的变化和美丽”。李学鳌面对新中国建设激动和火热的心，其实也是所有诗人在诗作中的真情实感。不少诗人，通过前后对比，展现新中国工人的精神风貌。表现女工人的作品，如力扬的《刺绣歌——给苏州刺绣工艺美术生产合作社的女工同志们》，王维洲的《夕阳照在大路上》，韩忆萍的《给一百天不出次布的女工》，未凡的《织布姑娘》等尤其如此。“往日绣的是地主们的行乐图；/往日绣的是资本家们的利润；/往日绣的是你们自己的酸辛，/是你们一串串饥寒交迫的梦”，如今“绣出你们温暖、明媚的江南——/那翠玉的湖山，黄金的稻田；/绣出我们亲爱伟大的毛泽东；/绣出光辉灿烂的祖国的早晨”（力扬《刺绣歌》）。以前是“隔壁阿姐面皮黄”，现在则“织布姑娘，/红心化作经纬线，/织着幸福生活的画卷，/织着共产主义的明天！”（未凡《织布姑娘》）。

因为新中国首先集中力量发展重工业的缘故，作为原材料的石油、煤炭、钢铁等资源成为工业发展的重中之重，工业诗歌中石油工业、煤炭工业、冶金工业随之占比较大，且较多优卓文本，以至有专门的《中国煤炭诗史论》（冉军著），《中国石油诗选》（胡�编）等专著和专门诗选问世。确实，以石油工业而言，作为工业发展的“血液”和能源基础，石油直接关乎国计民生。为了快速恢复石油生产，一方面扩大石油产业规模，另一方面转业、抽调解放军增强石油产业工人力量。经过不断努力，1957 年，玉门油田（中国第一个天然石油基地）开采成功，至 1959 年，仅玉门油田原油产量就占全国原油产量的 50.9%；1959 年，勘探出大庆油田，为顺利开发，当时中央军委抽调 3 万多转业官兵支援建设。这些“敢教日月换新天”的壮举，都记录于诗人笔下，尤其是石油诗人李季的笔下。李季的石油诗作，有长有短，深刻反映了新中国工业化建设时期，石油工人的精神风貌，鼓舞了一代又一代人。其中影响最大的，多是李季的长诗，如《玉门诗抄》《生活之歌》《杨高传》《石油大哥》《钻井队长的故事》等。长篇叙事诗的生动感人，与李季长期的油田生活息息相关，诗人善于通过讲故事、人物对话等手段，揭示诗歌主题，叙事与抒情紧密结合，诗风刚健清新，语言朴实流畅，为工业诗歌增添了浓墨重彩的一笔。

需要指出的是，本时期还有不少优秀的工人诗作，且有不少选集出版，如《东北工人诗歌选》（通俗文艺出版社，1952 年版），《钢铁的手》（东北新华书店，1950 年版），《工人诗歌一百首》（中国青年出版社，1958 年版）等，代表性诗人作品，如刘宝光（天津工人）的《纺织工人歌》，吴纯诚（长春工人）的《出铁》，王恩宇（北京工人）的《冲天炉前放歌》等，他们的诗作不见得有多好的写作技巧，也没有让人惊异的意象，多采用口语入诗，选点比较小、比较细，但胜在贴近生活，感情真挚，亦是工业诗歌的一笔宝贵财富。

三

虽然，工业发展的过程波折不断，但筚路蓝缕走来，到 1978 年，中国初步建成了独立且完整的工业体系。以此为基础，中国开始改革开放，破浪前行，找到了一条快速通往现代化的道路。就像张学梦在《现代化和我们自己》里的诗句，“党的十一届三中全会公报 / 响起新颖的汽笛，/ 她像历史唯物主义的新篇 / 豁然把我启迪”“努力使自己现代化吧！ / 难道这不是一个 / 烧着了眉毛的问题？ / 在二〇〇〇年的门栏上 / 挂着这样一块木牌：/ ‘愚昧无知的人勿进’”，这首诗好像预言了改革开放必然的成就。1978 年，我国国内生产总值只有 3679 亿元，之后跨越式发展，2000 年突破 10 万亿元大关，经济总量增长 27 倍，超过意大利，位居全球第 6 位。2010 年中国成为世界第二大经济体，并稳居世界第二位。工业产能不断提升，发展迅猛，重工业方面，水泥产量 1985 年跃居世界第一，钢、化肥产量 1998 年世界第一，发电量世界第二；生活工业用品，更是成几何倍数增长，从 1980 年到 2000 年，空调产量增长 1383 倍，彩电增长 1229 倍，冰箱增长 260 倍，轿车增长 111 倍①。

承续新中国建设时期工业诗歌脉络，这时期工业诗歌仍有不俗表现，煤炭工业，如周志友的《我是矿工，我歌唱阳光》，李松涛的《矿山，一串崭新的足迹》，阵容的《矿工的爱》，老井的《煤花》《地心的蛙鸣》，叶臻的《煤的真善美》等；冶金工业，如董宏量的《冶炼者》，邹荻帆的《炼钢炉工人兄弟朝炉子里投放什么东西》等；

① 叶连松、董云鹏、罗勇编著：《中国特色工业化》，河北人民出版社，2005 年版，第 53 页。

水利建设，如纪宇的《葛洲坝远眺》，青勃的《葛洲坝风景》，邹荻帆的《黄河青铜峡》等；造船、汽车以及其他工业领域，如李小雨的《给青岛造船厂》，邹荻帆的《在解放牌总装配车间》，邓海南的《圆圈和三角的进行曲——写在自行车厂》《眼睛——照相机厂情思》等。

一个值得关注的变化是，这一时期，即使反映工业建设的抒情诗，也不再如新中国建设初期诗歌文本那样，“个人”融入“集体”抒情，以对未来充满美好象征力的激情书写去表现气势恢宏的大规模建设。反而走向“个体”，走向“此在”，走向“多元”。这也符合新时期以来中国新诗整体的发展潮流。

其实，纵向观照新时期以来的诗坛，工业诗歌相对走“下坡路”，数量和质量在与其他诗歌主题或题材横向对比时，显得“沉重”与“无力”。舒平早在 1982 年就对此现象有所分析，“现在，我们不像当年了，对大规模工业建设抱着强烈的期望，有着巨大的日新月异的目标力量和对一切都持有的那种新鲜感。三十多年时间过去了。当年在工棚里呱呱坠地的孩子，已经是新一代的接班人了，对这里的一切，都是熟悉而又熟悉的。我们已经有了几十万个企业，这对于我们进行物质建设，无疑是个了不起的成就和向新目标跃进的基础，但它也‘积累’了我们的生活，使新鲜感消失，变成了某种单调的重复，无所事事般的平庸，一切都是司空见惯。这样，诗歌也不可避免地感到无所挖掘”。①

然而，可喜的是，当熟悉的大工业不再“新鲜”，工业成为生活的一部分时，诗人反而找到了属于生活的“节奏感”，抒情转为叙事，开辟出工业诗歌写作新路向。新的“节奏”，是“清晨上班，骑上新型小永久 / 太阳帽底下展现我现代青年含蓄的笑容”，是一边干着开汽锤的粗活，一边模拟圆舞曲摆动悠闲的腿（梁小斌《节奏感》）；新

① 舒平：《工业诗的突破》，《诗探索》，1982 年第 2 期。

的“节奏”，是“一双女工的脚板，/一车沉重的纱锭，/还得加上一册《英语学习》，/三棵白菜、两瓶炼乳、一袋味精”（赵恺《第五十七个黎明》）；新的“节奏”，是“我们从工厂的流水线撤下/又以流水线的队伍回家来”“我唯独不能/感觉到我自己的存在”（舒婷《流水线》）。新中国建设时期工业生产的典型元素和意象，不管是黑色牡丹样的烟囱，还是钢铁城市、石油花等具有宏大意义指向的意象，在这些文本中几乎被完全置换为工业生产之外的行动意象或生活意象。当然，这里已经开始内蕴着诗人对工业与生活、工业与人的关系的辩证思索，或幸福于现代城市，或悲哀于存在之殇。

新的“节奏”的寻找与表现，与新时期朦胧诗和朦胧诗后先锋诗潮不无关系。诸如舒婷、梁小斌、于坚等诗人均有工人经历，但他们其实也并没有太多转化工人经验的文本，其中缘由，可能是因为诗歌艺术的自觉反叛，从而放弃新中国建设时期工业诗歌抒情与歌颂的写作经验，加之西方现代派思潮的绝对影响，向内挖掘、向生活要经验、反抒情、反崇高等成为新一批诗人的艺术需求指向。

相对于舒婷、梁小斌等诗人写“开汽锤”“流水线”“螺丝钉”等工业意象或许只是完成朦胧诗写作的试炼，虽呈现出某种思考，但并无意深入拓展，于坚、徐非、王小龙、老井、杏黄天等诗人笔下的工业、工厂、工人则有较为充分的书写。于坚早期与工业、工人有关的诗歌，与其一贯的诗歌主张一致，返回日常、关注当下，并从中挖掘可能被疏忽但又熟悉的“陌生化”诗意。“锻工房的门是全厂最黑的门/锻工是全厂最下贱的工种/有些年头/锻工房是工厂的流放地”，工厂已经没有“热火朝天”的干劲，内部竟然也有三六九等，于坚试图要为锻工工种正名，但也只能回溯历史，“而一九一七年/这些铁匠/是列宁旗下的一个班”（于坚《锻工房》）。日常就是这么容易被人疏忽，因为日常本身可能并不被安放诗意，尤其是工厂重复劳作的日常，更是如此。然而，于坚日常书写的吊诡之处就在于，让人们重新熟悉那些人们熟悉的“陌生”，日常同样有戏剧性，悲喜是别人的也是自己的。“他走在大街上平凡得像山上的一棵草 / 他走在大街上没有一个姑娘会看他一眼”“他只是在锻工群中才小有名气才是主角”“他曾经有过那么值得自豪的年代 / 钟响八点烟囱冒烟太阳把一万块玻璃擦亮”，如今“这个高黎贡山中来的黑小伙子 / 头发白了白得像他那身劳动布工装 / 他天天抽着水烟蹲在厂门口像一尊门神”（于坚《献给一个退休的锻工》），这首长诗像小说一样，讲述锻工简单平凡的一生，诗歌叙事而非抒情，锻工不高大但有自己的生命，诗人零情感不介入的状态，反而烘托出另外一种生命经验，或者也是关于工业、工人的生命经验。王小龙的《工号 3001》几乎是新时期第一首以工号为主题的诗歌，作为现代工业异化人标识的工号在 21 世纪以来打工诗人笔下屡见不鲜，但在 1981 年王小龙笔下绝对显得“超前”，诗人的敏感与敏锐可见一斑。不同的是，王小龙的“工号 3001”更多是个人命运的符号代指，并没有太多批判意味，反而通过个人工人历史的书写，侧面展现出曾经的工人群体的集体感情，“我一个个地想起很多人 / 他们还在那里 / 干活，吆喝，抽着烟聊天 / 他们笑过我 / 他们爱过我 / 这就是说，我 / 曾是他们中的一个”。与于坚、王小龙的写作路向不同，老井、杏黄天等诗人，较为直面自己的工人身份以及工作现场。老井曾是建筑工人，1989 年转行成为矿工，其诗作多与煤炭相关，但与之前煤炭工业诗歌不同的是，很多与煤矿无关的新鲜意象出现在老井诗歌中，如“乌黑的化石中忽地溅出 / 一朵绮丽的花，一只斑斓的黑蝶”（《煤花》），“煤层中，像是发出了几声蛙鸣”“我捡起一块矸石 扔过去 / 一如扔向童年的柳塘”“漆黑的地心，我一直在挖煤 / 远处有时会发出几声 深绿的鸣叫”（《地心的蛙鸣》）等，“蛙鸣”“柳塘”“柳条”“黑蝶”等意象，很容易把读者带回农耕田园时代，这种巧妙的“陌生化”嫁接，碰撞激发出无限诗意。杏黄天曾在一家大型电解铝厂当铸造工，工作强度大，危险性较高，但其笔下的诗作如

《工业组诗》，反而呈现出一种“阳光”“热爱”“浪漫”景象。这些诗作都为后续工业诗歌的写作路向奠定了基础。

四

新时代以来，中国改革开放持续深化，伟大成就举世瞩目。2012 年 12 月，习近平总书记在广东考察工作期间指出，我国改革开放已经进入攻坚期和深水区，我们必须以更大的政治勇气和智慧，不失时机深化重要领域改革。一方面，中国经济增长速度持续保持高位，2020 年中国全年国内生产总值突破百万亿元，全面建成小康社会。另一方面，进一步深化改革，使得中国经济从“量”向“质”转变。随着经济总量的提升，工业经济也发生天翻地覆的变化，制造业 2010 年跃居世界第一，并保持领先水平，中国制造享誉全球的同时，中国智造快速崛起，新一代信息技术产业、生物产业、新材料产业、新能源汽车产业、光伏产业、多晶硅、硅片、电池片等新兴产业均高速增长。

新时代的蓬勃发展，工业转型升级而来的新工业时代，使得新工业诗歌的出现水到渠成。关于新工业诗歌近几年算是一个热门话题，一是有不少文章专门以“新工业诗歌”为主题展开论述，同时《诗刊》《星星》等重量级诗歌刊物联袂推出“新工业诗”专题。代表性作品有龙小龙的《新工业叙事》《写意：中国工业园》《铁在天空飞翔》，宁明的《起飞中国——祝贺国产 C919 大型客机首飞成功》，黄成松的《大数据笔记》，王兴伟的《高铁时代》，邵悦的《港珠澳大桥》，苗红军的《北斗导航——写在北斗三号正式向全球提供基本导航服务之日》，聂茂的《蛟龙号之畅游海底》，车延高的《物联网小镇》，王学芯的《物联网小镇》《大数据》《物联网时代》，凸凹的《焊接太空的人——致航天焊接特级技师高凤林》《骨头——致核燃料修复师乔素凯》，喻言的《与机器人共进晚餐》，杨克的《跨海大桥，或献给港珠澳》《在华强北遇见未来》《亲近大国重器智能燎原》等。

仅从这些诗作的题目我们就能发现，新工业诗歌之“新”在何处。首先是诗歌关涉的对象“新”，“高铁”“港珠澳大桥”“大飞机”“北斗卫星”“蛟龙号”“大数据”“物联网”“核燃料”“航空航天”“机器人”“高纯晶硅”“精馏塔”等等，这些新意象不只是表面上简单取代了传统工业“煤炭”“钢铁”“石油”“纺织”“水利”等意象的核心位置，而且是连带着时代发展与个人生活影响关系的内里逻辑。不得不承认，工业一直影响着人们的日常生活，保障人们的物质供给，但没有哪一个时代的工业，能像新工业时代这样与人们生活缠绕如此紧密，高铁、飞机、新能源汽车带来出行便利，智能通信、大数据与物联网更是直接改变了人们的交流方式和生活方式。这些改变总会牵扯到我们的思维方式和情感动向，“熠熠生辉的电子元件 / 云时代撩人心扉的钻石”“而未来的某一个时间轴复活的冷冻人，与冷冻卵子孵化的男孩 / 于此相遇，谁是玄孙？谁是隔世的高祖？”（杨克《在华强北遇见未来》），“数据的暴风雨盖住天空和城市 / 清空了预言和经验　带动着 / 一刻不停吹拂的风 / 去遇见未来”（王学芯《大数据》），在现代数字科技的加持下，今天的“未来”如此清晰。

其次，新工业元素给了诗人更为丰富的想象力因子，诗人较为跳跃性的并置在常人看来与工业不相关的意象，修辞路线和情感指向的转移，既保证了诗对新工业的有效映照，又在传统工业审美的基础上，尽情开放想象力之美。“来呀，这个永远的金刚青年，机械销售的长跑冠军 / 健步如飞。胸肌发达，肺活量吞云吐海 / 扛起重型装备、电梯、机床、核反应堆堆芯 / 扛起燃气轮，水轮机，联合循环机组 / 扛起风电旋转叶片，电站环保设施，来组装 / 一颗超级大城市的心”，

“机器人一点儿都不吵闹喧哗，工厂静如处子 / 比白纸干净。蓝红黄绿紫深蓝 / 不同颜色的路代表不同主题，来呀 / 核电、冶金、船舶、矿山、石化、交通 / 我们把大国诗歌的词语也变成装备”（杨克《亲近大国重器智能燎原》），拟人化的想象，让现代新工业的状貌形象且生动。杨克的新工业诗在想象力这一方面表现分外优卓，诗歌文本大开大合，连古通今，让人读来有荡气回肠之感，“无限蓝的海无限蓝的苍穹 / 水天一色 桥面薄如蝉翼 / 像透明的银苇叶没入碧落交接处 / 天也空地也空”“将快轨和公路从陆地剥离 / 道生一 一生二 三生万物 / 同步轨道 抵达外太空深处 / 鹊桥赵州桥汉语桥 / 现实的桥和精神的桥 / 交相辉映 / 仰看彩虹行空俯视长龙卧波”（《跨海大桥，或献给港珠澳》），短短 20 余行诗，内蕴了博大的中华优秀传统文化，道家的阴阳辩证学说，万物相生之理，佛家的“一苇渡江”传说等等尽显其中，加之“碧波”“迢迢”“苍穹”“九霄”“长龙卧波”等古典语词的选用，在彰显大国工业实力的同时，诗作热情、开放、欣喜与满足之情力透纸背。

最后，个人生命体验与工业日常审美合力下的新工业诗意传递。这里包含两个维度的考量，涉及时代发展或者工业发展对人们的心理影响。其实新工业诗歌如果从特性和时间脉络梳理，21 世纪前后开始的打工诗歌，因为写作题材、意象、情感向度等已经发生较大转移，应该含纳在“新工业诗歌”之内，或者作为“新工业诗歌”的“前奏”。一批文本颇受学者和读者关注，如谢湘南的《前沿轶事》，阿北的《五金厂之夜》，郑小琼的《流水线》《产品叙事》《在五金厂》，曾继强的《我在这里拣拾一些诗歌的骨头》，许立志的《车间，我的青春在此搁浅》《流水线上的雕塑》《流水线上的兵马俑》，泥文的《填简历》等。这些工业叙事，表现出一部分资本属性的工业“存在”与个人“存在”不可调和的矛盾，以及带给个人主体的焦虑和精神压迫，整体感情色彩呈现为压抑状态。“在流水线的流动中，是流动的人”“白色的工帽，手指头上工位，姓名是 A234、A967、Q36……”“她们是鱼，不分昼夜地拉动着 / 老板的订单，利润，GDP，青春，眺望，美梦 / 拉动着工业时代的繁荣”“在它小小的流动间，我看见流动的命运”（郑小琼《流水线》）。打工诗歌中郑小琼的文本是一个典型，相对集中展现了流水线中人的被异化，“我的双手成为流水线的一部分，身体签给了 / 合同，头发正由黑变白，剩下喧哗，奔波”“青春被回忆点亮，却熄灭在一周七天的流水线间 / 剩下的，这些图纸，铁，金属制品，或者白色的 / 合格单”（郑小琼《生活》），个体“存在”完全被淹没在“流水的响声中”，命运的阀门不断被流水线拧紧，与机器的高速运转对比，精神越发孤独与疲惫。时过境迁，当以“智能”为核心的新一代工业快速发展成熟，工业的样态和状貌发生了巨大变化，正如杨克诗中，“机器人一点儿都不吵闹喧哗，工厂静如处子 / 比白纸干净”，以往工厂人与机器执拗在一起的喧闹嘈杂已不复存在，人与机器直接对立的紧张关系也慢慢走向缓和和共生。如此，对工业的书写转向一种较为稳定且非对立的立场，诗人重新走入并审视工厂。在这方面，龙小龙的诗作非常典型，“每一座制造工厂 / 必然有一幢建筑叫主控楼 / 就像每一个鲜活的人体 / 都有一颗大脑，有丰富的神经中枢系统”“我们可以不懂它们的运行法则 / 但可以清晰地感受到 / 一座钢铁水泥铸造的庞然大物是如此的可爱 / 均匀的呼吸，有节律的心跳”（龙小龙《新工业叙事 · 主控楼》），“可爱”一词与钢铁水泥堆砌的工厂并置，已经足以彰显新工业诗歌书写的一种“新”的变化，在龙小龙《新工业叙事》这组诗中，诗人重新对接工人与工厂的关系，重新进入工业现场，正如李壮的评价：“他把与工业相关的一切，还原为了一方场景、一串动作、一处细节、一块话语和呼吸的场域，并找到了意味驳杂、铭刻有个人印记的情感介入方式。”[1] 新工业的发展催生

① 李壮：《新工业诗歌：时代和历史的感知》，《诗刊》，2020 年第 1 期。

了众多新的职业，作为快递员的王二冬，以自己的职业为媒，巧妙地转化工作经验为生动的诗歌意象，从一个个包裹去看时代变化，去感受时代情绪，“除了喜悦，一个快件里还要装有 / 果园、河流、青山和小孩子熟睡的梦”“所有寄给今天的快件都会发往明天”“这是一份快件的荣耀，时代把内容丰富 / 还有光亮不断照进来 / 那光就是星辰、花朵、笑脸、漫天白雪 / 就是一代又一代的绿水青山 / 就是一代又一代的幸福中国”（王二冬《清流万向》）。

新工业的发展，丰富且丰满，彰显了我国新质生产力的创新成就。工业诗歌也承接担当起了时代赋予诗歌的使命，一直在最前沿与时代发展交相呼应。未来，工业强国建设必然会是“一代又一代的绿水青山”，工业诗歌必然反映“一代又一代的幸福中国”。

柴高洁

目录

人力车夫

胡　适

“车子！车子！”
车来如飞。
客看车夫，忽然心中酸悲。
客问车夫：“你今年几岁？拉车拉了多少时？”
车夫答客：“今年十六，拉过三年车了，你老别多疑。”
客告车夫：“你年纪太小，我不坐你车。我坐你车，我心惨凄。”
车夫告客：“我半日没有生意，我又寒又饥。
你老的好心肠，饱不了我的饿肚皮。
我年纪小拉车，警察还不管，你老又是谁？”
客人点头上车，说：“拉到内务部西！”

原载《新青年》第4卷第1号，1918年1月15日

铁　匠

寒星（刘半农）

1

叮当！叮当！
清脆的打铁声，
激动夜间沉默的空气。
小门里时时闪出红光。
愈显得外间黑漆漆的。

2

我从门前经过，
看见门里的铁匠。
叮当！叮当！
他锤子一下——一上。
砧上的铁，
闪作血也似的光，

照见他额上淋淋的汗，
和他宽阔的（是裸着的）胸膛。

3

我走得远了，
还隐隐的听见
叮当！叮当！
朋友！
你该留心着听这声音，
他永远在沉沉的自然界中激荡！
你若回头过去，
还可以看见几点火花，
飞射上漆黑的地上。

原载《新潮》第2卷1号，1919年10月30日

老木匠

刘半农

我家住在楼上，
楼下住着一个老木匠。
他的胡子花白了，
他整天的弯着腰，
他整天的叮叮当当敲。

他整天的咬着个烟斗，
他整天的戴着顶旧草帽。
他说他忙啊！
他敲成了许多桌子和椅子。
他已送给了我一张小桌子，
明天还要送我一张小椅子。

我的小柜儿坏了，
他给我修好了；

我的泥人又坏了，
他说他不能修，
他对我笑笑。

他叮叮当当的敲着，
我坐在地上，
也拾些木片儿的的搭搭的敲着。
我们都不做声，
有时候大家笑笑。

他说“孩子——你好！”
我说“木匠——你好！”
我们都笑了，
门口一个邻人。
（他是木匠的朋友，
他有一只狗的），
也哈哈地笑了。

他的加非煮好了，
他给了我一小杯，
我说“多谢”，
他又给我一小片的面包。

他敲着烟斗向我说
“孩子——你好。
我喜欢的是孩子。”
我说“要是孩子好，
怎么你家没有呢？”

他说“唉！
从前是有的，
现在可是没有了。”
他说了他就哭，
他抱了我亲了一个嘴；
我也不知怎么的，
我也就哭了。

1921年10月1日，巴黎

原载刘半农《扬鞭集》，北新书局，1926年6月

隔壁阿姐你为啥面皮黄

（女工的歌。一个女子问，一个女子答。）

刘半农

“我说隔壁阿姐你为啥来面皮黄？”
“你阿姐勿晓得我一日到夜做纱忙。
我朝起起来黑咙咙里就要上工去，
夜里家来还要替别人家洗衣裳。”

“我说隔壁阿姐你为啥来实梗忙？”
“你阿姐勿晓得我疯瘫格老子瞎眼格娘。
三个兄弟妹子才还勿曾满十岁，
一家六口要我一人当！”

“我说隔壁阿姐你为啥来面皮红？”
“你阿姐勿晓得纱厂里格先生嬷面孔！
他捞捞搭搭勿晓得要做啥，

我勿睬他来他就起哈哄！

他起仔哈哄来要想停我格工，
停仔工来我一家六口只好吃西风！
我勿晓得为啥靠仔十只指头要呒饭吃？
为啥来要碗饭吃就要嫒面孔？”

原载刘半农《瓦釜集》，北新书局，1926年4月

死人的享福

周恩来[①]

西北风呼呼响，
冬天到了。
出门雇辆人力车，
车夫身上穿件棉袍，
我身上也穿件棉袍。
我穿着嫌冷，
他穿着却嫌累赘；
脱下来放在我的脚上，
我感谢他爱我，
他谢谢我助他便他。
共同生活？

① 署名“五”。

活人的劳动！死人的享福！

原载《觉悟》创刊号，1920 年 1 月 20 日

工人乐

玄庐（沈玄庐）

人说：“冷在风，穷在铜。”
我说，穷不在铜穷在工。
人说：“只要有铜便有工，温温饱饱富家翁。”
我说：我们棉袄夹裤过得冬，
他们红狐紫貂还要火炉烘。
我们十里八里脚步轻且松，
他们一里半里也要汽车送。
绞脑无汁体无力——
何如一手锄头一手笔？
世界为有了他们，
无冬无夏无休息。
——若使没有了我们，
哪里去找文明的行迹？
有衣大家穿，
有饭公众吃；

我们穿吃不白来，
手儿脑儿自己享受自己的成绩。
不要慌张不要忙！
大家种花大家香！
著个富翁做什么？
冷风头上哭天光！

原载《星期评论》1919年第32号

起 劲

玄庐（沈玄庐）

（一）

“起劲！起劲！
起劲做工。”
泪珠儿似的麦；
汗珠儿似的米；
高高兴兴的收了起来，
哭哭啼啼的还了出去。
“起劲复起劲！”
起劲养活几个剥皮敲骨的富家翁。

（二）

“起劲！起劲！
起劲做工。”
建筑些高堂大厦；

染织些绸缎呢绒。
“起劲复起劲！”
起劲打扮些少爷奶奶，多多传些文明种！

（三）

“起劲！起劲！
起劲做工。”
哥哥会赶马；
弟弟会拉车；
两个肩窝承轿杠；
一条穷命拼风波。
“起劲复起劲！”
用劲把老爷太太们送到了，工钱虽少骂声多。

（四）

“起劲！起劲！
起劲做工。”
粉笔和黑板，
从春天画到秋，秋天画到冬。
“起劲复起劲！”
起劲制造些资本家的好雇佣。

（五）

“起劲！起劲！
起劲做工。”
起早做到黑，
十四五点钟。
“起劲复起劲！”

起劲做到“老”“死”“穷”。

（六）

“从此更起劲！
起劲做工。”
切断工人颈子上的锁链，
打破资本家所建筑的牢笼。
什么是现实的文明？
把他来“粉碎虚空”。
没有“富”，
哪来“穷”。
没有“私”，
哪来“公”。
腕力十分雄，
心花十分红，
“起劲复起劲”，
从此不做国家人种的糊涂梦。

原载《星期评论》1920年第45号

红色的新年

大白（刘大白）

一九一九年末日的晚间，
有一位拿锤儿的，
一位拿锄儿的，
黑漆漆地在一间破屋子里谈天。

拿锤儿的说：
“世间的表面，是谁造成的？
你瞧！世间人住的、住的、使的，
哪一件不是锤儿下面的工程？”

拿锄儿的说：
“世间的生命，是谁养活的？
你瞧！世间人吃的、喝的、抽的，
哪一件不是锄儿下面的结果？”

他们俩又一齐说：
“咳，现在我们住的、著的、使的，
吃的、喝的、抽的，
都没好好儿的。
我们那些锤儿下面的工程，
锄儿下面的结果，
哪儿去了？”

冬！冬！！冬！！！
远远地鼓声动了！
一更……二更……好像在那儿说：
“工！农！
劳动！劳动！！
不公！不公！！
不平！不平！！”
快三更啦，
他们想睡，
也睡不成。

朦朦胧胧地张眼一瞧，
黑暗里突然地透出一线儿红。
这是什么？——
原来是北极下来的新潮，
从近东卷到远东。
那潮头上涌着无数的锤儿锄儿，
直要锤匀锄光了世间底不平不公。
呀，映着那初升的旭日光儿，

一霎时遍地都红，
惊破了他们俩的迷梦！

喂！起来！起来！！
现在是什么时代？——
一九一九年末日的二十四时完结了，
你瞧！这红色的年儿新换，世界新开！

1919年12月31日在杭州

原载《星期评论》1920年1月1日第31期

八点钟歌

大白（刘大白）

（一）

工作八点钟，
有的农，
有的工。
耕耕种种，
织织缝缝，
筑成基础，
架起梁栋；
吃的、穿的、住的，互相供奉，
一件也不曾白享用。
好！工作八点钟！
不是工作八点钟，
怎能减少劳动者的苦痛？

（二）

教育八点钟，

科学懂，
事理通。
疗治愚蒙，
开拓心胸，
本能发展，
知识扩充；
向黑暗里把光明输送，
才觉得前途希望无穷。
好！教育八点钟！
不是教育八点钟，
怎能觉悟劳动者的苦痛？

（三）

休息八点钟，
睡意浓，
鼾声重。
四肢舒纵，
双眼朦胧，
一天栗碌，
一觉从容；
就做个把快活安闲的梦，
也教人精神爽、骨节松。
好！休息八点钟！
不是休息八点钟，
怎能慰藉劳动者的苦痛？

1921 年 4 月 30 日

原载《民国日报·觉悟》1921 年 5 月 1 日

矿　工①

杨钟健

黑沉沉的许多道地洞，
来来往往不断的几盏小灯；
可怜有许多同胞，
在内作一天十二时的苦工！

他们一斧一斧，
一锤一锤，
打下来漆黑的煤；
供给世人生活上的享用，
增进世人物质上的文明。

但是他们苦极了！
得不到人的快乐，

① 在河南六河沟煤矿公司调查地质感作。

极尽了牛马的妙用。

可怜他们一个“大”不识，
哪知道什么是“劳工神圣”！
唉！
一言难尽的中国矿工！

原载《民国日报·觉悟》1921 年第 4 卷 26 期

游工人之窟

邓仲澥（邓中夏）

这原是我一封寄朋友的报告书信。一时遣兴，用了这么一些长短句子。归来以示日葵，日葵硬说是诗，要求我发表。但我并不敢自信，然朋友好意，亦不便严拒之。因摘其中之一语为题，登在此地。仲澥自识。

今天我还留在这里，
　　拉杂写了这么一封信，
寄给我所欲见而未得见的汇川。

　　北京城里同时发生两件奇事！
　　就是太阳起来了，
　　我也起来了。
　　太阳起来，
　　做他大公无私的普照；煦育的工作。
　　我呢？

偕友游工人之窟。

刚发正阳门，
忽过卢沟桥，
和我同时努力的朝曦，
装点成许多异样的奇景，
仿佛给游人安排着。

荒城，
野渡，
远山，
近村，
袅娜的炊烟，
深蔚的朝岚，
包容在太阳的怀中，
收罗在我的眼底。

……

好呀！
曾几何时，
劳动学校有这么可喜的成绩。
“作始也简，
将毕也钜。”
我于此更相信唯人力为伟大。

看啊！
世界不是劳动的艺术品吗？

没有劳动，
就没有世界。
海之外已奔腾澎湃起来了，
海之内呢？
诚实的辛苦的工人们！

由张君的引导，
得孙君的介绍，
参观工人经营之女学。
可是礼教习俗的铁锁，
还稳套她们嫩白的颈上。

街南之尽头，
云是永定河支流，
平沙黏树，
鹭鸶群飞。
猛忆及我可爱的汇川，
不是几次招我来打围吗？
今日却令我孤零零在这里，
望清碧的潆波，
听激越的流水。

午饭以后，
参观工人医院。
石大夫见我，惊讶道：
“噫！——先生何爱于新长的疙瘩！
你愿割弃吗？
我可执其劳。”

我答道：
"你割吧！你割吧！"
这么阻碍自由的东西，
谁爱他来？

……

太阳落了！
安息了！
它何曾安息呢？
它正在那半球起来哟！
那半球或亦同时发生两件奇事。

丁昌润，
赵盛宗，
吴敏珂，
张淳和我，
坐灯光底下，
作扪虱之谈。
"人生""社会"
"阶级斗争""世界共产"
都是我们的话料。
讵奈勤勤恳恳的邻鸡，
一声声催我们睡去。

原载《少年中国》1921 年第 2 卷第 10 期

打　铁

俞平伯

"张打铁，李打铁，"
我打锄头你打刀。
叮叮当，叮当当！
我打锄头去种田，
你打刀来为什么？
我打刀，你能管？
我管你不得！
打刀去杀人！
看刀能杀我！
杀啊！
杀——罢。

刀口碰在锄耙上，
刀口短了锄耙长。

明天农夫在田里，
大家嚷嚷地：
“拿我的锄头来！
拿我的锄头来！”
啊！刀竟被他们忘却了。

锄头亲遍地母嘴，
刀头喝饱人间血；
打铁的人那里去？
知道吗？欢吗？愁吗？

有朝刀口再碰在锄耙上，
迸露血肉的火光，
刀口短了锄耙长。

大家肩着锄头，
天亮了，大亮了！
刀将永被人们忘却了！

1921年10月28日，杭州

原载《诗》第1卷第2期，1922年2月15日

哭 声

方志敏

仿佛有无量数人在我的周围哭泣呵！

他们呜咽的、悲哀的而且时时震颤的声音，

越侧耳细心去听，越发凄楚动人了！

“我们血汗换来的稻麦，十分之八被田主榨取去了。

剩的些微，哪够供妻养子？……”

“我们牛马一般的在煤烟风尘中作工，输运，奔走，

每日所得不过小洋几角。疾病一来，只好躺着由死神摆布去了！……”

“跌到在火坑里，呵，这是如何痛苦呵！

看呀！狂暴的恶少，视我们为娱乐的机械，又来狎弄我们了！……”

“唔，唔，唔，我们刚七八岁，就给放牛作工去吗？

金儿福儿读书，不是……很……快乐吗！”

“痛呀！枪弹穿入骨肉，真痛呀！……”

“青年人，可爱的青年人！你不援救我们，还希望谁？”

似乎他们联合起来，同声向我哭诉。

这时我的心碎了。
热泪涌出眼眶来了。
我坚决勇敢地道：
“是的，我应该救济你们。我同着你们去……”

1922年5月6日于九江同文书院

原载《民国日报·觉悟》1922年第18期

呕　血

方志敏

呵！什么？
鲜红的是什么？
血吗？
血呀！
我为谁呕呢？
我这般轻轻年纪，就应该呕血吗？

呵！是的！
我是个无产的青年，
我为家庭虑；
我为求学虑；
我又为无产而可怜的兄弟们虑，
万虑丛集在这个小小的心儿里，
哪能不把鲜红的血挤出来呢？

呵！是的！无产的人都应该呕血的，
都会呕血的，——何止我这个羸弱的青年；
无产的人不呕血，
难道那面团团的还会呕血吗？

这可令我不解！
我为什么无产呢？
我为什么要呕血呢？

1922年6月21日于九江

原载《民国日报·觉悟》，1922年第11期

庆祝五一劳动节

汉口租界人力车夫会

五一劳动节：
教育八点钟；
工作八点钟；
休息八点钟；
这是我们世界工友们牺牲的成功。

一次加价不成功，
二次加价不成功，
两次加价两罢工，打销加价议案才上工。
这是我们拉人力车的工友们牺牲的成功。

但是我们依旧终日卖腿不得一饱！
但是我们依旧接连被他们打死，逼死！
但是他们的私牢依旧恶狠狠地存在，

工友们！难道这也算成功吗？

1922，五一纪念。

原载《民国日报·觉悟》1922 年 5 月 1 日

颈上血

工人某

军阀手中铁；
工人颈上血；
颈可折，
肢可裂，
奋斗的精神不可灭！
劳苦的群众们！
快起来团结！

1923 年 2 月 7 日，汉口江岸。

原载《新青年》1923 年第 2 期

“二七”惨案歌①

佚　名

万恶的军阀，是我们劳苦群众的仇家。
我们不打倒他，教谁来打倒他？

颈血是自由的代价，牺牲是成功的津筏，
我们不牺牲，怎么播得自由的花？
我们不流血，教谁来流血耶？

我们的先烈，已经拿着头颅，掷入军阀的巢穴。
我们应当前仆后继，进攻不绝；
把万恶的军阀完全毁灭！
这才是我们后死者之责。

1923年3月，汉口

① 1923年2月7日，军阀吴佩孚制造震惊中外的京汉铁路“二七”惨案。为了披露真相，揭露军阀罪恶，歌颂工人阶级在中国共产党领导下不怕牺牲，勇于斗争的精神，京汉铁路总工会在惨案后月余，编印出《二七惨剧》一书。在该书封底印有本诗作，原无题目，无作者署名。

悼林祥谦

张维周

京汉路罢工，江岸工会正执行委员长林祥谦君被逮。军警长官缚之于车站电杆上，迫下复工命令。林君曰："此事乃全路三万人生死存亡所系，我分会惟有只遵总工会命令。断头绝吭，复工令不能下。"遂从容就义，悬级车站。

血钟响了！
剧幕开了！
原来是你演这一出开场戏。
你何幸而演这一出开场戏。

赤鲜鲜的血溅在江岸上，
血淋淋的头悬在车站上，
这是你的最后了！
你的朋友都哭得不能仰视了。
然而我在旁站着只有微笑。

我们打开历史看呵：
一百年以来，
五大洲之内，
和你同道儿的不下千千万，
都在你的前头走过去了，
在这一条黄泉路上，
你当然不怕寂寞罢？

我们再打开眼睛看呵：
在你流血的地方，
在你断头的地方，
跟踪追赶你的也不下万万千，
他们都已准备登场了。
他们都一溜烟似的紧追你去了。

血钟响了！
剧幕开了！
台下的兄弟们不要只管掉泪了。
为了自由之神，
我们要大踏步的登场去！

十二年，三月，九日，夜分。

原载《晨报副刊》1923年第63期

示　威

张维周

今年二月九日，京师学生为声援京汉路罢工，与工人举行大示威，不期而会者数千人。自北京大学出发，游行城内外既竟，群至总统府门首，三呼“劳工万岁”而散。是日，狂风怒号，群众勇气百倍，始终不懈。呜呼壮哉！

会场里的座儿都坐满了；
同时更充满了阴惨惨的空气。
左边坐的是工人，
右边坐的是学生。
——这是他们携手的第一日呵！

主席登坛很严肃的宣告了开会。
接着便是工人们沉痛的演说。
他们说到最伤心处，
大家的白巾都为热泪湿透了。

忽然一个工人取出一件血迹斑斓的血衣，
全场的空气更形惨凄了。
这是为自由之神而流的血呵！
这血染红了一页劳动运动史。
这血暖透了许多已冷过的人心！

大家都摩拳擦掌的不能耐了。
会场里的桌子都拍得雷一般的震动。
一阵叫破嗓子的喊声，
大家由会场里收了泪拥出来了。
白色的小旗拿在手里；
红色的大旗掮在肩上；
血迹斑斓的血衣挂在竿头。
一群人海水似的由北河沿涌过来了。
这是工人和学生悲壮的大示威。
——这是他们携手的第一日呵！

马路上没有欢迎他们的颤动的帽影；
街头的楼窗里没有向他们招呼的白巾。
虽然在这样死气沉沉沙漠般的世界里，
他们仍很悲壮的向前冲去！

在飞沙扬尘的狂风中，
他们狂喊着走过去了。
他们的眼泪浸入这沙漠般的大地！
他们的足迹印在这沙漠般的大地！

十二，三，九，四鼓。

原载《晨报副刊》1923年第63期

赤潮曲

秋蕖（瞿秋白）

赤潮澎湃，
晓霞飞动，
惊醒了
五千余年的沉梦。

远东古国
四万万同胞，
同声歌颂
神圣的劳动。

猛攻，猛攻，
捶碎这帝国主义万恶丛。
奋勇！奋勇！
解放我殖民世界之劳工。

何论黑，白，黄，
无复奴隶种。
从今后，福音遍被，天下
文明。只待共产大同……

看!
光华万丈涌。

原载《新青年》季刊第 1 期，1923 年 6 月 15 日

铁　花

瞿秋白

我不在柔和细腻的自然里，
我不在繁美华盛之中；
在这烟气迷天的工厂内，
锻炼着我的铁花，火涌。

铁花受不着阳光的煦和，
铁花领不着月光的抚慰；
小炉里融融的火炬，
嗤嗤地烧着了花蕊。

那地方锤子的声音来得蠢，
那地方金铁的声音来得紧，
好一似铜松拂着刚风；
我真爱上了，舍却不忍。

不是那轻挥羽扇，妙舞回旋的——
而是那胼胝满目，——是有力的掌。
工厂里燃着不熄的火苗，
照耀我这壮勇无畏的胸膛。

我吹着铁炉里的劳工之怒，
我幻想，幻想着大同，
引吭高歌的……醉着了呀，群众！
锻炼着我的铁花，火涌。

原载《文学周报》第92期，1923年10月15日

上海的清晨

郭沫若

上海市上的清晨
还不曾被窒息的 gasoline 毒尽。
我赤着脚，蓬着头，叉着我的两手，
在马道旁的树荫下傲慢地徒行，
赴工的男女工人们分外和我相亲。

兄弟们哟，我们路是定了！
坐汽车的富儿们在中道驱驰，
伸手求食的乞儿们在路旁徙倚。
我们把伸着的手儿互相紧握罢！
我们的赤脚可以登山，可以下田，
自然的道路可以任随我们走遍！
富儿们的汽车只能在马道之上盘旋。

马道上，面的不是水门汀，

面的是劳苦人的血汗与生命！
血惨惨的生命呀，血惨惨的生命
在富儿们的汽车轮下……滚，滚，滚……
兄弟们哟，我相信就在这静安寺路的马道中央，
终会有剧烈的火山爆喷！

原载《创造周报》1923年第2号

电车复了工

郭沫若

罢了三礼拜的电车已经复了工，
我想那街上的人一定欢喜；
但在这长时期的罢工期间
工人方面不知道又出了多少悲剧。

若是能够的时候，我很想去探访，
但我不幸的依然病在床上；
我怕听那传来的轰隆隆的声音，
那好像含着了无穷的怨望。

我不知道他们是占了胜利，
抑或是完全绝望地受了屈服。
但我想在这样高压的政策之下，
工人们也断不会得到什么满足。

然而上海的工友们毕竟英勇，
在这样寒冷的天气公然罢工；
罢了工，又还支持了三个礼拜，
我们上海的工人们实在是英雄。

我们有的是这样勇敢的工人，
我们有的是这样坚强的意志，
不管目前的斗争是成还是败，
我们终会得到的是最后的胜利！

原载郭沫若《恢复》，创造社出版部，1928 年 3 月初版

我们是些无产者

——代文学专号宣言

蒋光赤（蒋光慈）

朋友们啊！
我们是些无产者；
除了一双空手，一张空口，
我们连什么都没有。
但是这已经够了！
手能运用飞舞的笔龙，
口能做狮虎般的呼吼。

朋友们啊！
我们是些无产者；
我们既然什么都没有，
我们怎顾惜人们所有的一切？
破坏——彻底地破坏罢！

我们愿意造成一个“大家无”的，
同时也就是“大家有”的世界。

朋友们啊！
我们是些无产者；
有钱的既然羞与我们为伍，
穷人们当然要与我们交悦。
我们的笔龙能为穷人们吐气，
我们的呼吼能为穷人们壮色。
哦！我们是些无产者！

朋友们啊！
我们是些无产者；
我们知道无产者的命运是悲哀的，
所以我们诅咒有产者野蛮而恶劣。
我们要联合全世界命运悲哀的人们，
从那命运幸福的人们之宝库里，
夺来我们所拥有的一切！

十月革命节后一日

原载《民国日报·觉悟》1924年第16期

在黑夜里

——致刘华同志之灵

光赤（蒋光慈）

1

我还记得我初次遇见你，
在一间窄小不明的亭子间里；
那时人是很有几个呵，
但我不明白我为什么只惊奇地
对于你，对于你一个人特别注意。

那时你穿的灰痕点点的老布长衫，
你的头发蓬松着似许久未进理发店；
但是你那两只大眼放射着勇敢的光芒，
你的神情证明你是一个美武的少年，——
这教我暗地里时向你瞟眼偷看。

我们先谈一些政治，恋爱，东西南北天，
后谈到一个正题……怎么干？
你说，“不要紧，我去，我当先，
反正我这一条命是九死余生的了；
为自由，为反抗而死的毕竟是好汉！”

你又说，“黑夜总有黎明的时候，
我不相信正义终屈服在恶魔手！
我只有奋斗，因为我什么都没有……”
你的话如火焰一般的热烈，飞流，
你的心，你的心呵，任冰山也冷不透！

2

有一次晚上我提笔拟写一篇“哀中国”，
我伏在桌上总是迟迟地不忍下笔写。
我又想象我们现居的这一个世界，
是一个黑暗沉沉，阴风飕飕的永夜；
虽然永夜终有要放黎明的时候，
但是当东方曙时，朝霞未白的以前呵，
这地狱的生活如何能令人消受得？

这个当儿门吱呀一声，你进来了，
一个两眼闪灼神气英武的少年；
一时间我畏敬地向你看，“朋友，
你手里拿的这一卷是不是传单？”
“是呵，我们又要将血战……明天……”
你逼我对于你起一种深沉的感觉，
你——一个伟大的战士立在我面前！

双十节起了暴雨狂风，
天妃宫内溅满了鲜红的血痕；
在“打倒军阀，打倒帝国主义”的声中，
可恶的恶贼呵！把忠诚的黄仁送了命。
你也是这一天应被牺牲的一个呵，
但你只挨几个老拳，总算侥幸，
总算给你了再活过一年的光阴……

3

你尝为我述自己漂泊的历史；
你说你是无产者——从头算到底。
你也曾当过兵士，赴过前敌，
领略过那子弹在头上纷飞的味；
你也曾做过苦工，受过冻馁，
深知道不幸者的命运是痛苦的。

你说，“就是现在当我读书的时候，
也总未曾过过一天幸福的日子！
今天面包，明天衣服，后天书籍……
我纵刻苦用功又哪能安心呢？
唉！朋友，我要复仇，我要反抗，
我与这黑暗的社会呵，势不两立！”

唉？若说人间而尚有正义，
为什么恶者欢歌而善者哭泣？
为什么逸者奢淫而劳者冻馁？
难道说这都是上帝所注定的？

刘华呵？你是不幸者的代表，
你是上帝的叛徒，黑暗的劲敌！

4

你有领袖的天才，指挥的能力，
你毅然献身于工人的群众里；
数万被外国资本家的虐待者，压迫者，
庆幸呵，得了一个光明的柱石。

顾正红的惨死鼓动了热潮，
南京路的枪声，呼号，血溅，闹不分晓；
就是黄浦江呵也变了红色，
就是这偌大的上海呵也全被杀气笼罩了。

你领着数万被压迫者寻找解放的路，
努力为自由，人权，正义而奋斗；
我想象你那奔驰劳苦的神情，
唉！我只有一句话，“伟大呵，你的身手！”

但是友人和仇敌是不并行的，
光明哪能不受黑暗的侵袭？
于是他们，被压迫者的仇敌，
一定要，唉？一定要杀死你……

5

阴云遮蔽了光明的太阳，
在北风飕飕的静安寺路上，
一个刚出病院的少年行走着，

我们还可看出他的脚步踉跄样；
行走着，行走着，俯头在思量，
忽然围上来几个红头阿三，荷着枪，
还有两个中国狗仔把手铐献上：
“走！走！走！
巡捕房，巡捕房，巡捕房……”

工作太劳苦了，你便进了病院；
“罪过”太犯大了，你便入了监狱；
呵！朋友，什么病院，监狱——一样，
在恶魔横行的时候横竖无处是安乐地！
到处是黑暗，是荆棘，是囚城，
不奋斗便有死——哪里是逃跑的道路呢？
你当时高亢地说，“去就去，
到巡捕房里去，到巡捕房里去呵……
且看你们这些恶鬼将我如何处治。”

帝国主义者的恶毒，资本家的钱，
军阀的枪，结合起来打成一片，
于是在黑夜里，在霜风怒号的声中，
结果了，唉！结果了一个争自由的少年！
四个穿黑衣的警察，一个巡官，
如阴鬼一般将你偷偷地架出荒原，
先脱下了你的衣服，然后啪的一声，
唉！完了，完了，完了呀！
你永远地——永远地抛却了人间！

天空中的星星儿乱闪泪眼；
黄浦江的波浪儿在呜咽；

这时什么人道，正义，光明——不见面，
但闻鬼哭，神号，风嘶，夜鸟在哀怨！
唉！我的朋友，我的同志，我的战士，
你未在天妃宫内公然被走狗们打死，
你未在南京路口被枪杀在群众前，
但在黑夜里被刽子手偷偷地处死，——
我知道你虽死了，你的心不眠。

6

我待要买几朵鲜花献给你灵前，
尽尽生前同志的情谊——痛哭一番；
但谁知你死去尸身抛在何处，
在最乱的野冢间抑在无人可寻的海边？
或者在黄浦江中已葬了鱼腹？
或者在那野僻的荒丘被野兽们饱餍？
哎呦！我的朋友呵！你死了，
但你死了这样惨……惨……惨……

数万工人失了一个勇敢的领袖，
现在也同我一样挥着热泪哭；
在他们那洁白的心房内，简单的想象中，
这巨大的悲哀将永无尽头。
唉？我的朋友，我的同志，我的战士，
你虽死了，你虽惨死了，
但你的名字在人类解放的纪念碑上，
将永远地，光荣地，放射异彩而不朽。

1925，12，21

原载《洪水》1926年第15期

庐山石工歌

徐志摩

（一）

唉浩！唉浩！唉浩！
唉浩！唉浩！
我们起早，唉浩，
看东方晓，唉浩，东方晓！
唉浩！唉浩！
鄱阳湖低！唉浩，庐山高！
唉浩，庐山高；唉浩，庐山高；
唉浩，庐山高！
唉浩，唉浩！唉浩！
唉浩！唉浩！

（二）

浩唉！浩唉！浩唉！

浩唉！浩唉！
我们早起，浩唉！
看白云低，浩唉，白云飞！
浩唉！浩唉！
天气好，浩唉，上山去；
浩唉，上山去；浩唉，上山去；
浩唉，上山去！
浩唉！浩唉……浩唉！
浩唉！浩唉！

（三）

浩唉！唉浩，浩唉！
唉浩，浩唉！唉浩！
浩唉！唉浩！浩唉！
唉浩！浩唉！唉浩！
太阳好，唉浩，太阳焦，
赛如火烧，唉浩！
大风起，浩唉，白云铺地；
当心脚底，浩唉；
浩唉，电闪飞，唉浩，大雨暴；
天昏，唉浩，地黑，浩唉！
天雷到，浩唉，天雷到！
浩唉，鄱阳湖低；唉浩，五老峰高！
浩唉，上山去，唉浩，上山去！
浩唉，上山去！
唉浩，鄱阳湖低！浩唉，庐山高！
唉浩，上山去！浩唉，上山去！
唉浩，上山去！

唉浩！浩唉！唉浩！
唉浩！唉浩！浩唉！
唉浩！浩唉！唉浩！
浩唉！唉浩！浩唉！

附录徐志摩欧游途中来函

勉己兄

我记得临走那一天交给你的稿子里有一首《庐山石工歌》(是用铅笔写在北票煤矿公司的信笺上的)，盼望你没有遗失。那首如其不曾登出，我想加上几句注解。庐山牯岭一带造屋是用本山石的，开山的石工大多是湖北人，他们在山坳结茅住家，早晚做工，赚钱有限，仅够粗饱，但他们的精神却并不颓丧(这是中国人的好处)。我那时住在小天池，正对鄱阳湖，每天早上太阳不曾驱净雾气，天地还只暗沉沉的时候，石工们已经开始工作，唉浩的声音从临近的山上度过来，听了别有一种悲凉的情调。天快黑的时候，这唉浩的声音也特别的动人。我与歆海住庐山一个半月，差不多每天都听着那石工的喊声，一时缓，一时急，一时断，一时续，一时高，一时低。尤其是在浓雾凄迷的早晚，这悠扬的音调在山谷里震荡着格外使人感动，那是痛苦人间的呼吁，还是你听着自己灵魂里的悲声？Chaliapine(俄国著名歌者)有一支歌，叫作《鄂尔加河上的舟人歌》(VolgaBoatmen's Song)是用回返重复的低音，仿佛鄂尔加河沉着的涛声，表现俄国民族伟大沉默的悲哀。我当时听了庐山石工的叫声，就想起他的音乐，这三段石工歌便是从那个经验里化成的。我不懂得音乐，制歌不敢自信，但那浩唉的声调至今还在我灵府里动荡，我只盼望将来有音乐家能利用那样天然的音籁谱出我们汉族血赤的心声！

志摩　三月十六日西伯利亚

原载《晨报副刊》1925年第82期

血　歌

——为五卅惨剧作

朱自清

血是红的！
血是红的！
狂人在疾走，
太阳在发抖！
血是热的！
血是热的！
熔炉里的铁，
火山的崩裂！
血是长流的！
血是长流的！
长长的扬子江，
黄海的茫茫！
血的手！

血的手！
戟着指，
指着他我你！
血的眼！
血的眼！
团团大，
射着他你我！
血的口！
血的口！
申申詈，
唾着他我你！
中国人的血！
中国人的血！
都是兄弟们，
都是好兄弟们！
破了天灵盖！
断了肚肠子！
还是兄弟们，
还是兄弟们！
我们的头还在颈上！
我们的心还在腔里！
我们的血呢？
我们的血呢？
“起哟！
起哟！”

原载《小说月报》1925年第7期

给死者

佩弦（朱自清）

你们的血染红了马路；
你们的血染红了人心！
日月将为你们而躲藏！
云雾将为你们而弥漫！
风必不息地狂吹；
雨必不息地降下！
黄浦江将永远地掀腾！
电线杆将永远地抖颤！
上海市将为你们而地震！
你们看全国的哀号！
你们看全国的丧服！
你们看全国颜面的沉默！
花将为你们失色，
鸟将为你们失音；
酒将不复在我们口中，

笑将不复在我们唇上！
仇敌呀！仇敌呀！——
来，来，来，
我们将与他沉沦！
我们都将与他沉沦！

原载《文学周报》1925 年第 179 期

读了《李启汉出狱》之后

曹笠公

世界这么伟大壮丽！
成千成万的物类。
又是这么绮晔华美！
——这都是谁之功烈？
宇宙之功？
造物之力？
嗳！宇宙何功，造物何力？
这都是劳工之心血精力！
翱翔云表之飞机，
驰骋水面之船艇；
越山漫岭而不虞，
风雨打击而安宁；
举目四顾，
低首扪心；
那件不是劳工们心血之结晶！

没有了劳工，
世界乌有，
万物归画！
呵！劳工——
宇宙之主，
造物之神！

但是现在之劳工怎样：
头虱满长发丛，
蚊蚤并吮身上；
白昼遇劫盗，
晚间遭贼攘；
卑宇陋屋，
风侵雨剥；
衣衫褴褛，
饮食又不足。
精血日亏蚀，
身体寖枯索！
噫！可怜之劳工——
宇宙之主，
造物之神！

头虱与蚊蚤——资本家，田主……
盗和贼——军阀，贼吏……
——这都是我们之仇敌！
启汉，他看到了这种种，
心中大为不平；
挺身攘臂为我们做先锋，

来扫除群众之公敌，
谋世界之安宁。
虽被百创负千孔，
还是勇猛的再仆再兴！
鼓舞着全神，
号召我全民，
团结起来把杀人之孽障灭尽！
劳工呀！
宇宙之主，
造物之神！
他为我们奋斗牺牲，
我们怎可不起来响应！

十四年元旦于上大

原载《民国日报·觉悟》1925年第6期

五卅周年纪念放歌

刘一声

前　曲

民众的血还在燃！
强盗的心还在颤！
分明是昨天前天的斗争啊！
怎说就忽忽到了一周年！？

分明是昨天前天的斗争啊，
“打倒帝国主义”的呼声还在耳边！
怎说就忽忽到了一周年啊，
一幕悲壮激昂的惨剧还在眼前！

试看学生们奔走如流电！
试看那传单纷飞如雪片！
试看这赤日炎炎五月天，

万千的听众们振臂狂喊！

“取消不平等条约”！“收回海关”！
“收回租界”！“取消领事裁判权”！
“取消印刷附律”！“取消码头捐”！
“为中华民族雪耻”！“为被杀同胞申冤”！

同学们一个个被捉去了，
看强盗们是何等凶残！
可是中国人如今不易欺了，
看我们怒潮般的一拥上前！

巡捕房门外拥满的是群众，
巡捕房门内监锁的是青年！
“交还我们的领袖来呀”！
这喊声好像是喷出的火箭！

看英捕在殴打我们的同胞，
怨恨与憎恶在燃烧了！
看英捕在殴打我们的同胞，
愤怒的反抗要爆裂了！

“打！倒！帝！国！主！义！”
呀！这激越的呼声，声闻于天！
“打！倒！帝！国！主！义！”
呀！这激越的呼声，声闻于天！

“砰！砰！砰！砰！砰！砰！”

强盗们的残杀开始了！
群众的队伍凌乱了！
同胞的血花飞溅了！

淌洋的是鲜红的血！
交横的是死者的尸！
路旁过客尽伤悲！
有人在收检死者的血衣！

……………………………

后　曲

是谁说华人是最驯服的顺民？
只看我们反抗精神的第一番！
是谁说工人是最卑下的奴隶？
只看我们把强盗的统治根本推翻！

全国海内外的民众都起来响应了，
是谁说华人生命价最廉！？
全世界的无产阶级都起来声援了，
是谁说工人的血不值钱！？

几十年的冤仇如今爆发！
几十年的积恨如今迸裂！
如今要奋发我们的革命精神，
誓把几十年的耻辱全盘湔雪！

从今后不再在枷锁下苟延残生！

从今后不再在屠刀下婉转哀咽！
愿抖擞精神竖起身，
奋勇争回一个堂堂正正的“人格”！

从今后我们要高举红旗，走上世界革命的路！
从今后我们要挥起利剑，杀尽外国的屠夫！
年年的五卅，我们要检阅革命的队伍！
年年的五卅，我们要复演革命的壮图！
同胞乎！同胞乎！
莫思量生生死死，
莫计较有有无无，
趁如今先烈之血尚热，
趁如今先烈之骨未枯，
愿为先烈复仇雠，
去，去，去，
去拼掷，
这一副，
好头颅！！

原载《中国青年》1926年第121期

奴隶们的誓言

一声（刘一声）

我们辛苦耕田，
食不饱一顿淡饭；
我们辛苦织布，
穿不够一件破衫；
我们筑起广厦高楼，
住的却是不禁风雨的大杂院！

是我们打的锁链，
却拿来镇锁我们自己；
是我们造的监牢，
却拿来幽囚我们自己；
是我们做的刀枪，
却拿来杀本国和外国的工人兄弟！

噫嘻！
从今后，我们觉悟矣！
要打钢成刀，
向强盗们指！
要熔铁成枪，
向强盗们刺！
要做成一切武器，
武装我们和我们的兄弟！

一切的权力，
要抢在我们手里！
一切的仇敌，
要踏在我们脚底！
旧世界打个粉碎，
新世界重新造起！
看红旗招展处，
预言着全世界被压迫者的胜利！

原载《中国青年》1926年第119期

女工的歌

王任叔

虚伪的道德家，请你们想一想！
我做工的女儿，并不是生来就淫荡，
一天到晚末，在工厂里已经不亦乐乎忙，
夜里末，谁还愿拉着个客人来白相[①]，
也为的是爸妈年纪大了，弟妹还年少，
争一口哪，明天呵，唉！明天的食粮！

虚伪的道德家，请你们想一想！
你们的冷箭实在可以不必向我做工的女儿放，
先生们总是剥削杀杀要把我们的工钱扣，
上一会坑子末说是我在偷忙，
擎一会篮子末说我在把纱藏，
算盘子一上一下竟把我们的工钱扣过光。

---

① 白相：沪语游玩的意思。

虚伪的道德家，请你们想一想！
我做工的女儿，有了苦痛也无处去商量，
要和先生们理论理论又恐怕无工做，
想不和先生们理论，又熬不住肚子咕隆咕隆响，
我毕竟没有飞天的本领把一家五口养，
我终也不能点石成金把门户安稳撑。

虚伪的道德家，请你们想一想！
你们的冷箭实在可以不必向我做工的女儿放，
幸亏爸妈末生我是女儿身，
日里夜里哟，总算还得一船划双桨，
我隔壁机器间里做工的哥哥呀，
饱不了饭末也只好喝一口粥弱汤。

虚伪的道德家，请你们想一想！
我做工的女儿，只有这什事情真心伤，
日里末，老着脸皮扣起工钱一丝一毫无情让，
夜里末，摸摸索索“心头肉呀，心肝肉呀，让我一躺躺”。
唉！吸我膏血的固然是这班大流氓，
却原来劫我处女的花冠的也是这班“鬼无常”！

虚伪的道德家，请你们想一想！
我做工的女儿末并不是生来就淫荡，
一天到晚末在工厂里已经不亦乐乎忙，
夜里末谁还愿拉着个客人来白相，
也为的是爸妈年纪大了，弟妹年还少，
挣一口哪，明天呵，唉！明天的食粮。

原载《少年先锋》1926年11月21日第9期

新大鼓

刘 华

工友们，你静听，
唱一个大鼓儿安你心。
我工友，团结牢，
什么好处都得到。
从前时，没组织，
做牛做马受尽气。
生活紧，工钱小，
一家数口吃不饱。
最伤心，停生意，
铺子充公没人理。
现今时，有工会，
大家团结保地位。
派代表，去要求，
想得好处真自由。
资本家，多狡猾，

花费小钱他不怕。
办小学，设诊所，
处处表示来调和。
待妊妇，定条例，
优待我们求妥协。
不但是，以利动，
并且背后暗好笑：
一笑我们不明理，
情愿自己害自己。
二笑我们贪小财，
不顾后路图眼前。
识奸计，要明亮，
免得后来上他当。
任便你，千百计，
我们还是顾团体。
这样来，他没法，
我们工会要弄大。
一要他，造会所，
一个罢工就会妥。
二要他，倒威风，
一个怠工也成功。
这些事，靠团结，
别样方法求不得。
工友们，快努力，
免得吃亏后悔迟。

原载《上海总工会三日刊》第110期，1926年3月7日

劳工歌

汪静之

霸占巨产的走肉行尸！
你们是一切罪恶的根底！
你们的灵魂上爬满粪蛆，
你们的心是恶魔所栖。

你们把我们的枯骨
去铺你们伊甸园的道路；
在我们的尸身上作乐，
在我们的头颅上跳舞。

你们把我们做奴隶，
把我们做牺牲；
我们做工供你们享乐，
我们自己忍冻忍饥。

你们是最暴虐的盗寇，
最残忍的豺狼野兽！
你们购买了我们的生命，
抢夺了我们的所有。

你们把我们践踏，
仿佛蹂躏脚底下的泥沙；
你们饮我们的鲜血，
把我们做两脚的牛马。

我们要复仇，我们要雪恨！
把你们粉骨碎身！
我们定不饶恕如此恶物，
誓必把你们灭种除根！

原载《文学周报》1929 年第 4 卷，第 251—275 期

一九二九年的五月一日

白莽（殷夫）

一

最后的电灯还闪在街心，
颓累的桐树后散着浓影，
暗红色的，灰白色的，
无数的工厂都在沉吟。

夜还没收起她的翅膀，
路上是死一般的荒凉，
托，托，托，按着心的搏跃，
我的皮鞋在地上发响。

没有戴白手套的巡警，
也没有闪着白光的汽车眼睛，
烟突的散烟涌出，——

纠缠着，消入阴森。

工厂散出暖的空气，
机器的声音没有惫疲，
这儿宇宙是一个旋律——
生的，动的，力的大意。

伟长的电线杆投影
横过街面有如深井，
龌龊的墙上涂遍了白字，——
创口的膏布条纹：

纪念五一劳动节！
八小时工作！
八小时教育！
八小时休息！

打倒××党[①]！
没收机器和工场！
打倒改良主义，
我们有的是斗争和力量！

这是全世界的创伤，
这也全世界的内疚，
力的冲突与矛盾，
爆发的日子总在前头。

---

① ××党：指国民党。

呵，我们将看见这个决口，
红的血与白的脓汹涌奔流，
大的风暴和急的雨阵，
污秽的墙上涂满新油。

呵，你颤战着的高厦，
你底下的泥沙都在蠢爬；
你高傲的坚挺烟突，
烟煤的旋风待着袭击……

二

勤苦的店主已经把门打开，
老虎灶前已涌出煤烟，
惺忪睡容的塌车夫，
坐在大饼店前享用早点……

上海已从梦中苏醒，
空中回响着工作日的呵欠声音，
上工的工人现出于街尾，
惨白的路灯残败于黎明。

我在人群中行走，
在袋子中是我的双手，
一层层，一叠叠的纸片，
亲爱地吻我指头。

这里是姑娘，那里是青年，

半睡的眼，苍白瘦脸，
不整齐地他们默着行走，
黎明微凉的空气扑上人面。

她们是年青的，年青的姑娘，
他们是少年的——年轻力强，
但疲劳的工作，不足的睡眠，
坏的营养——把他们变成木乃伊模样。

他们像髑髅般瘦孱，
他们像残月般苍黄，
何处是他们的鲜血，青春……
是润着资产阶级的胃肠。

他们她们默默地走上，
哲学家般地充满思想，
这就是一个伟大的头脑，
思慕着海底的太阳。

呵，他们还不知道东方输上了红光，
这个再不是“他们”的朝上，
这五一节是“我们”的早晨，
这五一节是“我们”的太阳！

三

我才细细计划，
把我历史的工作布置，
我要向他们说明：

今天和将来都是“我们”的日子。

——“今天是五月一号，
这是他们的今朝，
我们要拒绝作工，
我们叫出三个口号：

“八小时工作，
八小时休息，
八小时教育！

“我们总同盟罢业，
纪念神圣的五一节，
这是我们誓师的大典，
我们要继续着攻击！

………………”

四

怒号般的汽笛开始发响，
厂门前涌出青色的群众，
天，似有千万个战车在驰驱，
地，似乎在挣扎着震动。

呵哟，伟大的交响，
力的音节和力的旋律，
踏踏的步声和小贩的叫喊，
汽笛的呼声久久不息……

呵，这杂乱的行列，
这破碎零落的一群，
他们是奴隶，
又是世界的主人，

这被压迫着的活力，
这被囚困着的精神，
放着大的号呼了，——
欢迎我们的黎明……

我突入人群，高呼：
“我们……我们……我们……”
白的红的五彩纸片，
在晨曦中翻飞像队鸽群。

呵，响应，响应，响应，
满街上是我们的呼声！
我融入于一个声音的洪流，
我们是伟大的一个心灵。

满街都是工人，同志——我们，
满街都是粗暴的呼声，
满街都是喜悦的笑，叫，
夜的沉寂扫荡净尽。

呵哟，这是一阵春雷的暴吼，
新时代的呱呱声音，

谁都溶了一个憧憬的烟流，
谁都拿起拳头欢迎自己的早晨。

“我们有的是力量，
我们有的是斗争，
我们的血已沸荡，
我们拒绝进厂门！……”

五

一个巡捕拿住我的衣领，
但我还狂叫，狂叫，狂叫，
我已不是我，
我的心合着大群燃烧。

他是有良心的狗：
“这是危险的事业——
只要掉得好舌头，
也可摆脱罪孽……”

谢你哟，我们的好巡警，
我领受你的好心，
从你我已看出同情的萌芽，
却看不见你阶级的觉醒。

这是对垒的时候，
只要坚决地打下心肠——
不替杀人者杀人，
那就是我们的战将。

群众的高潮在我背后消去，
黑暗的囚牢却没把我心胸占据，
我们的心是永远只一个，
无论我们的骨成灰，肉成泥。

我们的五一祭是誓师礼，
我们的示威是胜利的前提，
未来的世界是我们的，
没有刽子手断头台绞得死历史的演递。

1929 年 5 月 5 日

原载《萌芽月刊》1930 年第 5 期

血 字

殷 夫

血液写成的大字，
斜斜地躺在南京路，
这个难忘的日子——
润饰着一年一度……

血液写成的大字，
刻画着千万声的高呼，
这个难忘的日子——
几万个心灵暴怒……

血液写成的大字，
记录着冲突的经过，
这个难忘的日子——
狞笑着几多叛徒……

五卅哟！
立起来，在南京路走！
把你血的光芒射到天的尽头，
把你刚强的姿态投映到黄浦江口，
把你的洪钟般的预言震动宇宙！

今日他们的天堂，
他日他们的地狱，
今日我们的血液写成字，
异日他们的泪水可入浴。

我是一个叛乱的开始，
我也是历史的长子，
我是海燕，
我是时代的尖刺。

“五”要成为报复的枷子，
“卅”要成为囚禁仇敌的铁栅，
“五”要分成镰刀和铁锤，
“三”要成为断铐和炮弹！……

四年的血液润饰够了，
两个血字不该再放光辉，
千万的心音够坚决了，
这个日子应该即刻销毁！

原载《拓荒者》1930 年第 1 卷，第 4—5 期

静默的烟囱

殷　夫

烟囱不再飞舞着烟，
汽笛不再咽叹着气，
她坚强地挺立，有如力的女仙，
她直硬的轮廓象征着我们意志！
兄弟们，不再为魔鬼做工，
誓不再为魔鬼做工！
我们要坚持我们的罢业，
我们的坚决，是胜利的条件，
铁的坠道[①]中流着我们的血，
皮带的机转中润着我们的汗水，
我们不应忍饥寒，
我们不应受蹂躏，
我们是世界的主人。

---

① 原诗为“坠道”，应为隧道。

看，烟囱静默了，
死气笼住工场的全身，
这只是斗争时的紧张，
胜利时，
汽笛将歌咏我们的欢欣。

1929，11

原载《拓荒者》1930 年第 1 卷第 1 期

饥饿的褴褛的一群

（朗诵诗）

凌铁（楼适夷）

团结起来哟，劳苦的兄弟们！
在日本帝国主义的铁蹄下，
我们东北的工农大众正在呻吟。
在十月十八日的劳勃生路的寒风中，响彻着这样的呼声。
饥饿的，褴褛的一群。
不是向反动的政府来请愿，
也不要听他们骗人的对日宣战。
我们马上武装自己的手
直面着帝国主义的群众的斗争。
………………………………
你，榨尽了血和肉的饥寒的工农！
你，被卖了身体的殖民地的奴隶！
涌向前去，我们一起，

向前去，向反帝个主义战的火线下去。
炸烈弹，毒瓦斯，军舰，大炮，飞机，
威吓得民族资产阶级的狗，
却镇压不了我们的蜂起！
俄罗斯的兄弟，英吉利的兄弟，美利坚的兄弟，日本的兄弟，全世界万万千千被压迫的奴隶，
都跟我们在一起，
还有什么惧怕呢？你！
…………………………
石林般的丛立的，是我们高举的拳，
赤血般的飘舞的，是我们前导的旗，
举起暴雷的声向帝国主义号吼，
举起钢铁的脚去赴向战地，
冲破这对向我们的炮口，
冲破这拦阻我们的铁蹄！
暴雷的，钢铁的脚，石柱般的拳，赤血般的旗——
这一切，便是我们致敌人死命的武器！
……………………………
炮弹不仅在东北日本军队的手里，
炮弹也在上海各国帝国主义的手里，
炮弹也在南京广东国民党政府的手里，
泛流的不仅是东北大众的血，
泛流的也是上海工农兵的血，
泛流的也是全中国工农兵的血，
上海宝山路上的血，
广州永汉路上的血，
二七的血，五卅血，六二三的血，三一八的血，四一五的血——
血，血，血，劳苦大众的血，

要洗清这一切的血，
只有再洒我们洒不尽的劳勃生路的血！
……………………………………
再洒我们无量数的血，
去换取我们的炮弹：
进攻帝国主义的炮弹，
扑灭反动军阀的炮弹，
守卫苏维埃联邦的炮弹，
建设苏维埃中国的炮弹，
——消灭全世界资本主义社会的炮弹。
……………………………………
团结赤来哟，劳苦的兄弟们！
我们是来从工场，来从农村的，来从暗黑的营舍的，
钢铁的军队，反帝战的前锋！
在六分之五的地球的黑暗的底层，
响彻这样的呼呼声，
饥饿的，褴褛的一群。………………

——29，oct，1931

原载《前哨·文学导报》1931 年第 6—7 期

女针工之歌

亚平（王亚平）

马达响得慢，
马达响得紧，
谁家不吃白米饭？
谁家不用绣花针？
姑娘拿它刺花枕，
缝妇拿它补鞋袜，
裁缝拿它缀衣裙。
谁晓得？
谁晓得？
针儿来的不容易，
针儿来的太费劲：
买来钢丝截成节，
火里烧，
机器磨，
穿针孔，

磨针尖，
……………………
马达响，
飞轮转，
使得手脚痛，
累得骨头酸，
吸着臭空气，
吃着黑煤烟，
撑着困倦眼，
姊妹们
罗坐在长案前，
你量针，
我打包，
十只忙乱不得闲。
一月要出二十五万包，
每个针儿要经手续五十三遍。
有时厂主着了急，
还说："社会不景气，
买卖不赚钱，大家必须减工钱……"
……………………
马达响的紧，
马达响的慢，
谁家不用绣花针？
谁知针工的苦和难！

原载《女子月刊》1935 年第 3 卷第 8 期

纺纱室里

王亚平

永远照不到一线温和的阳光，
也吹不进一丝凉爽的风儿，
千百只手把住千百辆纺车，
在灰暗的石室里尽快地旋动。

两只眼把定了手里的细线，
一个心黏住了自己的工作，
纺车楞楞地唱着自然的音乐，
棉絮在头上像雪花飞绕。

过度的工作弄成了驼背弯腰，
恶浊的空气损伤了呼吸匀和，
惨白的脸上找不出一丝欢笑，
青春眼里丧失了晶莹的光波。

心里总惦记着“扣薪革职”，
肺病蚕食了生命的健康，
就这样辗转在生命的轮下，
一年三百六十五日苦苦地挨着时光。

可喜的是大家的心儿结成一个，
在困苦的斗争里同求解脱，
怕什么？怕什么？人多力量大，
去吧！冲破铁门夺取美好的生活。

1934 年 7 月，天津

原载王亚平《都市的冬》，国际书店，1935 年版

炭　鬼

臧克家

鬼都望见害怕的黑井筒，
真奇怪，偏偏有人活在里边，
未进去之先，还是亲手用指印
在生死文书上写着情愿。

没有日头和月亮，
昼夜连成了一条线，
他们活着，专为了和炭鬼对命；
是几时结下了不解的仇怨？

他们的脸是暗夜的天空，
汗珠给它流上条银河，
放射光辉的两只眼睛，
像一对月亮在天上灼烁。

你不用愁他们的日子无法消磨，
他们的生命随时可以打住：
魔鬼在壁峰上点起天火，
地下的神水突然涌出。

他们像不曾把死放在心上，
常拿伙伴的惨死说着玩，
他们把死后的抚恤，
和妻子的生活连在一起看。

他们也有个快活的时候，
当白干直朝喉咙里灌，
一直醉成一朵泥块，
黑花便在梦里开满。

别看他们现在比猪还蠢，
有那一天，心上突然迸出个勇敢，
捣碎这黑暗的囚牢，
头顶落下一个光天。

原载《文艺月刊》1933年第9期

罪恶的黑手

臧克家

一

在这都市的道旁，
划出一块大的空场，
在这空场的中心，
正在建一座大的教堂。

交横的木架比蛛网还密，
像用骷髅架起的天梯，
十万只手，几千颗心灵，
从白到黑在上面搏动。

这称起是压倒全市的一件神工，
无妨用想象先给它绘个图形：
“四面高墙隔绝了人间的罪恶，

里边的空气是一片静默，
一根草，一株树，甚至树上的鸟，
只是生在圣地里也觉到骄傲。

大门顶上横一面伟大的十字架，
街上过路的人都走在它底下，
耶稣的圣像高高在千尺之上，
看来是怎样的伟大，慈祥！

他立在上帝与人世中间，
用无声的话传达主的教言：
“奴隶们，什么都应该忍受，
饿死了也要低着头，
谁给你的左腮贴上耳光，
顶好连右腮也给送上，
忍辱原是至高的美德，
连心上也不许存一丝反抗！
人间的是非肉眼那能看清？
死过之后主自有公平的判定。”

早晨的太阳先掠过这圣像，
从贵人的高楼再落到穷汉的屋上，
黄昏后，这四周严肃得叫人害怕，
神堂的影子像个魔鬼倒在地下。

早晨的钟声像个神咒，
（这钟声不同别处的钟声。）
牵来了一群杂色人等，

男女牧士们走在前面，
黑色的头巾佩着长衫，
微风吹着头巾飘荡，
仿佛罪恶在光天之下飞扬。

后面逐着些漂亮男子，
肥白的脸皮上挂着油丝，
脚步轻趋着，低声交语，
用心做了一脸肃穆。

还有一队女人缀在后边，
脂粉的香气散满了庭院，
一个用长臂挽着别个，
像一个花圈套一个花圈。

阳光像是主的爱，照着这群人，
也照着他们脚下的石阶，
钟声一阵暴雨的急响，
送他们进了神圣的教堂。

中间有的是刚放下了屠刀，
手上还留着血的腥臭；
有的是因为失掉了爱情，
来到这儿求些安宁；
有的在现世享福还嫌不够，
为来世的荣华到此苦修；
有的是宇宙伤了他多情的心，
来对着耶稣慰藉心神；

有的用过来眼看破了人生，
来求心上刹那的真诚；
有的不是来为了求恕，
不过为追逐一个少女。
虽是这些心的颜色全然异样，
然而他们统统跪下了，朝着上方。

牧士登在台上像威权临着这群众，
用灵巧的嘴，
用灵巧的手势，
讲着教义像讲着真理。
他叫人好好管束自己，
不要叫他做了叛逆，
他怕这空说没有力量，
又引了成套惩劝的旧例。

每次饭碗还没触着口，
感谢的歌声先颤在咽喉，
晚上每在上床之前，
先用祈祷来做个检点，
这功课在各人心上刻了板，
他们做来却无限新鲜。

二

然而这一切，一切未来的繁华，
与脸前这一群工人无干，
他们在一条辛苦的铁鞭下，
只忙着去赶契约上的期间。

有的在几千尺之上投下只黑影，
冒着可怕的一低头的晕眩，
石灰的白雾迷了人形，
泥巴给人涂一身黑点，
铁锤下的火花像彗星向人扫射，
风挟着木屑直往鼻眼里攒。

这里终天奏着狂暴的音乐：
人声的叫喊，轧轧的起重机，
你听，这是多么高亢的歌！
大锯在木桩上奏着提琴，
节奏的铁砧扣着拍子，
这群工人在这极度的狂乐里，
活动着，手应着心，也极度的兴奋。

有的把巧思运入一方石条的花纹，
有的持一块木片仔细的端详，
有的把手底的砖块飞上半空，
有的用罪恶的黑手捏成耶稣慈悲的模样。

这群人从早晨背起太阳，
一天的汗雨泄尽了力量；
平地上，一万幕灯火闪着黄昏，
灯光下喘息着累倒了的心。

他们用土语放浪的调笑，
杂一些低级的诙谐来解疲劳，

各人口中抽一缕长烟，
烟丝中杂着弥味的乡谈，
那是家乡场园上用消夏夜的，
永不嫌俗，一遍两遍，不怕一万遍，
于今在都市中他们也谈起来了，
谈起也想起了各人的家园。
他们一点也不明白为什么要盖这教堂，
却惊叹外洋人真是有钱，
同时也觉得说不出的感激，
有了这建筑他们才有了饭碗。
（虽然不像是为了吃饭才工作，
倒是像为了工作才吃饭。）

这大建筑把这大众从天边拉在一起，
陌生的全变成亲热的兄弟，
白天忙碌紧据在各人的心中，
没有闲暇去做思乡的梦，
黑夜的沉睡如同快活的死，
早晨醒来个奴隶的身子。
是什么造化，谁作的主，
生下他们来为了吃苦？
太阳的烤炙，风雨的浸淋，
铁色的身上生起片片的黑云，
机器的凶狞，铁石的压轧，
谁的躯体是金刚铸成？
室家的累赘，病魔的侵袭，
苦涩中模糊了无色的四季，
一阵头昏，或一点不小心，

坠下半空成一摊肉泥，
这真算不了什么稀奇，
生死文书上勾去个名字；
然而他们什么都不抱怨，
只希望这工程的日期延长到无限。

三

不过天下的事谁敢保定准？
今日的叛逆也许是昨日的忠心，
谁料定大上海那刹起风暴？
万年的古井也说不定会涌起波涛！
等这群罪人饿瞎了眼睛，
认不出上帝也认不清真理，
狂烈的叫嚣如同沸水，
像地狱里奔出来一群魔鬼，
用蛮横的手撕碎了万年的积卷，
来一个无理性的反叛！
那时，这教堂会变成他们的食堂或是卧室，
他们创造了它终于为了自己，
那时这儿也有歌声，
不是神秘，不是耶稣的赞颂，
那是一种狂暴的喜嚷，
太阳落到了罪人的头上。

九月五日全夜写强半，六日完成。
二二年于青岛。

原载臧克家《罪恶的黑手》，生活书店，1934 年 10 月初版

都市的夜

（前有此作，嫌不尽致，再赋此篇）

臧克家

挂满了网络的红丝，
这睁大着的一只兴奋的眼睛，
像被淫污过一万遍的女子，
浮肿的眼皮上兜不住平静。
天上找不到媚眼的群星，
没法指着北斗来定季候，
辨不清渺茫银河的一片静，
也看不见彤云拥着月亮走；
万点灯火在半空交流，
像无数的心脏在极度的跳动。
地上烧着地狱的火红，
是那么熊熊的一大片，
杂乱的影子各奔着生命，

脚跟仿佛怕沾着火焰。
一条一条火龙掠地飞腾，
带一点发急的吼吟；
斑斓的猛虎到处乱冲，
亮着一双可怕的眼睛；
八只马蹄拼命的向前，
顾不及负辕平衡的安详；
人力车最是笨重得可怜，
像一只蚂蚁曳一个螳螂，
一片浮响兜着这都市，
是恶魔用复音作恶罪的宣扬。
这样古老的趣味
没法叫它的梦知道：
深巷里犬吠春星，
五更头一声鸡鸣，
轻梦缭绕着残了的灯花，
纺织车上摇出的夜声。
舞场的彩灯亮得昏迷，
照着神仙飘飘的羽衣，
歌声浮沉着醉了的心，
谁还想到这是在夜里？
工厂的机器转着人心，
也奏着乐，那是轧轧的声音，
震得人灵魂像雨打浮萍，
一惚一恍在迷昏中摇荡。
这都市的夜真值得赞颂，
它是地狱又是天堂，
它还大量的不偏不倚，

流溢清歌，也掩不住窒塞的呼吸。
真想它来个痛快的爆炸，
在死灰里找点静谧。

11，1933。

原载臧克家《烙印》，开明书店，1934年3月初版

人与煤炭

陶知行（陶行知）

民国三年的秋天，我第一次坐海船东渡，自言自语地说：海船走得这么快，好极了。教科书告诉我这是蒸汽机关推动的。我应该去看看这蒸汽机关。走到机器间去看了一忽儿，心里想，蒸汽是水烧滚了变的。我得去看一看这水是用什么东西烧，怎样的烧法？我于是一路问到火舱门口，一看，几个赤膊的活人像天津鸭子在那儿烤着，烤出一身的黑油！身上，脸上，手上黑得如同他们所烧的煤炭一般黑！这是我与火夫们第一次见面所得的印象，简直像硝强水刻到我的心窝里。我明白了：乘长风破万里浪，代价是火夫们的泪和血！岂但海船上的火舱是人间地狱，您走进电力厂，机器厂，面粉厂，织布厂里去看看，便知道我们吃的，穿的，住的没有一样不渗透了工人们的血泪！一粥，一面，一衣，一灯，当思来处不易。如果您一时没有机会去看，那末，请听我唱罢！

机器正开工，
炉火通红。

人与煤炭忒相同！
胖子进来瘦子出，
俱人烟囱。
减少点把钟，
加几个铜？
工人不是主人翁。
如此人间即地狱，
翻造天宫。

二十年春。

原载陶行知《知行诗歌集》，上海儿童书局，1933 年版

活　路

知行（陶行知）

人们都说做活路，
便是走上生活。

我要问：
什么缘故，
织布的没有布补裤？
什么缘故，
种粮食的要饿肚？
什么缘故，
木匠瓦匠没有房子住？
什么缘故，
奶妈和小学教师的孩子，
没有人照顾？
什么缘故。
战士不得复员？

千万难民无归路？

活路是要做，
做活路的人要觉悟：
要联合互助；
要争取解放；
要创造出自己的生路！
生活是民主和平，
保卫和平民主是迫切的活路！

三十五，四，十一

原载《活路》1946 年第 1 期

从黑暗中鉴别你的路吧

洛虹（罗烽）

在都市工厂的大烟囱林立着，
冒着乌黑的乌黑的浓烟，
好像战争时候的高射炮，
喂，都不是连绵的狼烟、烽火？

白昼看见了狞恶假善人群的脸，
不可捉摸的恐怖、战栗和腥血……
藏在太阳还没探头的前夜，
朋友，就以这混沌黑暗中鉴别你的路吧！

原载《大同报·夜哨》1933年9月3日

码头夫

三郎（萧军）

“掮呀，掮呀……
弟兄们，
一只木签，三个铜元。”
“掮呀，掮呀！
三个铜元，一只木签。”

他们的脖子伸长，
他们的脉管横张，
双手擒死住囊角，
一步步掮向仓积的地方。

那是一片停船的坞荡，
是码头夫们“生命的赌场”，
豆囊是死囚者的“血招”，
木签该是“行刑者”的宝刀！

一步踏着一段阶梯！
那是近乎四十五度的倾斜，
百零几段的阶梯。

江波在下面来去悠悠，
吐吮着贪婪的舌头；
棱石乱耸在梯旁，
又那样固执而顽强！

棱石没有温情，
江波没有忧愁，
它们逐日在看着，
一些赌生命的东西们，
上下驰走。

“掮呀，掮呀，弟兄们！
一只木签，三个铜元，
——莫要撒懒！”
那个打鸟帽扣到脑后的掌签人，
他的浓眉重锁着，
沙叫着鬼样的声音：
“掮呀——你个老懒驴，
为什么横了别人的路，
——你在休息？”
老人的脚，开始在木阶上颤拔，
一阶，一阶，又一阶……

在仓积的地方，

有着些武装的英雄，
他们的刺刀横溢着毫光，

据说他们正在催运军粮。
大豆，燕麦……
积得如山样。

“掮呀，掮呀！
一只木签，三个铜元，
掮呀，掮呀！……
兄弟们……”
……

三三，秋

原载《大同报·夜哨》1933 年 9 月 3 日

码头工人歌

——歌剧《扬子江暴风雨》插曲

蒲 风

从朝搬到夜，
从夜搬到朝，
眼睛都迷糊了，
骨头架子都要散了。
搬哪！搬哪！
唉咿哟嗬！唉咿哟嗬！
唉咿哟嗬！唉咿哟嗬！

笨重的麻袋、钢条、铁板、木头箱，
都往我们身上压吧！
为了两顿吃不饱的饭，
搬哪！搬哪！
唉咿哟嗬！唉咿哟嗬！

唉咿哟嗬！唉咿哟嗬！

成天流汗，成天流血，
在血和汗的上头，
他们盖起洋房来！
搬哪！搬哪！
唉咿哟嗬！唉咿哟嗬！
唉咿哟嗬！唉咿哟嗬！

一辈子这样下去吗？
不！兄弟们！团结起来！
向着活的路上走！
搬哪！搬哪！
唉咿哟嗬！唉咿哟嗬！
唉咿哟嗬！唉咿哟嗬！

（聂耳曲）

《码头工人歌》，词作者说法不一，
此据中央音乐学院中国音乐研究所《聂耳专辑》，1963年6月版

咱们打铁匠

蒲　风

叮叮当！叮叮当！
咱们打铁匠。
早也打铁，夜也打铁，
把铁炼成钢，
把钝的刀剑
煅成锐利发光芒。

叮叮当！叮叮当！
咱们打铁匠。
早也打铁，夜也打铁，
炼成钢铁的臂膀，
煅得咱们的心脑
精密而坚强！

叮叮当！叮叮当！

咱们打铁匠。
早也打铁，夜也打铁，
今日打铁在后方，
明天拿起刀枪
也是一个战将。

叮叮当！叮叮当！
咱们打铁匠。
早也打铁，夜也打铁，
咱们一天开上前方，
敌人敢来抵挡的
不是死就是伤！

1937年7月18日

原载《广州诗坛》，1937年第2期

打砖歌

温　流

小的锤，方的砖，
日头像火火烧衫，
早晨打砖打到夜，
一日还得不到两毛钱。

小的锤，方的砖，
腰骨软来腿又酸，
碎砖混了洋灰造房子，
咱们夜里困街边。

小的锤，方的砖，
咱们最怕的是冷天，
北风吹来冷透骨，
手上脚上有裂痕。

小的锤，方的砖，
咱们流汗人吃饭，
咱们瘦了人赚钱，
汽车里的人吃得胖又胖。

小的锤，方的砖，
六岁的孩子也来学打砖，
练粗臂膀练好脑，
造个世界来看看。

小的锤，方的砖，
咱们的世界在前面，
不要怜悯不怕死，
打呵，打呵，干呵干！

1933年3月18日

原载温流《我们的堡》，诗歌出版社，1936年5月版

钉砻工人歌

温　流

用力擎起斧头，
一下一下打下去，
把砻齿钉进泥里；
砻齿一个靠一个，
排成一列一列。

钉完了砻齿，
斧头打着木鳌子，
鳌紧列子中间的泥；
鳌好了一列，
跟着有一个焦急。

碾米厂碾米容易，
碾出又白又净的米，
价钱却又便宜，

抢去了咱们的生意；
想要再找到工作，
谁晓得要等到几时。

钉好了，挽着篮子走开，
不管新砻搁在那里；
不怨开厂的人，
也不肯叹半口气，
身子健，有气力，
四面八方都有兄弟，
咱们总有法子活下去。

1935，5，31。

原载《生活知识》1935年第5期

三个（上海的）摇篮歌

萧　三

一　小姐姐唱的

摇呵摇，
弟弟小。
你莫哭，
你睡觉。
你饿了，
妈给奶喂饱。
你湿了——
我替你换包。

摇呵摇，
弟弟小。
天没亮，
时光早。

妈要上工去，
我们走一道。
丢你在家里，
一人怎么好？
你饿了，
没得吃；
你湿了，
没得包。

摇呵摇，
弟弟小。
伸手来，
给我抱。
妈说我太小，
弟弟怕跌掉。
一只小竹篮，
冷饭已盛好。
妈抱你
在前行，
我提篮
在后跑。

摇呵摇，
弟弟小。
听声声，
像鬼号。
弟弟不要怕，
这是汽笛叫。

妈催快点走，
迟到不得了。
迟到五分钟，
罚钱可不少。

摇呵摇，
弟弟小。
你莫哭，
你睡觉。
什么地方搁下你？
机器旁边你睡倒。
可是机器闹，
弟弟睡不好。
满屋棉花灰，
弟弟吸个饱。
……………
妈妈要织布，
我要把纱缫。
你号哭，
妈心焦。
织布机，
离不了。
你饿了，
没工夫给喂饱；
你湿了，
没工夫给换包。

摇呵摇，

弟弟小。
可怜你只哭，
我也不能笑。
你今五个月，
我快九岁了。
工厂当初不要我，
幸喜我还长得高。
可是作工十二点，
真正有些难得熬。
最苦做夜班，
两眼不开交。
你想打瞌睡，
耳光两面敲。
机器轮子团团转，
一根粗大皮带条。
可怜小阿毛，
碰着命送掉。

呵！摇呵摇，
弟弟小。
你不能成人，
我也活不了。

摇呵摇，
弟弟小。
天呵天，
怎么好？
莫心急，

莫心焦。
听说有个
江西省，
那边
苏维埃很好。
是穷人——
给地种；
是阔人——
通赶跑。
小孩上学不要钱。
童工制度全废掉。

摇呵摇，
弟弟小。
我摇着你，
跟着妈，
往那儿跑。
那边苏维埃，
个个小孩吃得饱。
到那边——
你饿了，
能给你喂饱。
你湿了，
能给你换包。
你也能成人，
我也活得了。

摇呵摇，

弟弟小。
你莫哭，
你睡觉！

二　妈妈唱的

摇呵摇，
孩儿小。
你莫哭，
你睡觉。
妈妈真辛苦，
妈妈好疲劳。
作工上十年，
一个钟头没减少。

整天织着布，
衣服穿不好。
女儿也作工，
一身烂布袄。
不分昼和夜，
没将机器抛。
为娘两奶干，
只因米粮少。
我要饿肚皮，
你也喂不饱。

摇呵摇，
孩儿小。
有甚法子想？

且听说分晓。
前天王家姐，
低声向我道：
要想活下去，
出路只一条——
大家不作工，
资本家活不了。
你想得胜利，
就要团结好。

摇呵摇，
孩儿小。
仔细听，
仔细瞧。
“拿妈温”[1]打人，
打的哭也叫。
打了还要罚，
罚了再革掉。
只因陈二嫂，
厕所蹲久了。
大家抱不平，
全厂都咆哮。
“不许打工人！”
全体大声叫。
看呵，轮子不再转，

① 拿妈温：旧社会工厂里的工头。

机器也停了。
大家跑到前院开大会，
王家姐姐作报告：
“我们实在难忍了！
打破这副铁镣铐！
工钱要提高。
工时要减少。
‘拿妈温’赶起跑！
挽回来陈二嫂！”

摇呵摇，
孩儿小。
全体去示威，
大街都走到。
可怜孩儿“小工人”，
丢你在家怎么好？
你饿了，
没得吃；
你湿了，
没得包。
全家去游行，
轮流将你抱。
人数好几千，
高声喊口号。
男工排在大队后，
女工童工打前哨。

遇了红头阿三[①]，
谁也不往后跑。
……………
厂主让了步，
工作恢复好。
罢工得胜利，
个个兴致高。
打开包儿看，
“小工人”也在笑。

摇呵摇，
孩儿小。
罢工已平复，
厂家把仇报。
工时略减少，
工资略提高。
我和王家姐，
却被开除了。

摇呵摇，
孩儿小。
天呵天，
怎么好？
没得吃，
没得靠。

① 红头阿三：当时上海英租界巡捕房所雇用的印度籍巡捕。

你饿了，
没东西给喂饱；
你湿了，
没东西给换包。

孩子且莫怕，
且把工会找。

三　妈妈唱的

我找到工会了，
摇呵摇！
我什么没得到，
摇呵摇！
工统[①]门户紧，
摇呵摇！
工统墙儿高，
摇呵摇！
门口站丘八，
把我吓一跳。
轻轻走进门里去，
只见会长坐的高。
喊声“老太婆！
你为何爱闹？
劳资要合作，
我们主张牢。

① 工统：国民党工贼所办的黄色工会“工会统一委员会”的简称。

你还要什么？
赶快滚开掉！
如果再要吵——
脑袋可不保！”

摇呵摇，
孩儿小。
天呵天，
怎么好？
……………
不要急，
不要焦。
要出路，
只一条。
红色的工会，
快快组织好！
红色工会门儿宽，
镰锤红旗扯得高。
门口站着纠察队，
个个颈上红领条。
是工人——自由出又进。
资本狗——一脚踢起跑。

摇呵摇，
孩儿小。
你莫哭，
你睡觉。

这儿
也成江西省，
这儿
苏维埃政权牢！

1933年

原载萧三《和平之路》，人民文学出版社，1952年9月版

新的女性①

孙师毅

（一）回声歌

头回声，
响嗡嗡，
享福的人们都还在梦中；
二回声，
赶路匆匆，
街头灯影暗，
夜色正朦胧；
三回声，
进厂就开工，
东方鱼肚白，

① 《新的女性》是影片《新女性》的主题曲，孙师毅作词，聂耳作曲。电影《新女性》，1935 年由蔡楚生导演，阮玲玉、郑君里等主演。

太阳还未红。

（二）天天歌

天天，
眼不见阳光赶做工，
无分雨雪风；
天天，
耳只听机器闹轰轰，
声声震耳聋；
天天心挂着家中样样空，
生活逼人凶；
天天，
手跟着机轮忙转动，
一点不能松。

（三）一天十二点钟

一点不能松，
一天十二点钟。
一点不能松，
一天十二点钟。
加上女人的苦痛，
更比男人甚一重！
加上女人的苦痛，
要比男人甚一重！

（四）四不歌

不管没闲空，
我们要用功！

不怕担子重，
我们要挺胸！
不做恋爱梦，
我们要自重！
不做寄生虫，
我们要劳动！
新的女性产生在受难之中！
新的女性产生在觉醒之中！

（五）奴隶的起来

富贵不能移，
威武不能动；
“一死无大难，
做工不再穷！”
谁能做万代的仆从？！
谁能说地狱是天宫？！
谁能把欺骗当恩宠？
谁能坐一世的牢笼？！

（六）新的女性

新的女性，
是生产的女性大众，
新的女性，
是社会的劳工，
新的女性，
是建设新社会的前锋。
新的女性要和男子们一同，
翻卷起时代的暴风！暴风！

我们要将它唤醒民族的迷梦！暴风！
我们要将它造成女性的光荣！
不做奴隶，
天下为公，
无分男女，
世界大同。
新的女性勇敢向前冲！
新的女性勇敢向前冲！

原载聂耳著，马剑华辑：《聂耳全集》，
万象书店，1951年6月版

苦力篇

番　草

劳动的集团排列着齐整的队阵，
迅速的周转推动着工作的进行；
扛哟，扛起这沉重的担负向前进——
生命，呵，生命，铸成了钢铁的齿轮。

粗牢的绳索紧系着赤裸的人群。
巨大的铁块高压着结实的车身，
拉哟，拉动这沉重的车轮向前进——
生命，呵，生命，变作了汽油的引擎。

过重的负担折驼了枯瘦的骨骼，
使劲的挣扎暴涨着青紫的筋脉。
在肩上扛着的不是货包，是压迫。
榨压着我们贫困的生活；呵生活！

厚钝的车轮陷落了深沉的泥泞，
粗牢的绳索扣肿了鲜红的血痕。
在背后拖着的不是货车，是命运，
累赘着我们艰苦的人生；呵人生！

歪斜的肩膀承当着巨大的包裹，
阴暗的灯火照耀着骚乱的群魔；
要踏稳着堆站里的险峻的阶梯，
狠命地将这生活的重荷向上驮！

灰尘的肮脏结合着胸膛的赤裸，
挣扎的呻吟串成了劳动的哀歌；
要认清着都市里的复杂的道路，
使劲地将这命运的车轮向前拖！

疼痛的肩上堆压着净白的面粉，
饥饿的眼里迸炸着幽绿的火星；
呵，担塔拉斯焦渴在盈满的水里[①]——
这不是劳动，这是地狱里的苦刑。

交叉的铁条重压着佝偻的脊背，
阴沉的郁愤潜炽着苦痛的灵魂；
呵，耶稣被钉在坚固的十架上——
这不是劳动，这是圣经里的牺牲。

---

① 担塔拉斯有罪，被囚在地狱的水中，水刚齐唇，但渴时欲饮之，甫低头就之，水即落下，永难饮水。此故事出自荷马的《奥德赛》。

我们的手折散了那货堆的山岳，
以货包的巨石填起货舱的岩壑；
愚公的移山并不是荒诞的传说，
那正是我们神奇而平凡的生活。

我们的肩承担着这宇宙的经营，
在肩上有木石布匹水火与金银；
安托列士并不是神话里的力士，①
那正是我们伟大而真实的典型。

虔诚的信念燃烧着阴郁的眼睛，
坚固的意志充实着深沉的心灵；
以倔强的力武装着受难的生命，
要从苦痛里去创造神圣的人生！

我们的力能推进着历史的伟大，
我们的力能承当着都市的繁华；
让生活的巨爪绞着我们的生命，
绞出了血汗，灌溉着文明的黑花。

原载《当代文学》1934 年第 1 期

① 希腊神话中有巨人安托列士，被罚受肩负地球之苦刑。

汽力厂的巡礼

番　草

在煤炉里舞蹈着疯狂了的烈火，
在汽锅里歌唱着沸腾了的热汤——
从这机械的心脏里迸发着力量，
而形成了旋转，摇动，辗轧与升扬……

蒸汽的呼吸发动了机械的命脉，
使核心的轮叶旋风般地飞转着；
革带的筋络联系着轮轴的骨节，
使钢铁底巨人有机地运动着。

汽锅的澎湃表现着内心的脉搏，
火炉的强烈显示着信念的狂热；
信念燃烧着内心，生出希望底力——
鼓舞着生命的铁轮，发动了生活。

煤焰的活跃，象征着青春的旺盛，
热流的蒸发，类似着血液的沸腾
青春潜炽着血液，生出爱情底力——
鼓舞着生命的铁轮，
创造着人生。

原载《奔涛》1937 年第 3 期

马达响了

胡楣（关露）

马达响了，
织绸子的机器开动了，
我们千百个人都随着机器开动了。
血，汗，
一点，一滴，
绸子，
一尺，一寸，
用机器去织绸子，
用血汗去滑动机器。

日班，
夜班，
从天明到日落，
从日落到夜半，
一点，一滴，

一尺，一寸。

瘦了，
我们瘦了，
血汗变成了绸子，
绸子变成了资本家的资本。
一点，一滴，
一尺，一寸。
机器开动了，
我们千百个人也开动了。

原载《新诗歌》1934 年第 2 期

车　间

曼　晴

坐下来，就得整整的一天，
手脚跟着机车忙乱，
工作在时间里紧紧排挤着，
找不到米大的一点空闲。

巨轮疯狂的卷着旋风，
钢滚错出骚乱的叫喊，
谁敢放松这贪婪的怪兽，
不小心，就有生命的危险。

横线条交织着立线条，
大钢版叠着小钢版，
到处都阴森森的，黑洞洞的
露裂着狞恶的黑脸。

在这里不许思念老母，
你也没法想那玻璃绿色的乡间！
血汗就在轧轧的轰声里消失了，
铸造了这社会的伟大生产。

1935 年 3 月 25 日

原载《诗歌季刊》1935 年第 2 期

石油花

曼　晴

来到任丘先看见了塔，
钻塔盛开石油花。

钻塔一座连一座，
宛如长鲸刺天颚。

钻塔坐落黄叶村，
遍地帐篷遍地人；

钻塔坐落落凤坡，
黑夜四下起篝火；

钻塔坐落卧龙岗，
欢喜的爆竹震天响；

钻塔坐落在白洋淀，
芦苇丛里飞大雁。

大地苍茫腾云雾，
云遮雾罩汽车路；

汽车路，长又阔，
汽车来往如穿梭；

汽车来往快如飞，
运载的钢材如山堆；

电线拉得密如网，
输油管道地下装；

任丘遍地飘红旗，
石油工人创奇迹。

原载曼晴《曼晴诗选》，河北人民出版社，1981 年 1 月

散　工[①]

周而复

汽笛拉长颈子一个劲地叫，
告诉拍卖血汗的人：
一天的工作完了。

张开吃人的鲜红嘴唇，
吐出一个个年青的老人。
对着青天唤了口气，
身上感觉得轻松，
眼里仍留着一个疲惫。

黄昏散步在林梢，
羞得老树露出一张红脸：
他们脚下带起了慌忙，

① 初发表时署名“而”。

任凭你讲出天大的乐事，
再也引不起一柱笑。

望着手里没饭的篮子，
收藏在肚里有无数的话：
阴沉的街，阴沉的屋子，
黑暗抓住了辽远的家。

一，七月·三五。上海

原载周而复《夜行集》，文学丛报社，1936年6月

铁工厂

田　间

我们曾经想到：
铁工厂只有奔走的钢条，
只有黑色的煤炭，
只有烦扰的叫嚣。

想不到：
铁工厂没有阳光，
没有空气，
没有铁工厂外每一个春天！

一切，在黑暗里，
在臭油味里，
炭火整天地燃烧，
铁轮整天地转，
整天地压榨。

在压榨声中：
有我们的哭诉，
有我们的叹息，
我们是卖进来了，
我们的生命当作炭料。

我们不是生客，
缺乏安慰的休息，
每一刻伴着引擎转着；
眼睛看不见自己，
望不见天的颜色。
马达转动了，
四壁振着力底旋律。
倦苦叫我们抓不住机托，
头脑一直地昏睡着！
黄昏时候：
铁工厂拖出大块的钢条，
那钢条，
我们血液的黏合。
钢条，每一天堆满了，
混浊的小屋，
铁机已榨干了
我们的血肉。

我们剩着枯黄的脸，
剥落的骨架，
我们没有力气，
我们老死了青春，

也失去了工作！

我和伙伴们，
好像是死去了，
铁机更加速地抖动了，
日夜地，
不断地转着。
皮带子伸长了，
马达不断的旋回！

一切，在黑暗里，
在压榨中。
呵！铁工厂！
我们想不到，
铁工厂的烟雾，
会淹没了人类的笑，
铁工厂的皮带，
是一把涂着血的屠刀！
铁工厂，
永远受我们诅咒！

原载田间《未明集》，群众杂志公司，1935年12月初版

工人节

田　间

神圣的
节日，

——五月一日呀！

他们，
唱着：

用铁般的手指，
在抓着
它；
而且
用眼光，
在舐着
它；

而且
用胸膛，
在抱着
它。

他们，
唱着：
他们
唱着，
像囚犯捶断枷锁一般的音调，
从机器房里，
倾流出来，
奔走到
五月的
街心，
散射到

他们，
唱着：

他们底女人，
用红色的丝带，用红色的野花，
结着头发；
他们底儿子，
撑着旗子，
——走在他们中间。……

他们，

唱着：
——五月一日，是自己底，是劳动兄弟底！

他们，
唱着：

——那开着蔷薇的路呀，
也和他们一同唱着……

他们，
唱着：

他们底脸，
跳动着，
向
——这里，
向
——那里，
喊着：
——全世界底伙伴们！
从钢与铁之间跑出来吧，
站到五月的世界。

响动的
节日，

——五月一日呀！

我们底
五月一日,
还在
还在
斗争的
——土地上,
成长。……

他们,
唱着:

而我们喷着。
红色的血,
——守护中国底五月;
因为啊!
我们的
节日,
——在火里;因为啊!我们的节日,
——在战争里。

五月一日呀!

中国底
缝妇,
今天坐在街旁,
从竹篓里抽出棉线,剪开布头,
替过路的
战士们:

——缀补军装；

中国底
鞋匠，
也在巷口，
用力地
杀着牛皮，敲着钢钉，小铁块，
给出发的
兵队们，
——修理皮鞋；

中国底
铁匠，
也在
把生铁掷进热烘的火门里去，
又扔出来，
从铁砧上，
捶着，
打着，
为我们，
——制造着枪筒，
和刀子；

那些
船夫呀，
铁路工人呀，
他们
在

——搬着军火，
在
——掘着壕沟，

而且，
石工们，
在洗着
灰砖，
白瓷，
…………
从上面刻着——
死亡的
将士，
——一个一个光辉的名字。……

……………………

当早晨，
祖国的
旗子，
挂起在门顶上，在屋檐上。……
他们望着——
——这是
五月一日吗？

五月一日呀！

我们

呼吸，
沿着沙漠，沿着河流，
唱过去！

但是，
听到了吗？
他们！

他们，
来吧！……

在工人节：
全世界底
工人，
——都团结，在一块，
为着消灭法西斯蒂，
工人们呵！

都起来！

（——我们的
节日，
还要斗争！）

1938年5月1日在西安

原载田间《呈在大风砂里奔走的岗卫们》，生活书店，1938年7月初版

海　市

——赠海上油田

田　间

一

无视大海之大，
高耸座座铁塔。

党呵壮我山海，
油花采自海峡。

钻工抖起天胆，
千重浪底开闸。

二

问海你有多深，

海底世界我来踏。

问浪你有多长，
铁塔之上把浪挂。

钻工抖起天胆.
千重浪里采油花。

三

海上油花赛浪花，
海之谜不破不罢。

破浪行呵一曲——
定要击鲨鱼鲨。

今日海上如画，
岂止一个女娲？

原载田间《田间诗选》，人民文学出版社，1983年2月第1版

给修筑公路和铁路的工人

卞之琳

过去就把它快一点送走，
未来好把它快一点迎来，
劳你们加速了新陈代谢，
要不然死亡：山是僵，水是呆。

你们辛苦了，血液才畅通，
新中国在那里跃跃欲动。
一千列火车，一万辆汽车
一齐望出你们的手指缝。

12月23日

原载卞之琳《慰劳信集》，明日社出版部，1940年版

一个铁工厂

李长之

竹片的屋顶，
灰色的小房；
也不怕雨暴，
也不怕风狂；
你想不到，
这是一个铁工厂！

竹片的屋顶，
灰色的小房；
这里有轧轧的机器，
这里有苦干的工匠；
沉着迈进，
这是一个铁工厂！

竹片的屋顶，

灰色的小房；
是巨人吞噬着无餍的焦炭，
是火山喷着黄金色的熔浆：
熊熊的火苗，
这是一个铁工厂！

竹片的屋顶，
灰色的小房；
（那机器只轻舒猿臂）
寸厚的铁，好比切豆腐，
钢板上的孔，像穿纸张；
弥坚弥锐，从容不迫，
这是一个铁工厂！

二十八年四月二十七日，重庆沙坪坝

原载李长之《星的颂歌》，独立出版社，1942 年版

黑矿穴

——为光与热的开掘者而歌

厂民（严辰）

那个小小的洞窟。
犹如走向地狱去的界门：
洞外是长的蓝天——
湖水一样静谧的蓝天，
白云的帆，飘航在
金波璀璨的阳光中，
山脊的灌木丛，
和柔软如茵的绿草。
则驾着微风低唱牧歌……
在洞窟里，
所有的只是黑暗，黑暗，
无止境更无边际的黑暗；
这儿没有季节转移，

和昼夜来复的实感。
一般沁入肺腑的阴风。
带来那潮湿气息。
直教人感到窒闷的觫觳，

就在这儿，
一群半盲的褴褛——
从清晨到薄暮，
从阳春到残冬，
从童孩到衰老，
也从父代到子代，
总是没头地浸在黑色的威胁中，
以仅有的贱价的膂力。
挥舞着滞重的鹤嘴锄；
直到绞干了每一滴血，
残渣般被抛在榨床之外！

掘呵，掘呵，掘呵！
像掘着黄金一样掘呵，
像掘着好命运一样掘呵，
像掘着自身的墓穴一样掘呵……
尖峻的石笋触开额角，
倾落的煤块压断腿肢，
而意外的火灾。
和洪流般泛滥的矿水；
更每分钟在试舐着毒舌！

窟隆的山盖覆着。

犹如坚厚的牢狱的高墙，
慑着多少跃动的心。
使他们不得翻身，直到死亡。
矿层冷酷而顽固，
可是贫穷的褴褛们，
总得无休止地掘呵！
流尽血，流尽汗，
流尽岁月与生命，
埋在幽黯而阴湿的洞窟里。
将千吨万吨的煤开掘，
——这不是为苟延，
已濒绝望的苍白的生活，
却是要使广大的，
冷酷而昏昧的人心，
冷酷而昏昧的一界，
在熊熊的煤火的烈焰中，
燃炽起永远的温暖和光明……

原载《文学新潮》1940年第9期

边区工人歌

刘 御

我们的头上没有资本家，
也没有宪兵和警察。
不挨打来不挨骂，
女工们不怕生娃娃[①]。

我们的工厂是我们的家，
我们的学校也是它。
生活紧张又活泼，
机器旁边笑哈哈。

我们的工会好比亲兄弟，
政府又好比亲妈妈。
相亲相爱手牵手，

① 陕甘宁边区早已有产假制度，女工们产前产后共有两个月的假期，工资照发。

一步一步往前踏。

我们要推翻黑暗的旧社会，
建设美丽的新中华。
革命的道路弯弯转，
开路先锋就是咱。

1940 年

原载延安《新诗歌》（油印）第 3 期，1940 年 11 月 1 日版
题为《边区工人歌》刘御词，吕骥曲

天然瓦斯火

高　兰

在远古，
在祖国，
三百丈深的地下，
大自然的监牢，
我们已深藏了若干年月！

虽然从没有忘自己的生命，
虽然也知道自己的力量，
——有光！
——有力！
——有热！
然而被压迫，
被遗弃，
被埋没，
在祖国三百丈深的地下

已经是
若干年的痛苦的岁月！
愤怒啊！
焦急啊！
祖国的人们哟！
什么时候才醒觉？
什么时候才来挖掘！

从渗进地里的血泊，
知道了
地上的法西斯强盗们，
已开始杀人越货；
从渗进地里的血泊
也知道
祖国的好儿女
正为和平而战斗争夺！
耐不住了啊！
被压迫得快要挣破！
我们有光
有力
有热
我们为什么不能贡献给祖国？

铁锉！
我们歌颂铁锉啊！
这抗战的铁锉！
建设的铁锉！
生产的铁锉！

在十万工人兴奋的呼喊，
在十万工人血汗的交流，
一分泥
一寸土
打进来了
打进了
三百丈深的大自然的监牢！
敲碎了千万年来的压迫！
锉断了千万年来的枷锁！

像流星，
像闪电，
像太阳的光，
像太阳的热；
我们突破了黑暗，
我们冲破了埋没，
我们向世界喷射
我们的生命——
正义的火！

火！
火！
红的火啊！
七百口天然的瓦斯火！

火！
火！
红的火啊！

七百口天然的瓦斯火！

火的口
呼吼着解放的高歌！
火的眼
闪耀着光明的欢乐；
火的舌
向天空，向四野
燃烧，
燃烧，
我们是火的队伍，
我们是被压迫者！
庆祝翻身的今天吧！
新的岁月
为祖国贡献自己的，新的生活！

十万工人啊，
狂呼，
大笑，
眼泪和汗水，
向酒杯里落；
褴褛的跳舞，
愈显得婆娑；
兴奋，快乐，
忘记了劳苦的工作！
啊！
为抗战而生产！
为抗战而建设！

咱们一向是被压迫者，
咱们从今却走向生活，
不过，还得向你们说，
地下面的我们，
更多，更多，更多，
还有煤，铁，金，银，石油……
不尽的宝藏，
都等待着挖掘！

挖呀！
掘啊！
挖掘出新的力量！
新的同志
新的中国
为全世界的和平与幸福
战斗！建设！
战斗！建设！

原载高兰《高兰朗诵诗新辑第二集》，建中出版社，1944年1月版

平汉路工人破坏大队的产生（节选）[1]

柯仲平

前 记

平汉路工人破坏大队的同志们，会把他们的这一段艰苦光荣的历史告诉我，并且要我把他们的这历史写成一篇诗。这回是因为文艺战线要出版，周扬同志催我写一篇长诗，同时也因，印厂同志赵鹤，劝我不要整天忙事务，应该抽点时间写东西——我才决定开始写这部长诗。

现在只写了第一章——破坏大队的产生。以后还想写四章。可是因为诗长了，不易在刊物上发表，我就先发表这第一章。将来可以另出单行本。

---

① 柯仲平的《平汉路工人破坏大队的产生》写于延安，全诗分为上下两个部分，分别发表在《文艺战线》1939 年第 1 期和第 2 期。本处节选上部中的第一和第四部分。王瑶在《中国新文学史稿》中认为这首诗可以说是中国第一次歌颂工人阶级斗争的长诗，诗中写出了在共产党员阿根的领导下，争取到有群众威信的工人老刘的合作，在层层监视压迫下，终于组织成了规模很大的“破坏大队”。

开始读起来，听起来，觉得有些枯燥，那是由于我的手法还不高明。可是我现在觉得那是不可避免的。像周扬同志就说，一次不能把一章登完，可是后两段是很使人感动的。

我写时，因为太忙，太急于写成——你看，十一月二十日那早晨，我请人把我的房门像前两天一样地反锁着，我在里面写；忽然空袭警报的枪声响了，飞机的声音也听见了，我才赶快请人为我开房门，拿着这篇诗稿跑，没有跑出几步去，已经听得炸弹投下了。后来，我为使这作品稍为完整些，我已花了很多功夫，读了又读，增删了又再增删。以后有机会朗诵给工人同志听，得工人同志们的帮助，一定还会有很多地方要增删。古代的史诗，就是从一次次的朗诵中增删好的。

1938，12，12。

（一）郑州车站

十二月——一九三七年的十二月，
有几天几夜，
在郑州车站，
有陇海车西开，
平汉车南来，
你大半只见伤兵，
官吏和官吏的家眷。

你见平汉车北来，
陇海车东开
却大半是开到前方的战士，
粮秣，枪炮，子弹。

“又不是客车，又不是客车呀……”

千百个难民，
失望地愣着眼睛，
挤，挤，挤——挤不进去后，
长叹一声“唉！”
有钱的，再回小旅馆去等，
腰包空了的
徘徊一阵，
还是靠着行李打瞌睡。

谣言多极了——
有的说，敌人已经占领石家庄，
有的说，我军已经退出太原城。
有的说：
某某司令老早就不在南京。
有的人又说：
日本便衣队，
已经到黄河北岸，
他们有一种橡皮小船，
只要使用大炮飞机作掩护，
立刻可以抢渡到南岸——
你看郑州是多么的危险！

因此有的逃西安
逃武汉
武汉西安不保险，
有的人还决意逃云南：
听说“云南四季无寒暖”
隔敌人几万重高山。

有一种谣言又恰恰相反——
他说“住在郑州很平安：
日本决不打郑州，
你看，抗战已经快半年
日本的飞机
还没到过郑州下过‘蛋’”。

每一种谣言，
都像传染病，
传不到几天，
一个地方都传遍。

你反对谣言——
你说“应该保卫郑州呀——
日本飞机昨天还去炸洛阳
今早又去炸巩县，
巩县离郑州不远”。

汉奸就暗暗地和你捣乱——
他说“炸洛阳，
因为洛阳是有飞机场，
炸巩县
因为巩县设有兵工厂；
那和郑州完全不一样”。

汉奸目的在捣乱——
不是叫你觉得很危险，

就是叫你觉得很平安，
危险吓你跑，
平安叫你什么救国工作都不干。

像这样的花言巧语，
比得上几百架日本飞机，
飞到郑州人的心窝里
散放毒气！

中国兵书说得好：
“你要攻打人的城，
最好先攻人的心——”
日本飞机大炮狠，
最狠也是利用中国法，
炮制中国人！

可是，他不能攻破，
我们中国工人的这个堡垒，
他炮制不了
我们民族的抗战决心！

交通是战争的脉络，
铁路是最敏感的神经，
有什么战争的消息，
你能骗得过愚蠢的家伙
赶骡赶马的兄弟，
你可骗不了我们的铁路工人
何况，郑州是平汉陇海的中心，

我们平汉路工人，
自从一九二二年，
反对吴佩孚的“二七”到现在，
曾有过很多次顽强的斗争！
……………………
……………………

（四）老刘催名册

那末，那个被人骂，被人等的老刘，
你猜他在那里呀？——
当小黑炭放哨的时候，
他正小跑小跑的
刚刚走到一家小屋子门口。
门开着，他拍门：
“张德仁在家吗？”

一个妇人知道是老刘，她回答：
“门是掩着的呀，
请推门，进来吧！”

老刘一推门，
不见张德仁，
只见德仁妻，
坐条小板凳，
敞着胸口喂孩子。

老刘问：“嫂子，
小孩的爸爸不在家？”

“不在，他找你去了。”
“哦！那末——”
他想回头走，
妇人又说道：
“刘大爷你请坐一坐，
当家的说：你来请你等一等，
他找不见你，
他马上就回。
你别走，
你抽烟，
烟在菩萨前面，
那个小香炉背后。”

“我的身上带着烟。”
他掏出烟来，
他的身上忘了带火柴，
他走过一步，
想就煤油灯吸烟。

妇人连忙阻止他，
“不行！不行！
那吸了，烟有煤油味！
火柴也在那个小香炉背后呀！
让我起来——”

妇人嘴比老刘快，
到她说：“让我起来，”
老刘才得讲：

“你别起来，嫂子！
你看我这老糊涂，
抽了多少年的烟，
用了多少年的煤油，
在从前，我把拆下来的机器，
用煤油，洗得干干净净后，
我不止用碱退手，
还用一块糙石头。
我吃我抽，总在把手退净后。
哈哈哈……老糊涂！老刘！”

其实他对小事一点不糊涂，
是他才走完一段邪路，
他得转上几个弯，
才能从那邪路到正路。

邪路走惯好像很平坦，
如今要转几个弯，
好像很困难——
腿得忙，
心得想，
眼睛不但看方向，
还得看路上又看路旁，
走得不稳会跌倒，
路旁跳出人来被抢掠
他心是糊涂，
是有点慌张。

他想着阿根，
不愿阿根们在小酒馆多等；
他想他加入了阿根他们，
应该占一个重要地位——
要占个重要地位，
就得多找一些人登记——
这样组织起的游击队
他可以参加指挥；
就不要参加指挥，
也好叫阿根们对他相信。
可是张德仁的身上带着登记册，
他不得不等张德仁，
什么煤油味——是他没有留心！
现在他才有些留心了——
他见棹上有片破纸头，
立刻用那点着火，
妇人又说“有火柴”，
他说“给你小孩省下一点算一点，
俗语说：
集少成多，
集狐成裘。”

妇人拍着孩子背，
看着孩子说：
“唉，你爸爸也会这么打算吗？宝宝，
你大了，我就不用愁！
可是叫他少喝一点酒，
你不劝还好，

你劝他，他给你赌气，
他更给你喝个不抬头！”

老刘听来一时很不安，
觉得这家娘俩很可怜，
“我好像一个魔鬼，
要带走这孩子的爸爸，
说不定，不会使她夫妇俩拆散。
这丈夫不会存钱——
没有这个丈夫呢，
娘俩许饿饭！

“登记！登记！
奶奶的屄！
他觉得可怜，
他诅咒了，
可是诅咒在心里。
“叫德仁登记，
德仁手里那一本册子，
他老婆知道了呢？
还是不知道呢？”……
他诅咒罢了，觉得有点恐惧，
对那娘俩对不起。

他想回头走，
走到半路上，
遇见张德仁，
他要说：

“虽说你是登记的，
因为你家有妻子，
你愿挂名挂个名，
不挂名也由你；
这个游击队要开出去，
你也可不去？……”

德仁妻也像别家的妇女，
有个熟人来，丈夫不在，
她是很会诉苦呢——
什么“快要过年了，
孩子还没有一件新衣，”
什么她劝她丈夫，
丈夫不听，
她再劝再劝，
丈夫还要扯住她的头发打她啦……
客人成了她的诉苦杯，
其实等到客人回去了，
两口儿还是要在一头去睡觉。

假使在平素，
这个老秃子，
他会帮着骂德仁，
可也会说些德仁的好处，
同时更要夸奖德仁妻，
说“万一没有你
你只要换得酒吃，
冬天还会有裤子。

不过他也会对我们说。
他知道嫂子你贤惠……”
可是，今晚呢今晚，
老头子没有多话谈。
谈起话来总有些不安。
不一会，他又想到了阿根，
看见张德仁，还有阿根。

阿根像是他的死对头——
阿根讲的道理是真的，
多数人都在阿根的背后，
我老刘就好比一只老马，
阿根呵！
你拿着鞭子腿上抽又抽。

阿根也好像他最好的一个朋友，
十年来，
他的半个身子仿佛落在粪塘中，
自己也很觉得满身臭
不好当众抬抬头。
只有阿根走到粪塘边，
给他伸出一双手，
要叫他再过些光荣的日子，
继续北伐前那样的英勇战斗。
他又想到张德仁，
德仁像是他多生的一双腿子，
他叫跑路做事总不辞；
也像他多生的一只膀子，

他说要打谁，
德仁就会去打谁——
跑吧打吧了，
会得他一些小恩小惠。
他要参加阿根们，
他还不愿搁下张德仁。
他分明，在和德仁妻子争——
他要张德仁
那个妻子也要张德仁，
那个小孩子，
更需要一个挣钱的父亲。
可是那妻子还不知道，
世间有这样的一种斗争。

“啊！他还不回来，
我去找他吧。”
老刘站起来，
妇人又劝他“不要走，
路上错过了，
又难碰头。”

正说时，满脸络腮胡的张德仁回家了。
这个家，再多两个人，
你就不容易转身，
除非你把那张桌子抬出门——
可是煤油灯，瓦香炉又搁在那里呢？
还有桌子下的破铜烂铁
和那些坛子罐子……

并且你要抬出去
这就不像一回事——
那有板壁上供着祖先牌，
面前没有桌子摆一摆酒饭。

丈夫和老刘坐在一块。
妻子看老刘：
戴一顶酱色毡帽，
穿一身黑哔叽短袄，
外披一件长外套。
胖是胖，还结实，
老是老，面孔还没年纪那末老。
看她丈夫呢
一身蓝布短褂裤，
罩着一件破外套，
虽然才三十，
面孔却比年纪高。
她想她的丈夫学得老刘吗?
她的后半生多好。

老刘觉得家里不便谈，
他哄德仁妻，
说是有点事，
一同到外面，
马上就回来。

到门外不远，
老刘低声问：

“名册呢？”
“在这里。”德仁回。
老刘取过名册来，
又问：“多少人登记？”
德仁答：“我说是你叫我登记的，
他们差不多全写上名字，
我这本有八十四。”

老刘很满意。
他现在，只想拿着他所有名册，
快到那个酒馆去——
先前，他想遇见德仁这样说：
“因为你家有妻子，
你愿挂名挂个名，
不挂名也由你……”
现在呢？这些话，
他也曾想起，
可是他一字不提。
他只拍拍德仁肩头两下子，
“好兄弟，明天见！”
说吧，他便走他的。

天阴，风冷，
远处灯，昏沉沉——
老刘专从小道走，
只恐路上遇熟人。

走惯了的路，

好比背熟了的书，
他可以一面思想，
又可以放开大步。

他把他怀里的名册，
摸了又摸，
他差不多要说：
“我带一支游击队路过，
谁也没有瞧见我。
阿根！阿根！
料你也猜想不着，
我在三天半，
登记了许多。”

“麻子也会去的吧？
他骂我，轻视我——
哦，在几天以前，
那是应该骂的呀，
今天他还敢骂我，轻视我？

“他们等我，太久了吧？
他们各自吃，各自开会？
开了会，各自回？
他们回，明天我去找阿根？——
不，他们不肯看重我，
我把我的这一把子人
另外组织一个游击队——
不，麻子和我反对，

可是阿根找我几次了，
他诚恳，实在诚恳，
他不至和我反对？……”

他又想起张德仁的一家子——
“要德仁样道做事，
是为我个人的利益？”
他提出这一道问题问他自己，
是他从前不曾有过的。
他今晚觉得——
要是只为他个人的利益，
那实在可耻。
到后来，他回答了这个问题：

“不是！不是！
今天大半不为我自己！
我的老婆虽死了，
我也有一个养女，
万一我的老命闹丢了，
那又为谁呢？……
这个官司不能和我打，
和阿根——
不，和日本人打去！
………………”

那圆圆的天，
好像是一抱月琴，
那火车站上的电线

好像月琴上的弦，
老刘这一调也弹，
那一调也弹，
弹到后来，
大半是欢乐调子，
因为他现在的工作
是能叫人相信的
因为他忠实，他的登记很卖力。

他往酒馆来，
走近路，得经过车站，
他恐惹麻烦
决定不经火车站
他会拐会弯，
绕起路来不算远。

铁轨可是不能不过的——
他踏过几条铁轨。
有一次，他往车皮底下钻，
他忽然想到！
“日本兵打来，
我还能和你们天天在一块？”
他摸摸那车轮，
又摸摸那弹簧，
这些东西，
和他是多么的熟悉，
多么的亲热，
是和他，二十几年来，

一道生活过的伙伴，
也像是他养育起来的个小孩！
他感到，他和她就要分别，
不知分别几月或几年！
他年近半百，还要参加游击队，
说不定，这就是永远的分别！
他的老泪不禁落下来，
他抱着一个车轮，
和那车轮去亲嘴，
像亲着他自己的一个小孩！

钢呵冷，
心呵热，
只为爱，
爱在钢与心中间，
钢与心结合起来——
人有钢心好作战！

亲嘴一会，
他从车下爬出了，
他的心变钢心了，
他对那车子暗暗发誓：
“我要拼命保护你，
不叫你被日本人抢去！
你被牠抢去，
我们定要把你夺转来！”——
说到“我们”两个字，
他摸着

他怀中的游击队名册。
他不再悲哀，
而且他忽然万分地
看重了那酒馆中的会议。

他忘记年头，
腿子也有想不到快，
他一直一直
走向那个酒馆来。

这时候，
那班查夜的，
刚刚过去不多久。
老刘一点想不到——
小黑炭，大半为了他
被人怀疑是汉奸！
他也想不到——
阿根们是刚才几分前才动筷，
不过因为大家肚子饿，
又因没有听得石子打到窗子前，
有的人简直在虎咽龙餐。

原载《文艺战线》1939年第1期

木厂（节选）[①]

邹荻帆

那用三角锉
锉锯，
铁与铁摩擦的声音，
怪难听的，
使人们扪着心发慌，
是木工们创造出来。

他们把钢锯
教一股力送进木块，
使木块流着泪沫，
把尸骨分开，
一年年，

① 《木厂》为邹荻帆出版于1937年的叙事长诗，本处节选第二部《斧锯铇凿繁杂的交响》。

“水滴石头会穿”，
钢锯钝了，
又用三角锉发动铁弦。

举起斧来
像神话中“吴刚伐桂”[①]，
他们的木料
也同月亮里的桂树一样呵，
依然有砍不尽的木料。

不断的工作，
铇与凿
因捏着的日子多了，
有着手指的痕迹，
而他们的手指
是一天天更粗硬且麻木了啊。

不足的睡眠
眼膜上永张着红色蛛网，
停滞着灰暗的眼珠，
一粒木屑闯在网上，
用粗粝的手
挨着干涩的眼睛，
挤出几点水。

① 神话中谓，月亮中的黑点，即吴刚被玉皇大帝处罚，砍伐月亮中的桂树，虽累世累年均砍不尽。

拉墨线
墨线浸着墨水拉出，
墨斗的轮子转了，
心也如轮子在转，
饥肠在肚皮里暗叫。
锯屑的飘扬，
铇皮的飞舞，
木屑的跳跃，
工作的吼声，
筋肉脉管的搏动，
斧、锯、铇、凿的交响，
横七直八的木料，
一堆堆的木块，
杂乱而喧嚷的
是那一座木厂。

突然一个人，
手指教斧子划破了
流着血滴，
抓一把香炉灰，
用布条缠了一把，
把木块当作仇人，
死命将斧子砍下，
创口更震动了，
血从布条滴下……

春天
后湖有了花，

杨柳条抽得更青，
从堤上来的那一匹白马，
一个年青人骑在上面，
折着柳条，
向马腹抽得起劲。

走到洗衣的跳板边，
有着年青女人的捣衣声，
他又勒着马，
溜着一双怪讨厌的眼睛。

他们永远骑着木马，
木料——他们的马鞍，
铇铁上开着铇花，
门旁放着一盆磨刀水，
他们洗着铁器，
在砂石上磨，
在浆石上磨……

暑天埋着头工作，
赤着臂，
筋肉向外跳，
汗水像决了堤的河流
不息地咆哮。
头是晕的
天与地在转，
他们用两只手
捧着那湖里跳着孑孓的冷水，

向口内连灌。

秋天，
雨淅沥淅沥地
打着用方木块钉得很紧的芦席壁，
新年贴着的
“童言无忌”
与“百事顺遂”的红色纸条
垂下了头，
泣着血泪。

一窝窝从破瓦上漏下的积水，
照着他们的死脸，
在这里
他们看见自己
一天天瘦削了，
而且照着他们腮上生了黑须，
黑须上又爬上白霜……

冬天，
穿着开花的棉袄，
伸着粗硬的手，
冻破了的血口子
涂着烧黑的棉絮灰，

冷风从芦席打进，
从大门打进，
……………………

……………………

“冷！”……

因为年关近了，
我更持着一只竹杖，
带着黑色的披风帽，
摸索着没有足迹的雪路，
拿着一卷账摺，
步向一个被风雪所盖住的茅村。

我是被雪所困苦着，
有时候到半夜我不能回转，
村犬叫得我心悸。

雪在落着，
到处都是白茫茫啊，
在我的前面
也许是一条小河，
而冰雪粉饰了它，
我会淹落在雪河里，
或者埋藏在一个雪窖里。……

想着
我轻声喊着“爸爸，
你照应我吧”。

有时候
我真要倒埋在雪里，

然而我挣扎着，
我的手指，
我的脚板，
我的腿胫以及全身，
都冻得颤抖了啊。

我真想
像“卖火柴的女儿”一样，
把这账摺点着一星火，
让我取一点温暖，
是的
我看见我所走到的那些人家，
都是那样寒伧，
但他们也同木厂里的伙伴一样
又都是那样勤劳。

在火的亮里
我也将看着他们同厂主一样
茅屋的前面贴着红色的春联，
老人们踏着雪原去沽酒，
神龛前燃亮着一对红烛，
而且厅前
一堆人围着圆桌，
一个女人
正用盘子托着一碗热气蓬蓬的东西。
………………

原载邹荻帆《木厂》，文化生活出版社，1937 年 7 月版

滇缅公路

杜运燮

不要说这只是简单的普通现实，
试想没有血脉的躯体，没有油管的
机器。这是不平凡的路，更不平凡的人：
就是他们，冒着饥寒与疟蚊的袭击，
（营养不足，半裸体，挣扎在死亡的边沿）
每天不让太阳占先，从匆促搭盖的
土穴草窠里出来，挥动起原始的
锹镐，不惜仅有的血汗，一厘一分地
为民族争取平坦，争取自由的呼吸。

放声歌唱吧，接近胜利的人民，
新的路给我们新的希望，而就是他们，
（还戴着沉重的枷锁而任人播弄）
给我们明朗的信念，光明闪烁在眼前。
我们都记得无知而勇敢的牺牲，

永在阴谋剥削而支持享受的一群，
与一种新声音在响，一个新世界在到来，
如同不会忘记时代是怎样无情，
一个浪头，一个轮齿都是清楚的教训。

看，那就是，那就是他们不朽的化身：
穿过高寿的森林，经过万千年风霜
与期待的山岭，蛮横如野兽的激流，
神秘如地狱的疟蚊大本营……
就用勇敢而善良的血汗与忍耐
踩过一切阻碍，走出来，走出来，
给战斗疲倦的中国送鲜美的海风，
送热烈的鼓励，送血，送一切，于是
这坚韧的民族更英勇，开始拍手：
“我起来了，我起来了，我就要自由！”

路永远使我们兴奋，想纵情歌唱。
这是重要的时刻，胜利就在前方。
看它，风一样有力，航过绿色的原野，
蛇一样轻灵，从茂密的草木间
盘上高山的背脊，飘行在云流中，
俨然在飞机座舱里，发现新的世界，
而又鹰一般敏捷，画几个优美的圆弧，
降落到箕形的溪谷，倾听村落里
安息前欢愉的匆促，轻烟的朦胧中
洋溢着亲密的呼唤，家庭的温暖，
然后懒散地，沿着水流缓缓走向城市。

就在粗糙的寒夜里，荒冷
而空洞，也一样负着全民族的
食粮：载重卡车的亮眼满山搜索，
搜索着跑向人民的渴望；
沉重的胶皮轮不绝滚动着
人民兴奋的脉搏，每一块石子
一样觉得为胜利尽忠而骄傲：
微笑了，在满意地默默注视的星月下面，
微笑了，在热闹凯旋日子的好梦里。

征服了黑暗就是光明，它晓得：
大家都看见，黎明的红色消息已写在
每一片云彩上，攒动着多少兴奋的面庞，
七色的光在忙碌调整布景的效果，
星子在奔走，鸟儿在转身睁眼，
远处沿着山顶闪着新弹的棉花，
滇缅公路得到万物朝气的鼓励，
狂欢地运载着远方来的物资，
上峰顶看雾，看山坡上的日出，
修路工人在草露上打欠伸："好早啊！"

早啊！好早啊！路上的尘土还没有
大群地起来追逐，辛勤的农民
因为太疲倦，肌肉还需要松弛，
牧羊的小孩正在纯洁的忘却中，
城里人还在重复他们枯燥的旧梦，
而它，就引着成群各种形状的影子，
在荒废多年的森林草丛间飞奔：

一切在飞奔，不准许任何人停留，
远方的星球被转下地平线，
拥挤着房屋的城市已到面前，
可是它，不许停，这是光荣的时代，
整个民族在等待，需要它的负载。

1942年1月于昆明

原载《文聚》第1卷第1期，1942年2月25日

煤之歌

刘沧浪

千万年沉默
千万年郁闷
在大地的底层
受够了压榨与悲苦

今天揪住燎原火
要它给一条生命来
誓以最强的热和光
熬炼新天地

原载诗家丛刊编委会编《诗人》
（诗家丛刊第2辑），群益出版社，1943年9月

淘金者

孙跃东

汹涌的江水唱着壮歌，
带去了你多少岁月。
每日把身躯拖到江岸，
辛苦的冲淘，工作……

辛苦的冲淘，工作……
从星空的清晨到星空的黑夜，
从幼嫩的身躯到衰老，
你没有劳苦，没有寂寞……

你没有劳苦，没有寂寞……
有阳光陪伴你，吻你，抚摸你，
有古老的泥沙围绕你，
你在泥沙中拣选发掘！
呵，你辛苦而伟大的淘金者！

你熟悉你的家具，你的工作。
你更熟悉世上繁杂的物质，
那些该存留，那些该毁灭！

那些该存留，那些该毁灭！
来冲淘吧，伟大的淘金者！
在我们艰苦斗争中淘去废物，
把坚韧的力量留给新生的祖国！

原载《诗》1943 年 7 月第 4 卷第 1 期

修　路

孙跃东

我们替车辆开凿道路
我们替大众铺修道路
而我们自己面前的道路
却这样难走呵

每日变成挥动气力的
只是两顿填不饱肚皮的稀饭
完全让道路给吞食了
又剥夺了我们的岁月

我们绝不屈服呵
向崎岖的道路
向荆棘

平坦的大路诞生了

从我们艰苦的锄铲下
一条，又一条……
联络着祖国的身躯，手臂……
一条又一条……
都涂着我们的汗
——心血炼成的柏油呵

车辆平安的驶着
“雪佛林”里有得意的笑
当驶过救护车，子弹车……
我们不是也笑吗
我们愿永远笑着
那怕让道路剥食了我们的生命

原载《诗》1943年7月第4卷第1期

工厂之恋

天　青

我忍痛离开了工厂，
离开了身边的马达，
离开了美丽的计算尺和坐标纸，
离开了五光十色的实习室，
和多变化的试验管，
最难离开的是一群可爱的工人伙伴。
那不怕疲劳的齿轮我留恋，
每一个转动都像是在我的脑子里旋转。
那热情的电炉我也喜爱，
每一颗飞溅出来的火星，
都像是我心里开出来的花朵，
那屹立不动的高高的烟囱我不能忘记，
他号召着终日劳动而得不到温饱的生产者。
我还记得：
铸工邓老大满口广东音，

小组会议上他最激昂慷慨，
说话不离孙中山。
锻工陈昌禄打的一手好篮球，
唱京调也不差，
逢人便说中国不民主便甚么都没办法。
还有那钳工张得胜，
厂里的消息他最灵通，
他说我们厂里白天也得打灯笼，
……
他们啊常在我的眼前摇晃，闪动。
不愿想起：
那厂长的臭架子和一脸横肉，
他指使着工人像指使着囚犯，
把同乡，同学，同事……造成他的系统，
可怜工程技术就淹没在那人事诡谲的黑海里，
手订廿一条厂规就像是袁世凯廿一条亡国条约。
于今我走了，不是逃避，
我怀念着那些工人，那些机器！那些工厂周围的风景。
工人们损坏了一个螺钉就有滚蛋的危险。
于今我走了，不再在那没有秩序的秩序，
宁舍四两肉不舍一炉火的精神我倾慕，
斯达汉诺夫运动我向往，
但愿我第二次走进工厂，
不是走的循环的道路。

1945，11，15 于渝

原载《中国工人》1946 年第 4 期

给天真的乐观主义者们·五

绿 原

几年前，我还是一家纱厂底人事股办事员，
经理命我调查工人的健康，“以备向劳动局备案”。
我这样报告：工人们全体拥护生产建国的号召！
他们的身体非常强壮！土布较罗斯福布更坚韧！

天啦，我撒谎了。他们的体格检查表千篇一律：
“……女性，十七岁，九岁入厂……
……月经停闭，脸黄，晕眩，下午发烧……”
“……男性，十岁，童工……
……肺结核，痰臭，盗汗，指甲透明……”

可爱的读者，你问我什么——
啊，少女，她的美丽在哪儿？讨厌青春吗？
啊，儿童，他的幸福在哪儿？讨厌游戏吗？
他们为什么在纤维里蜷缩着，不言不语？

……几年以后，死了，把饭碗赠给旁人，不是吗？

你觉得，可爱的读者　命运容易统治他们么？
他们不要幸福——只要没有痛苦，你觉得，可爱的读者？
不，你错了。除非人不是人……

他们底，以及这一类人们底，怨恨像自己的骨头一样永远不会同皮肉一样消瘦的！

在晚上，这些人零散地走进一间房……
这些人在一起开会，讨论，决议，进行……
这些人用睡眠的时间干自己的事……
这些人犯了罪，勇敢地用生命赔偿这社会底损失……
这些人底口号不再是："打倒机器！"……

原载《希望》1946年3月第1卷第3期

清道夫

郑　敏

散开，散开，这痴情的薄雾
快撩起舞台的帘幕
让虚伪的遮掩早些结束
必须呈露的早些呈露
昨天的眼泪，昨天的雨
叹息的风，
忧郁的云
愤怒的雷
就要在今晨的光明里
写下人们迈进的一步；
这地下的废纸，垃圾堆的鼠尸
装满过渴望，而又倾空了的酒瓶
点燃过希望，而又焚尽了的烟头
不禁使我叹息：
那有过的污秽，重新又有

没有过的智慧，仍然没有。
时间推不动这一群人们
像河水卷不走一片滩石。
可惜，可惜
我们不能停止住飞逝的时间
像顽固的山羊缠住了牧羊人。

原载郑敏《诗集》，文化生活出版社，1949年4月版

咱们工人有力量[①]

马　可

咱们工人有力量嗨
咱们工人有力量
白天黑夜工作忙嗨
白天黑夜工作忙
盖成了高楼大厦
修起了铁路煤矿
改变得旧世界变呀么变了样
哎嗨
发动了机器
呼隆隆的响
举起了铁锤

① 1947年初夏，音乐家马可根据东北解放区某工人所编的《工人四季歌》改编成这首《咱们工人有力量》。本处选自《平原》1949年第12期，其中“为什么？/为了求解放”几句，在其他版本中为“为什么？/为了打老蒋”。其他各版本间部分词语亦有变动。

响叮当
哎嗨哎嗨哎呀
咱们的脸上发红光
咱们的汗珠往下淌
为什么
为了求解放
为什么
为了求解放
哎嗨哎嗨
为了咱全中国彻底解放

咱们工人有力量嗨
咱们工人有力量
白天黑夜工作忙嗨
白天黑夜工作忙
盖成了高楼大厦
修起了铁路煤矿
改变得旧世界变呀么变了样
哎嗨
造成了犁铧
好生产
造成了枪炮
送前方
哎嗨哎嗨哎呀
咱们的脸上发红光
咱们的汗珠往下淌
为什么
为了求解放

为什么
为了求解放
哎嗨哎嗨
为了咱全中国彻底解放

原载《平原》1949 年第 12 期

小丰满

夏葵（林耶）

第一部　游人眼里的小丰满

汽车顺着宽敞的公路奔驰，
马达声里溢出坐客的言语：
“到吉林、不到小丰满，
就等于没到过吉林。”
“到吉林、不到小丰满，
就像到延安没见过毛主席。”

汽车由东拐弯向南，
公路如蛇爬上小山；
汽车戛然放慢脚步，
吃力的沿着山路向前；
马达声显出难忍的急躁，
车后边喷出熏人的灰烟。

经过一段陡斜山路，
汽车终于爬上山巅：
迎面是接连不断的山岭
松花江就躺在万山之间；
长堤将两岸的高山连结，
松花江如同从此绝源。

汽车轻轻滑下山坡，
顷刻间就到了小丰满。
到事务所办完手续，
便到发电所去参观；
先在厂内浏览一周，
就到厂外去瞻仰雄伟的堤岸。

啊，那悬崖峭壁的堤坝哟，
如长城横亘在西北高原；
那汹涌澎湃的瀑布哟，
如云雾在天空奔腾；
那震撼山岳的响声哟，
如盛夏雷雨不断轰鸣。

堤坝上江水广阔无边；
如同广阔的汪洋一般：
从前松江两岸的树梢，
如今像海藻露在水面；
如今游弋着航船的地方，
就是从前有过人烟的村庄。

这里容积着松江上游的江水，
这里蕴蓄着无限的自然力量，
它冲击着闸下机轮，
它发动出无穷电力，
江水被搅动得上下翻花，
如同无数蛟龙在水中厮杀。

就是利用这江水的威力，
鼓动着瞬息万转的发电机，
从这里
每点钟发出十四万基罗瓦特电，
供给着吉林、长春、双城、阿城、
哈尔滨、绥化，
差不多半个东北解放区。

啊，小丰满！
你是光和力的化身：
有了你，黑暗可以变成光明，
有了你，机器才能够转动，
有了你，解放区人民
才能更有力的支援战争。

啊，小丰满！
你是人民的财产；
你这雄伟的工程，
是中国人民生命的结晶；
如果还有人不信以为实，

就请他问问小丰满的历史。

第二部　小丰满的悲惨历史

晚秋夜幕从天空降落，
西方的余晖照在江上；
堤下的江水翻着浪花，
如同无数的波动的鳞甲；
溢水闸的浪涛轰鸣不停，
配合着发电厂嗡嗡之声。

在这夜的江边，
有一个知识青年
听着一个老工人的絮语；
这个老工人一边回忆，
一边叙说着
这伟大工程的历史。

“同志，你问小丰满的历史吗？
详细的底细我也不知；
据说从前这里
只是一个荒凉的渔村，
江边只有几家穷户，
靠着打鱼过日子……”

（小丰满什么时候才修筑的呢？）

“那根底我也说不详细，
我到这儿工程早已开始。

同志，你打我是一个工人？
不是！我原来是
一个八路军的战士，
抗战在晋冀鲁豫边区。”

（那么，你怎么会到了这里？）

“同志；说起来可耻，
我和许多工人一样：
都是被俘以后
用闷罐车载到东北来的。
那时候，这里
正在日夜的修筑长堤。

“我们被送到小丰满，
如同一群山鹰被送进囚笼；
我们戴着脚镣，
我们挨着鞭子，
不分日夜做着苦工，
不分冬夏工作不停。

“一天十二小时苦工、累得要死，
一天十四两高粱米、饿得发蒙；
同志；你想想看：
三九天还要着单，
怎么能够挡住冷风？
怎么能够过冬？

“我们在寒风里做工，
就像一群蜜蜂在夏天劳动。
蜜蜂病了还可以休息，
可是我们病了还得做工；
蜜蜂做出来蜜汁还有得吃，
可是我们却一个个饿死！”

（听说死了很多，死了好几万，
可是真的？）

“唉，同志，谁还骗你！
那些饥寒交迫的难友，
病死、电死、摔死、淹死，
就像害瘟疫病似的死去……
谁知道总共死了多少？
但四五万总不止。

“你听那瀑布的吼声，
就像惨死者的号叫；
你看那高高的坝堤，
就像堆着被难者的死尸；
江东老母猪腰子山的累累白骨，
就都是在这里牺牲的兄弟……”

（怎么死得这么多呢？）

“他们吃又吃不饱，
休息又不能休息；

他们挑着土篮子
上下于万丈高堤；
头一晕、脚一软，
就连人带筐跌下万丈深渊……

“还有那些病的难友，
就死得更加悲惨：
有的做着工就断了气，
手里还紧握着钎子；
有的跌倒爬不起来
活活被鬼子打死……”

（那么，你们为什么不反抗呢？）

“傻同志，怎么不反抗呢？
我们也不是生成的奴隶，
我们怎么能不反抗？
我们为了生存，
也曾组织过起义，
也会计划拉出去；

“但是，那层层的电网，
那鬼子的严密监视，
使我们无法达到目的。
我们在内部无人组织领导，
和外边又无法取得联系，
都使我们不易成事。

“同志，你打小丰满是什么？
它乃是由无数的生命砌成，
它乃是人民血肉的结晶；
死的永远埋葬于地下了，
活着的还是奴隶之身，
还得在鬼子的压迫下呻吟……”

老工人说到这里，
眼角淌出两颗泪滴，
泪滴上映着月光，
像寒星在江水上荡漾。
显然是引起了他的回忆，
使他又一次的想到那悲惨的往事。

第三部　小丰满永远是人民的

西北风吹散了乌云，
太阳重又照耀着人民；
苏联红军降伏了日寇，
东北人民从此翻身。
那些压榨工人的鬼子，
都作了红军的俘虏。

从此，人民据有了这份财产，
工人执掌了小丰满的职权；
人民的军队守卫着它，
民主政府继续修建堤坝；
两个月就修了五千立方米，
可见政府对这工程的重视。

不久，人民军队纷纷离去，
蒋梁匪徒就到了这里；
他们要的是金钱，
他们要的是美女，
他们并不作长远打算，
二十一个月才修堤二千立方米。

他们把铁筋拿走，
去修筑私人的公馆，
他们把洋灰卖掉，
换成黄金和白银；
他们一天只顾玩、乐、吃、喝，
谁管你工人饥饿死活。

起初，工人领到工资还可养家，
可是过了几时，
赚的钱还不够养活自己。
“祖国虽然光复了，
我们却过着‘二满洲’的生活！”
工人们都这么说。

没有比较，
工人还辨不出谁好谁孬；
他们一挨了饿，
就想起八路军同志了。
去年秋风里带来炮声，
他们心里就暗暗高兴。

他们从秋盼到冬，
又从冬天盼到雪花溶；
“同志们怎么还不回来呢？
难道把我们忘了不成！”
没有忘记：人民军的封锁围困，
终于逼退了吉林的蒋梁匪军。

蒋匪在逃窜之前，
打了个如意算盘：
只要把小丰满一破坏，
就可以灭绝了光和力，
就可以水淹解放区，
就可以给共产党出个难题。

于是，他们在逃窜之前，
就恶毒的破坏了水磨电：
炸毁了变压器，
炸毁了配电盘；
还逼着工人离开工作岗位，
企图造成东北人民的灾难。

以致水砀室被江水贯满，
以致小丰满停止了发电；
于是吉林夜里没有电灯，
工厂的机器停止了转动。
汪洋一般的江水涌满闸前，
闸下的江心都露出了沙滩。

“危险啊！危险！
要不赶快抢修，
松花江下游会遭水淹。”
“国民党真没心肝！
已经把我们祸害够呛，
临走又下毒手破坏了水磨电！”

“抢修啊！快动员！
要用智慧和劳力
把危险转为安全！”
“排水的排水，
堵眼的堵眼；
工人、干部拼命抢修小丰满！”

不管冰水如何刺骨，
不管黑天白昼不能睡眠；
经过十天十夜的抢修
终于把水砯室的水排干；
经过十天十夜的抢修，
小丰满又重新开始送电。

吉林、哈尔滨又重获光明，
工厂作坊的机器又重新转动。
“欢呼吧！
这是人民的胜利！
欢呼吧！
这是蒋匪的失败！”

小丰满修复之后，
蒋匪还派飞机来捣乱：
这只能增加人民的仇恨，
除了炸毁几间房子，
炸伤几个无辜百姓，
并不能把这伟大的建筑伤损。

啊，小丰满！
这是人民的财产！
我们爱护它，就像爱护自己的两眼，
我们保护它，就像农民保护收回的土地！
决不容许蒋匪再来破坏，
决不容许蒋匪再来染指！

1984，10，11
于吉林

原载《文艺月报》1948年第2期

煤矿工人歌

天　蓝

曲一　主人翁之歌

一望无边
矿山重叠
我们祖国的锦绣河山
正在进行大规模建设

革命战争
胜利前进
发展生产支援前线呵
是咱工人阶级的神圣责任

千年的理性
今天已实现
这无限宝藏的矿山

已经属于人民的主权

汉奸恶霸
全被打垮
矿山换了新的天下
矿山是咱们自己的家

旧社会里
劳动是痛苦

新社会里工人翻了身
劳动是咱们无上的光荣

千年的理想
今天已实现
这无限宝藏的矿山
已经属于人民的主权

曲二　愉快的劳动

日夜忙碌不休停
喜在眉头笑在心
办事有主意
干活有精神

天上太阳放光明
地上的风景可人心
兴旺的矿山
像个大家庭

互相帮助团结紧
革命的员工一家人
一人为大家
大家为一人

矿山好比是战场
工人是一支生产军
谁也不落后
一齐向前进

节约呵
节约
反对浪费
保护咱自己的矿山
节省原料惜爱工具

突击呵
突击
勇敢立功
不吃老本不窝工
模范小组逞英雄

咱们的矿山多宽阔
咱们的矿山多美丽
这是咱们自由劳动的天地

咱们的工作更加积极

咱们打破一切困难
不断取得生产上的新胜利

曲三　出煤曲

戴着头灯走下坑
斜斜的坑道直挺挺
车子的铁链叮当响
电灯的亮光像星星

机器转动靠机电工
测量员来给中心
铁工木工他忙干
一片斧子铁钟声

片盘掌子两边排
黑煤油亮像眼睛
咱们刨煤多少年
咱和黑煤是亲人

煤炭生在荒山里
埋在地下百丈深
千年万年受压迫
今天翻身见光明

钢镐尖
把细圆
砸在煤响腾腾

钢铣亮
快又宽
千百吨煤往车上装

花垛柱
层垒层
一格格的掌子像棋盘

打好眼
装炸药
炮响连天煤堆山

你一镐呵——嗬哟
我一铣呵——嗬哟
刨镐装车好比左右手呵
方方的煤车满满地填呵
你一铣呵——嗬哟
我一镐呵——嗬哟
天下工人都是一个心眼呵
一心要把幸福来创造呵

马机车
活泼玲珑

马机绳
忽紧忽松

搬运工

来去像风

千万车煤
往外运送

煤炭生在荒山里
埋在地下百丈深
打开荒山翻个身
点起火来放光明

煤矿工人费心血
组织竞赛多出煤
提高生产为战争
为了革命快胜利

挖呵
挖呵
铲呵
铲呵

挖呵
挖呵
铲呵
铲呵

快快挖
快快铲
快快挖

快快铲

煤矿工人费心血
组织竞赛多出煤
提高生产为战争
为了革命快胜利

曲四　颂歌

旧社会里
工人的苦水倒不完
受苦受罪千百年
四根骨头两只手
天下的工人一样受饥寒

旧社会里
帝国主义把头和汉奸
一片血账算不清
打，骂，勒，杀心毒狠
那个矿山没有万人坑

旧社会里
工人反抗起斗争
磨洋工来打汉奸
没有共产党来领导
工人想要解放难上难

自从来了共产党
人民头上现青天

光腚的人儿有衣穿
冰凉锅头冒着热烟

毛主席是大救星
领导四万万人作斗争
打垮蒋匪灭封建
人民共和国成立在眼前

共产党是咱工人的党
共产党是工人的荣光
煤矿工人用自己的生命和力量
誓死拥护党的政策和主张

咱们高声歌唱
歌唱毛主席和咱们的共产党
让咱们举起双手宣誓
坚决站在生产岗位上
用全力提高产量和质量
支援前方打胜仗

咱们高声歌唱
咱们新民主主义国家像太阳
太阳一出放光芒
四万万人民齐解放

1984年6月

原载《文艺月报》1948年12月第2期

挖煤工人

唐 祈

比树木更高大的
无数烟突，我看它们
是怪癖的钢骨的黑树林。
风和飞鸟都不敢认识，贴近，
粗暴的烟囱，疯癫上升着：
乌烟的雾气，乱云……

比地面更卑下，比土阴湿，
三百公尺的煤层，同藏着比牲畜
还赤裸，夜一样污黑的更多男人，
我们都来自各种各样穷苦的乡镇，
矿穴里学习可怜的小野兽爬行，
惨绿的安全灯下一条条弯背脊，
在挖掘，黑暗才是无尽长的时刻，
不久，阳光摒弃了这群在世界以外，

很快，生活只剩给你一副窳陋的骨骼。

呵，呜嘟嘟的挖煤机，
锅炉，日夜不停地吞吃着
钟点，火车昂头吐口气到天这边，
它们的歌都哭丧似的吓人，
当妻子小孩们每次注视，
险恶的升降机把我们
扔下，穿过比黑色河床更深的地层。
这里：没人相信，没人相信
地狱是在别处，或者很近。

我们一千，一万，十万个生命的
挖掘者，供养着三个五个大肚皮
战争贩子，而且剥削不停——
直到煤气浸得我们眼丝出血，到死，
一张草纸，想盖住愤怒张开的嘴唇。

1947

原载唐祈《诗第一册》，星群出版社，1948年版

纺织工人歌

刘宝光[①]

我们是纺织工人
我们会织布纺纱
机器是我们的生命
工厂是我们的家
我们是工厂的主人
处处都要爱护它
节省一切原料
爱惜宝贵的棉花
旧社会受着压迫
解放后我们当了家
我们要共同努力
建设民主的新国家

① 作者是天津中纺三厂织布厂工人。

我们是纺织工人
我们会织布纺纱
机器是我们的生命
工厂是我们的家
个个都固守着岗位
个个精神奋发
生活愉快自由
产量大大增加
旧社会受着压迫
解放后我们当了家
我们要共同努力
建设民主的新国家

原载《华北文艺》1949 年第 4 期

出　铁

吴纯诚[①]

我们的炼冶房，
筑得老高，老高，
大大的开着个窗口。
风火炉呼隆隆地吼；
汗水溻湿了小袄。
我成年守着火炉，
成年望着窗口。

窗口对着厂房；
层层叠叠的屋瓦，
远远近近的屋脊角。
烟囱冒烟了，
烟囱冒烟了。

① 作者是长春工人。

春天多风，
屋瓦是灰黄色的。
风火炉呼隆隆地吼，
焦煤加进去，
汽包铁化开了。
两千斤！三千斤！
只多没少！

夏天多雨，
屋瓦是殷红色的。
风火炉呼隆隆地吼，
焦煤加进去，
元宝铁化开了，
三千斤！四千斤！
只多没少！

冬天多雪，
屋瓦是银白色的。
风火炉呼隆隆地吼，
焦煤加进去，
混合铁化开了，
五千斤！六千斤！
只多没少！

日日加煤，
月月出铁；
成年我守着火炉，

成年我望着窗口。
烟囱里的烟冒得更黑了，
烟窗里的烟冒得更高了。

1951 年 6 月 6 日

原载《人民文学》1952 年第 5 期

给潘长友

冯　至

过去从来没有听人说过，
炉火不灭，就能把平炉修好，
你爱你的工作，让生产不停，
接受了苏联专家的指导。

炉里砌起隔火墙，
熔钢的烈火依旧燃烧，
想不到修补将要完成，
隔火墙却忽然塌倒。

你披上冷水浸透的棉衣，
跳入六百度高温的炉里，
你领着大家轮流抢修，
把隔火墙又重新垒起。

这三年前的旧事
轰动了当时的大小工厂；
如今平炉不再常常修补，
这件事却成了一个好的榜样。

我们为了拯救和平，
要像你那样一切不顾，
我们随时都准备着
跳入炉里的高温六百度。

1953 年 1 月 11 日西伯利亚车中

原载冯至《西郊集》，作家出版社，1958 年 2 月版

伟大的事业

——题发展国民经济的第一个五年计划

冯　至

“我们正在做
我们的前人
从来没有做过的
极其光荣伟大的事业。”

这句话的
洪亮的声音
使每个中国人民
都有了光彩，
像是面对着东方升起的太阳。

我们要生产更多的钢铁，
我们要发出更多的电力，

我们要挖出更多的原油、原煤，
我们要制造更多的新机器，
我们要收获更多的食粮，
我们要织出更多的布匹，
我们让高山峻岭阻不住我们的交通，
我们让黄河的河水变清，供我们使用，
我们给社会主义打好物质基础，
让敌人在我们的面前垂头丧气。

工矿里的工人，
农村里的农民，
保卫祖国的战士，
从首都到边疆的干部，
人人都感到自豪，
因为都参加了这个光荣的事业。

白发的老人感到自豪，
因为他们见到了幸福的今天；
活泼的儿童感到自豪，
因为他们的明天更为美好；
母亲抱着婴儿感到自豪，
因为她是新中国的母亲，
她的婴儿是新中国的婴儿；
男女老幼都感到自豪，
因为有党和毛主席的领导。

我们用学习克服困难，
我们用战斗消灭阻力。

我们像爱惜眼珠一般
爱惜我们的事业：
不要让“粗心大意”来损害它，
不要让“奢侈浪费”来损害它，
不要让一切旧的习惯来损害它，
更不能让阴险的敌人
伸出罪恶的脏手来破坏它。

我们保卫它，
就是保卫我们的国家，
就是保卫我们的幸福，
就是保卫世界的和平，
就是保卫人类的进步。

“我们正在做
我们的前人
从来没有做过的
极其光荣伟大的事业。”

这句话的
洪亮的声音
使每一个中国人民
都有了光彩，
像是面对着东方升起的太阳。

1955 年 7 月

原载冯至《西郊集》，作家出版社，1958 年 2 月版

煤矿区

冯　至

山沟里的溪水日日夜夜地流，
铁轨上的煤车日日夜夜地运行，
一百五十公尺地下的煤层里
电钻的声音日夜不停。

溪水两岸是一片欢腾的市声，
到处是妇女的笑语、儿童的歌唱，
可是人们听不见地下的电钻，
像是听不见自身内跳动的心脏。

1956年7月23日铜川

原载冯至《冯至选集》第1卷，四川文艺出版社，1985年8月版

铜川别泪

——记铜川矿务局白局长谈话

冯　至

参加了三十年的革命，
身上挂过彩，腿部跌过伤，
用机智打退过敌人的包围，
几次缴获了敌人的枪。

这些事听自旁人的叙述，
他却说，“这没有什么可讲，
许多老战友有更大的贡献，
我的事迹本来很平常”。

但是说到了当前的工作，
他就滔滔不断地口若悬河；
临别的席上添了几杯酒，

我们手握着手依依难舍。

“说起过去工人的苦难，
煤矿的工人苦难最多，
一生在地下挨打挨骂，
过着暗无天日的生活。

“在不能伸腰的矿道里，
有人一连三个月不能上来；
现在有些年老的矿工，
眼睛在日光下还不能睁开。

“他们今天当然和过去不同，
一般认识却还有旧的残余；
你们要多多地到这里访问，
多多地给他们一些鼓励！

“我全心都在为他们服务，
我替他们向你们请求：
多作些歌曲给他们歌唱，
多画些画挂在他们的床头。

“我是一个穷苦的农民，
共产党把我教育成人；
我前半生对人民的敌人作战，
后半生为社会主义建设献身。

“煤是我们工业的食粮，

我只担心食粮的供应不够，
我的专业知识是这样少——”
说到这里，热泪从眼里流。

他手指着身边的总工程师，
他说，“他给了我许多帮助。
旧日的战友都分散了，
人人有了新的任务；

“如今在这新的战场上，
新战友是我们的工程师，
我们共同克服过许多困难，
得到了许多新的胜利。”

诚恳的面貌，真挚的言语，
我们握手握了许多遍；
今天的泪不是别离的感伤，
泪光里放射出一片新的情感。

1956年8月3日铜川

原载冯至《西郊集》，作家出版社，1958年2月版

中国的道路呼唤着汽车

邵燕祥

你可知道中国有多少条道路——
穿行高山，横渡大河，
联结着三家村和万家灯火的城市，
联结着车站和码头，
联结着工厂、仓库、合作社，
绕过牧民的帐篷、农民的门口，
又从你脚下伸过；

你可认得这些道路——
像树干生出枝丫，
像胳膊挽着胳膊，
像头发，像蛛网，
交织在山谷，在平原，
在又像山谷又像平原的高原上；

在那穷年累月没见过好车马的山野，
你可看见有一条新的道路通过——
它负载着农具、肥料和纸张，
还有粮食、棉麻、甜菜和山货；

在那环海的公路旁边，
海浪泼溅着陡峭的岩岸；
你可看见海防的战士
等待着粮秣和子弹！

你可曾走过这些道路?
你可曾听到道路在呼唤?
它们都通到第一汽车制造厂，
对我们建设者大声地说：
——我们需要汽车！

我们满怀着热情，
大声地告诉负重的道路：
——我们要让中国用自己的汽车走路；
我们要把中国架上汽车，
开足马力，掌稳方向盘，
一日千里、一日千里地飞奔……

（1954 年 8 月 5 日）

原载《人民文学》1954 年第 12 期

我们还是拓荒者

邵燕祥

二十年代、三十年代的拓荒者创建了党，创建了人民军队，在祖国大地播撒下革命的种子，四十年代、五十年代的拓荒者开辟了敌后根据地，推倒了三座大山，为新中国的建设清扫了地基……那末，七十年代的我们呢?

从玉门到柴达木啊，
五十年代的石油工人!
从克拉玛依到大庆啊，
六十年代的石油工人!
从东经八十五度到一百二十五度，
横过戈壁行军，枕着钻头打盹儿;
从千里冰天到万里雪原，
半个中国留下拓荒者的脚印。

五十年代的拓荒者啊!

六十年代的拓荒者啊！

荒野上留下第一道车辙，
那时命名为石油普查大道；
十三路兵马如风云聚会，
“会战村”留下集体的英名。
为贫穷落后的母亲祖国
披荆斩棘，开辟于草莱之中！
拓荒者从不走现成的道路，
也不坐享创业的光荣。

七十年代啊，八十年代，
召唤着我们去跋涉、驰骋。

松花江和辽河、江汉和渤海之滨，
我们不光在地面上翻山越岭——
我们还向地下的古汗山进军啊，
向海底的大陆架出征。
青春不仅仅是开花的年龄，
地球古老而我们年轻；
人生有限，个人的能量也有限，
为了祖国，我们要开发无限的能！

祖国，已迎来新时期的诞生，
她和我们一道，经过了摧心的阵痛！

我们决不咀嚼昨天的痛苦，
尽管曾因它咬破了嘴唇；

每个人只是分尝了小小的一份，
它终究掩不住胜利的欢欣！
追忆是为了汲取前进的力量，
不是在阴森的旧梦里沉沦。
步前驱的后尘，怎样才能无愧？
回首过去，更要超越前尘！

我们是七十年代的拓荒者啊，
翻天覆地才是无产阶级的胸襟。

岂止为谋求一身一家的温饱？
我们追求的是生产力的飞腾，
产业要革命啊，文化要复兴，
所有的指标要升向新的水平！
今天从世界上拿来先进的技术，
明天向人类献出我们的文明。
向前看，向前走，加快脚步，
拼命就该为现代化拼命！

史诗的时代呼唤着时代的史诗，
一定要蹚出新的脚印！

我们是一代锻炼中的战士，
并不是一无瑕疵的超人。
钻杆因司钻掌握而旋转，
钻头以金刚石攻坚而钻进；
说什么救世主的圣明，神仙的法宝，
唯一的创造者是劳动人民。

正是人民的意志，人民的力量，
使当代的中国避免了陆沉。

有悠长的往昔，有更悠长的未来，
我们的传统是——拓荒者的精神。

即使到了二十一世纪，
十亿人一年有原油十亿吨；
我们也还是拓荒者啊——
建设的游击队，石油的“飞行军”！
要把一个富强的社会主义现代化祖国，
移交给一代代拓荒者的儿孙。
让历史作结论：社会主义时代的拓荒者，
——共产主义的奠基人！

原载《人民文学》1979 年第 10 期

告别林场

——给共产主义的伐木者

傅　仇

请记着今天大风雪的日子，
有一队伐木者告别林场。
让我们最后再看一眼，
我们的心窝发热，喜气洋洋。

我们今年春天上山采伐，
遍山是封天的云杉、冷杉、赤桦。
我们把宝贵的木材送给祖国，
建设铁路、工厂、高楼大厦。

青山披着鹅毛雪花，
刚好一年，就告别“森林之家”。
山上留下年轻的幼树和母树，

我们请林墙[①]来保护它。

胆小的獐子、大胆的金钱豹，
温驯的小鹿、肥美的马鸡；
别说我们已经走了，
随便来践踏我们的林区。

我们真不愿离开这里，
但我们还要去采伐新林区。
什么时候我们再回来？
最早也是一百年，一个世纪！

一个世纪，一百个年辰，
再走进这青山的已经不是我们；
而是一批批共产主义的新人，
电气化的伐木者，我们的子孙。

那未来的美妙远景，
怎不使我们沉醉动心！
让我们在这山上刻下一块树碑，
把我们的历史和预言告诉下一代人：

"在祖国第一个五年计划的开头，
正是我们最早走进原始森林的时候；
是我们为祖国采伐了第一批大树，

① 林墙：在一个森林伐区采伐时，留下伐区周围的树木，形成一道墙，称为"林墙"。它的作用是保护这个伐区（又称林场）留下的母树、幼树、树种，让它们再发育，长大成林。

建设了新型厂房、学校、社会主义道路。

“我们走了，留下满山最好的树种，
到二十一世纪，你们上山的时候，
有一座新的无比茂盛的森林，
留给你们采伐，建设共产主义的高楼。”

再见了，我们亲爱的林场，
让我们的思想感情永远生在这里。
再见了，未来的共产主义的森林，
请接受二十世纪伐木者的敬礼。

一九五四年九月十八日于四川理县大朗坝菩萨沟

原载傅仇《伐木声声》，作家出版社，1964 年 12 月版

颂伐木者

傅　仇

伐木者已离开海峡，
良材已全部采伐；
多少良材铁柱，
举起摩天大厦。

伐木者阔步前进，
把新屋留给大家；
肩上挑着帐篷，
乘风破浪，四海为家。

为了寻找万世栋梁，
伐木者走遍海角天涯；
誓把永垂不朽的铁树，
献给共和国的大厦。

原载傅仇《钢铁江山》，中国青年出版社，1960 年 3 月版

每当我印好一幅新地图的时候

李学鳌

我爱我的祖国，
像爱我的母亲，
我虽然不生产钢铁和小麦，
我却用我全部的力量，
描绘着她庄严的面容。

每当我印好一幅新地图的时候，
就无法控制那海涛般的激情，
这纵横九百五十多万平方公里的土地啊，
处处像磁石一样吸引着我的眼睛，
吸引着我的心到处飞腾。

啊，这个圆点儿就是我们的鞍钢，
解放前这儿是一片废墟、烂铁场，
敌人想从地图上把她抹掉，

让我们叹息着在这儿种高粱，
可是我们回答敌人的
是滚滚的钢水，是高炉的欢唱！

啊，这儿曾经是漫无人烟的戈壁滩，
现在，一排排油井架高插入天，
黑色的血液直泻奔流，
它策动着工业的轮子日夜飞旋。

当我正赞美玉门油矿的时候，
那边，巍峨的昆仑山脚下，
又出现了一块丰饶的油田，
为了这喜讯啊，
我的印刷机又和我一起狂欢！

看，这儿是一道弯曲的蓝线，
横亘在祖国大地当中，
为了让列车横跨过滔滔的江水，
江面上正筑起一道钢铁的长虹。

啊，这儿是宝成和兰新铁路，
多少年只是趴在纸上的两条虚线，
看今天！它们多么像受了热的水银柱，
飞快地伸展在地图上面！

啊，快拿笔来添呀，
这里又多了两条铁路新线，
满载友谊和幸福的列车将在这历史的轨道上奔驰，

它们将通向伟大的盟邦苏联！

啊，这儿原是一片荒野，
野兔奔逐，杂草丛生。
你看现在！那向自然进军的尖兵们到处跋涉，
他们用铁锤叩醒了沉睡的山林。

任何障碍不能阻拦建设大军的脚步，
他们的每一颗心都向着北京，
高山峻岭都得给他们让开道路，
他们会让酷暑严寒变温如春，
他们坚信在自己走过的路上，
每一寸土地都会有幸福诞生。

不，幸福已经从他们的脚印上诞生，
你看那森林般的铁塔和烟囱已升向天空，
可惜的是这幅最新的地图还没把她印上，
尽管我驾的是世界上最新的印刷机轮。

祖国啊！我的母亲。
你神速的变化，像闪电，像飓风，
昨天，这儿还是一片空白，
今天就出现了一座工业新城，
当新地图上刚把这里添好新点新线的时候，
谁知道又有多少地方响起了震天的夯声！……

祖国啊！我的母亲。
你的脚步超越过世界上最快的印刷机轮；

千万吨彩色油墨也描绘不出你外表的美丽，
你内在的美更比外表高超万分！

祖国啊，你自己讲吧！
你到底有多少田野和森林？
到底有多少城市和铁路？
有多少农场和矿坑？
好让我描绘出你真实的面容！

祖国啊，你自己讲吧！
在你的历史上哪有过这样的光荣？
是谁把新的里程碑在你的脚前竖起？
是谁用双手替你叩着社会主义的大门？

祖国啊！我的母亲。
我虽然描绘不出你神速的变化和美丽，
可是我知道那是谁——
正在用无比的智慧和劳动
日夜不停地创造着你庄严伟大的面容！

1954年国庆节之夜

原载李学鳌《印刷工人之歌》，北京大众文艺出版社，1956年2月版

机器的主人
——致张明山同志

李学鳌

我这首诗献给你——
建设钢都的英雄。
你从鞍山来到北京，
你带来了生产战斗的歌声。

这歌声像幸福的洪流，
日夜不息地在我身旁奔腾。
赞美你的激情，无法用语言倾诉，
我只会说："张明山——机器的主人！"

当我站在"反围盘"跟前的时候，
我越发对你热爱和尊敬。
你制服了火龙似的钢条，

使它像面条一样的柔顺。

“反围盘”虽然是用钢铁铸成，
但是，它却贵如黄金。
不！不！黄金怎么能和它相比？！
它是用宝贵的心血和智慧铸成！

啊！共和国的突击队员！
是用手劳动的人，
是用脑劳动的人，
成为一切的主人的“工人”，
在我们这个时代里诞生！

张明山！你这普通工人的姓名，
像紧促的汽笛鸣响在天空。
它招引着我们扑向前去，
向时间索取财宝，
好让那最幸福的日子早日来临！

1954年“五一”节之夜

原载李学鳌《印刷工人之歌》，北京大众文艺出版社，1956年2月版

舞会结束以后

闻　捷

深夜，舞会结束以后，
忙坏年轻的琴师和鼓手，
他们伴送吐尔地汗回家，
一个在左，一个在右……

琴师踩得落叶沙沙响，
他说："葡萄吊在藤架上，
我这颗忠诚的心呵，
吊在哪位姑娘辫子上？"

鼓手碰得树枝哗哗响，
他说："多少聪明的姑娘！
她们一生的幸福呵，
就决定在古尔邦节[①]晚上。"

---

① 即宰牲节，在这一天，伊斯兰教徒要宰羊感谢真主。

姑娘心里想着什么？
她为什么一声不响？
琴师和鼓手闪在姑娘背后，
嘀咕了一阵又慌忙追上——

“你心里千万不必为难，
三弦琴和手鼓由你挑选……”
“你爱听我敲一敲手鼓？”
“还是爱听我拨动琴弦？”

“你的鼓敲得真好，
年轻人听见就想尽情地跳；
你的琴弹得真好，
连夜莺都羞得不敢高声叫。”

琴师和鼓手困惑地笑了，
姑娘的心难以捉摸到：
“你到底爱琴还是爱鼓？
你难道没有做过比较？”

“去年的今天我就做了比较，
我的幸福也在那天决定了，
阿西尔已把我的心带走，
带到乌鲁木齐发电厂去了。”

原载《人民文学》1955 年第 3 期

在白云下

徐　迟

白云，一朵唯一的白云，
像一个美丽的图纹，
嵌在深蓝色的天空。

这一朵白云下，
千峰峰顶指着蓝天，
大青山山脉连绵。

在这一朵白云之下，
在山脉的背景之前，
黄土颜色的包头城
坐落在黄土层上。

远望它还不容易辨认，
要不是那些崭新的建筑，

灰砖、红瓦、高烟囱和玻璃窗，
它们在这难得的好天气里，
轮廓鲜明地显示在黄土上，
喜悦地发出抖抖的闪光。

而在黄土层的下面，
这幅图画的最前面，
奔流着曲折、浩荡的黄河。

我站在黄河边，
望着沿河平原上，
齐整的包头城，
在白云下。

你这塞外的古城啊，
我却听不到古诗所吟咏的
凄凉的号角和战马的悲鸣。

友爱的民族自治区城市啊！
今天是基本建设的明珠，
谁能望着你而不骄傲？
你是祖国的富强的基地。

你再不是塞外的古城，
北京和你只有一昼夜旅程。
塞外的钢都，包头啊，
谁不把你当光荣的名字呼唤？

我站在黄河边，
望着这闪耀的城市，
我惊奇地发现几只白鸥。

坚强的翅膀啊，
在大河之上拍动飞翔，
你们不是来自远方吗？
你们怎么从那儿离开了，
从海上，从海滨，
那儿浪涛拍击着船身，
舐着沙滩，吞没崖石？

而飞过城市、村庄、平原，
飞过重峦叠嶂的山区，
你们怎么溯河而上，
好像什么也不能阻挡你们，
一飞飞到塞外这朔漠区域，
这里要刮起风沙来，
白天立刻变成黄昏？

我们的建设家，
多么像这些白鸥，
拍动着强健的翅膀，
向着理想飞翔，
溯大河而上，沿京包线而来，
什么也不能阻挡我们。

我站在黄河边，

远望这座充满希望的城市，
我远望见明天。

明天，几百万人口的大包头市，
将高高耸立在面前，
明天，绿色的河水清澈见底，
要流过这多森林的土地，
这里也将有人工海诞生，
于是将飞翔更多的白鸥，

而冉冉在炼钢厂的烟云间，
将是多多润湿的白云，
不是这青山之巅，蓝天之间，
这唯一的图纹似的一朵。

1955 年

原载徐迟《战争，和平，进步》，作家出版社，1956 年 8 月版

新的工厂建成了

徐　迟

新的工厂建成了，
部长亲自来剪彩。

彩带断了，人们走上前去，
走进红花、绿树和喷泉间，
看厂房多光亮、干净、宽敞，
比办公楼、俱乐部还漂亮。

走进那雄伟的厂房去吧，
沿着有发光的栏杆的走廊去吧，
从那些使人想起花园来的
精致的辉煌的路灯下过吧，
扶着曲折的扶梯上升吧，
登上那小岛样的平台吧，
从小桥上俯视那奔流的火焰吧！

两年前这还是一个破落的厂房，
一年前这还是一个零乱的工地，
几次都报警，柱脚下沉，
显出抢救英雄们的崇高品质。

现在细瓷砖砌的地面上摆着盆花，
墙上一尘不染，闪闪有光
大块玻璃嵌在大窗户里，
迎来日月星辰和远山风景。
一些盘绕的管道漆着色彩
鲜艳的红绿黄蓝，
机器像不驯的动物被驯服了，
它们需要这样讲究的厂房。

尽管火焰熊熊，烟云滚滚，
新的机器强大而灵巧，
沉重和复杂的劳动，
现在便捷而又简单，
配电盘上，一千只无形的手在工作。
男女青工离开农村还不久，
却已经在熟练地操作，
初步掌握了自动化的秘密，
为老师傅和苏联专家所称赞。

新的工厂已经建成了。
劳动从从前卑微的地方，
上升到了这样高爽的地方，

从从前痛苦屈辱的境界，
上升到了这样光荣的境界。

社会主义的工厂建成了，
欢呼着第一根无缝钢管，
社会主义的头胎婴孩诞生了！

1953年

原载徐迟《战争，和平，进步》，作家出版社，1956年8月版

在包头

徐　迟

我爱在包头城中穿过，
像穿过春天的蜂房，
群蜂正忙着酿蜜。

人们在研究种甜菜和炼钢，
在培养人才和种植苗圃，
从暂设工程建筑到正式厂房。

我爱在包头城中穿过，
古朴可爱的包头旧城，
是大建设的首脑部。

我爱在包头旧城中穿过，
从这发号施令的指挥所，
我们向新市区展开了进攻。

穿过了旧城的黄土城墙，
新包头市平坦而光亮，
夹道的桦树像巨大的绿球，
它们的枝叶在风中抖动，
枝叶之上浮现了市委、财委，
还有那威武的包钢的大楼。

我从包头城中穿过，
吉普车正飞驶在新市区。
六十、七十公里一小时的速度，
飞驶在黄河和大青山之间，
新市区的坚实的土地上。

在新市区笔直、宽阔的大道上，
我们用飞快的速度到工地去。
所有的车都飞向工地，
无论它是钻机机场，
或巨大拦河坝的坝址，
或红旗飘扬的脚手架中间，
或巨大的起重机的高塔下，
或正安装锅炉、透平的车间里。

到工地去！如今我们这些人，
工地那里是我们家，
工地那里是我们家乡，
我们的家当是在工地上！

我们的车更加速了，
飞驶到歌唱着的工地去。
工地那里是大包头市，
我们早已在蓝图上熟识了它，
早已在会议上多次讨论了它。

白天黑夜，我们劳动，
下班来，我睡在工地上，
像睡在一颗心房上，
它搏动、搏动，祖国的心房啊！

1955 年

原载徐迟《战争，和平，进步》，作家出版社，1956 年 8 月版

我站在祁连山顶

李　季

像一个守卫边疆的战士，
我昼夜站立在祁连山顶。
我站在那雄伟的井架下面，
深情地照料着我的油井。

虽然是严寒封锁了大地，
虽然是风沙吹打得睁不开眼睛；
不论什么时候我都不愿离开一步，
哪怕是寒冷得连鼻涕也冻结成冰。

在山顶上我一点也不觉得寂寞，
整天陪伴我的是那祁连群峰。
黑夜里，群山悄悄地隐入夜幕，
这时候，来拜访我的是北斗七星。

辽阔坦平的戈壁就在我的脚下，
行驶着的车队像一群小小的甲虫。
排成长列的白云前来把我慰问，
乐队总是那高傲的山鹰的嗥鸣。

我见过黎明怎样赶走黑夜，
我见过破晓前最后熄灭的那颗晨星，
我见过坐着第一辆车去上工的兄弟，
我见过金光四射的太阳怎样升上天空。

原载李季《玉门诗抄》，作家出版社，1995 年 4 月版

我们的油矿

李　季

在那喧闹着的祖国大地上，
有一条喧闹的山岗。
山岗上有一座年轻的城市，
它白天发着巨响黑夜闪着光。

假若你要知道城市的年龄，
请去问那林荫道旁的白杨；
那像苗条少女似的树干会向你说：
“城市和我在同一天开始生长。”

我们的城市昼夜都在沸腾，
它比青年人更不喜欢安静。
它永不疲倦地搜索着悭吝的大自然，
从高山顶上直到几千公尺下的地层中。

想要欣赏城市的风光，
你必须攀登高入云际的山峰。
我们正在把辽阔的戈壁划入市区，
我们正在把地下的宝藏握在手中。

居民是那些掌握着明天的青年，
市区里的井架像密集的丛林一般。
生产钢铁的血液是我们的任务，
我们的城市是力量和幸福的源泉。

没有必要对你隐瞒城市的缺点，
我们实在需要一个美丽的公园；
虽然我们每天可以看到壮丽的戈壁日出，
虽然我们每年可以看到六月天雪飞祁连。

城市虽然在远离北京的山野，
城市虽然在荒漠的戈壁滩上；
但是，我们的心却永远地向着北京，
就像北京无时不在惦记着我们一样。

在那喧闹着的祖国大地上，
有一条喧闹着的山岗。
山岗上有一座年轻的城市，
这就是我们亲爱的玉门油矿。

原载李季《玉门诗抄》，作家出版社，1995 年 4 月版

寄白云鄂博

李　季

我站在镜铁山顶，
展眼向东方看望。
我要把一封信儿，
请苍鹰投到蒙古草原上。

信儿要投到白云鄂博；
要投到那繁荣的钢铁大街。
就说它们的一个将要出生的兄弟，
向它们祝贺春节！

嘉峪关外大野茫茫，
这儿将是我出生成长的地方。
我的邻居将是数不清的年轻城市，
还有那屹立在祁连山下的玉门油矿。

我还没有出生，
你就开始长成；
当我牙牙学语，
你就要为祖国歌唱。

我们的大哥哥——鞍山，
已经为祖国立了功勋。
武钢和你，
也将要迎头赶上。

比起你们来，
我的年纪最轻；
亲爱的哥哥请相信我，
我决不会损害咱们钢铁兄弟的光荣。

听见没有，
那气礴河山的壮言？
我的心跃跃欲动，
我真想即刻下山大干一番。

咱们兄弟四个，
分住在东南西北四边。
让咱们燃起熊熊的钢铁之焰，
映红祖国的地和天。

那时候，我和你——
大戈壁和蒙古草原，
将要用烟囱作喇叭筒，

向那颗伟大的心灵汇报说：
我们胜利地实现了你的预言！

原载李季《玉门诗抄二集》，作家出版社，1958年10月版

玉门儿女出征记（节选）[1]

李　季

一〇　玉门灯光

千里长途且不表，
唱一唱杨红志上了油矿。
祁连山下戈壁滩，
油矿就屹立在半山坡上。

头上蓝天望不尽，
脚下是大戈壁无边海洋。
山顶积雪常不化，
阳光下像白玉晶莹闪光。

① 《玉门儿女出征记》为李季《杨高传》第三部。本首长诗通过解放战争胜利后，杨高又因伤复员参加玉门油矿工的斗争描写，刻画出这个忘我的革命英雄，以坚韧不拔的顽强意志，战胜一切困难，在社会主义建设中取得了一个又一个胜利，树立了光辉的风格。长诗共分为四十个章节，本处节选第十章和第十一章。

矿区井架密如林，
厂房里发巨响震动山岗。
玉门是祖国的聚宝盆，
石油是黑金子钢铁食粮。

那一夜杨高到油矿，
远远地望见了一片红光。
茫茫戈壁漆黑夜，
半山上哪来的夺目光芒？

汽车越走越近了，
原来是矿区的灯火辉煌。
心里高兴嘴里叫：
“想不到这就是咱们的油矿！”

激情恰似春潮涌，
杨红志不住地四下张望。
高大的厂房像座山，
车如水灯如星机器轰响。

不是伤心不是喜，
不知道为什么热泪盈眶。
望着同志们只是笑，
心里边热乎乎两手发痒。

忘记了怎样进宿舍，
忘记了怎么样睡在床上。

想起了三边穷乡亲，
想起了毛主席想起了党。

想起了牺牲的同志们，
为今天流出了血海汪洋。
心里发热睡不着，
站窗前遥望着矿区灯光。

千里戈壁万重山，
油矿像夜明珠灯塔一样。
我们总算胜利了，
山和河回到了人民手上。

这座山来这条岗，
这汽车这井架这座厂房，
而今都归我们了，
我们也有了个玉门油矿！

万盏灯火似红旗，
辉煌地闪耀在大戈壁上。
机器轰鸣马达叫，
杨红志一遍遍默念着党。

对着红旗宣过誓，
把生命全部地献给了党。
南征北战杀敌人，
流鲜血拼性命为了理想。

土地革命分田地，
抗战时打鬼子驱逐豺狼，
解放战争消灭反动派，
——这只算打赢了头一个仗。

革命不为伤和死，
为建设共产主义人间天堂。
党的理想还没实现，
我怎能把红旗放在地上？

前线激战正猛烈，
我现在又走上这个战场。
这是一场新战争，
党把我派到了最前线上。

毛主席呵毛主席！
我一辈子不会把你的话忘。
新战斗要学新本领，
过去的旧本事快用不上。

党呵党呵你放心吧，
在这场战斗里我一样刚强！
杨红志一夜没合眼，
眼望着红太阳照亮东方。

一一　军帽和铝盔

分配红志学钻井，
担任了钻井队支部书记。

头一天来到井场上，
杨红志止不住满心欢喜。

高高的钻塔尖朝天，
蓝天下祁连山无边戈壁。
茫茫大野不见人，
远处有黄羊跑天上鹰飞。

下了汽车拍手叫：
“再没有啥地方比这如意；
高高的天来宽宽的地，
这地方正合咱当兵的脾气。”

一脚跳到钻台下，
向队长和司钻立正敬礼！
一手递过介绍信：
“请收下我们这一伙徒弟！

“我们都是扛枪的，
从没有摸弄过这些机器。
虽然扛枪手脚笨，
我们可有决心好好学习。”

转过身来问大家：
“我这话你们都同不同意？”
异口同声齐回答：
“保证向老师傅好好学习！”

钻台上鼓掌来欢迎，
钻台上钻台下掌声四起。
柴油机轰鸣钻机响，
人们都用笑脸表示心意。

第一次穿上了工作服，
第一次换下了黄色军衣。
脱下军帽戴铝盔，
战士们深情地把军帽藏起。

年轻的战士都明白，
换军装可不是放下武器；
我们是人民的子弟兵，
为祖国的建设要战斗到底。

银色的铝盔是钢盔，
工作服它就是新的军衣。
新的战斗开始了，
我们要向大地展开攻击。

钻机就是迫击炮，
钻头像刺刀尖锋利无比。
钻台上战斗员排成阵，
井架上高悬着鲜红战旗。

队长和红志来安排，
有的到机房里学柴油机，
有的当架工上井架，

有的去学司钻操纵钻机。

身穿蓝色工作服，
头上边戴铝盔如临大敌。
精神抖擞上钻台，
老战士又投到新战斗里。

别人走了剩红志，
房子里就是他和队长一起。
“王队长把我忘掉了，
我不是到这里来串亲戚。”

队长笑着对他说：
“我怎敢忘掉了支部书记！
矿党委早就来电话，
说你是残废人要照顾你。

“我是个工人大老粗，
还希望你处处帮助我哩！
钻井队就是个小工厂，
要搞好还靠你多多出力。”

“党要我当支书这不假，
要说是照顾我我不同意！
为参加祖国建设来玉门，
可不是到这里养老休息！

“论年纪你是老大哥，

论技术你是师傅我是徒弟。
咱们就从今天起，
订一个师徒合同我跟你学习。”

你喜欢我来我喜欢你，
从此后他二人形影不离。
同上钻台同吃饭，
两个人就好像是亲兄弟。

多少天烈日当顶照，
多少夜暴风雪狂扑戈壁。
油海里锻炼着杨红志，
钻台上结下了战斗友谊。

原载李季《玉门儿女出征记》，作家出版社，1960年5月版

钻井队长的故事（节选）[①]

李　季

引子

这样的时候很快就要来到：

① 当我写这首长诗的时候，我国万千石油工人，在毛主席、周总理英明决策和亲切关怀下，在石油工业部主要领导同志亲临现场直接指挥下，从一九六〇年春天起，头顶青天，脚踏荒原，在冰封千里的松辽平原上，已经艰苦卓绝地以无畏的英雄气概，以世界上少有的最快速度，开发建成了我国第一个特大油田——大庆油田。它的开发和建成，不但保证了我国石油的自给自足，永远地结束了依靠进口“洋油”的状况，并且还能部分向国外出口，彻底地终结了我国有史以来被称为“贫油国”的屈辱历史。但在当时，大庆油田还没有向国内外公开宣传报道。因此，我在这首诗里（特别是第三部），还只能比较隐晦地来写它的背景和地点。

至于长诗《引子》的头两段，则是我满怀热望，期待有更多更有才华的作家、诗人战友们，投身到大庆油田和各个石油工地，投身到万千石油工人战天斗地，震撼人心的斗争生活中去，写出更多的，比我这些粗俗浅露的歪诗更为完美的各种文艺作品来。

我国石油工人阶级，不但是在我国处于三年自然灾害所造成的困难时刻；苏联背信弃义对我们卡脖子，把我们祖国推向灾难深渊的时刻；在我们调整经济，迅速战胜了灾害的时刻；特别是在林彪、“四人帮”丧心病狂，阴谋篡党夺权的十年间，他们顶妖风，战恶浪，一面同这些披着人皮的毒蛇妖魔斗，一面还坚守阵地，使祖国的石油工作持续迅猛飞跃发展。在那黑云翻滚，百业凋敝之日，使我国经济免于崩溃，工业战线呈现一线生机的，不正是这些钢铸铁打的千千万万个石油工人的英勇劳动吗？他们不愧是我们中华民族的骄傲，我国工人阶级的光辉代表，我们伟大的社会主义祖国的脊梁！直到今天，我还是满怀热情，忠心地期待着有更多的新老文艺战友们，用千支万支笔来描绘他们光彩照人的英雄形象，讴歌他们功垂青史的光辉业绩。（作者注于1978年10月）

小说家要把石油工人，
当作长篇小说的主人公；
诗人们也将用热情的言辞，
把铝盔战士们的劳动赞颂。

现在，
诗人们还没有放开喉咙，
剧作家也还正在油井旁，
熟悉他未来剧本里的英雄。

就像一台大戏还没有开场，
咱们先来一个“小段”——
我把一个钻井队长的故事，
说给大家听听。

我来讲这个故事，
有这么两件事不好办：
第一件——
这位钻井队长是个活老虎，
他的模范事迹又多又生动。

可我是个拙嘴笨舌的人，
嘴头子不利索，
笔尖子又不灵；
一怕把他的英雄形象说歪了，
二怕连故事情节也交代不清。

第二件，更难办——

他最讨厌人家，
提他的姓，道他的名。
我们是玉门相交的老战友，
摸透了他的这个老毛病。

他常说“成绩都靠党的领导，
谁能独个儿打成一口油井！”
我可不能贪图一时的高兴，
伤害了十几年的老交情。

这可不是
没有干活先摆困难，
只是为了
预先打个招呼——备个案。

讲得不好，
它本来就是一个“小段”；
大家以后还有机会，
在电影、小说、舞台上，
再同咱们的英雄见面。

至于说主人公缺名少姓，
我看就是这样也行，
只要知道他是个钻井队长，
记着他是个永不褪色的英雄。

第一部（节选）

“黄师傅”

侦察兵来到钻井队，
心里头半边热来半边凉。
热的是参加了大建设，
凉的是浑身是劲用不上。

十几丈高的井架冲天立，
柴油机昼夜轰隆隆响。
一天围着钻台转，
把人憋得心发慌。

钻机、钻头尽是钢家伙，
又长又粗的钻杆摆满井场。
走路也得躲着走，
一不小心就把人撞伤。

一心想着多干点事，
怕捅娄子不敢胡乱闯。
这真叫水牛掉井里，
任你有多大的劲也用不上。

跟着师傅学技术，
简直比天书还要难懂。
名词术语稀奇古怪，
一盆糨糊怎么也搅不清。

钻机、柴油机、泥浆泵，
同是钻头型号又分多少种。

打仗时就知道高地、开阔地，
谁管它地底下是啥地层。

明明是一根钢丝绳，
却分出多少标号不相同。
和一池浑水叫泥浆，
又讲究啥子循环啥比重。

左耳朵进来右耳朵出，
用上吃奶的劲头也记不清。
看起来还是当兵好，
一个命令就往上冲。

心里越想越糊涂，
脑袋发胀劲头松。
我这个扛枪的大老粗，
这个路子走不通。

不是怕苦不愿卖力干，
愁的是长着两手没处用。
心里发急只恨自己笨，
想到这身黄军装就脸红。

那天碰见“怪话大王”，
一见面就问他是几级工？
“听说你升级成了‘黄师傅’，
正在领导着钻井队打油井。”

又是生气又羞愧，
耳热心跳脸通红。
支部书记见了他，
问他是不是害了病?

一肚子苦恼倒了个净，
支书坐在一边笑着听。
“拿出你的笔记本，
我有个药方能治你的病。

“前几年人家也叫我‘黄师傅’，
我也是闹情绪思想不通。
局长是我在部队时的老首长，
他把我美美地批评一通。

“他给我写了这段话，
又一字一句讲给我听。
想从‘黄师傅’变成红师傅，
记住这些话最有用。”

翻开笔记本仔细看，
心眼亮堂勇气增。
毛主席号召我们“钻进去，
几个月，一年两年，三年五年”，
把不会的东西都学会，
不懂的东西都学通。

攻坚难

数九寒天狂风怒号，
戈壁滩上冰冻雪飘。
风雪扑打着井架篷布，
像是纷飞的枪弹狂啸。

一场激战正在进行，
钻头正猛烈地向岩层进攻。
司钻紧紧地握着刹把，
黄豆大的汗珠滴湿前胸。

“黄师傅”变成了泥师傅，
侦察兵浑身都结了冰。
钻台上下不住气地忙，
三层衣服里边是汗外边冰。

二层平台风雪猛，
泥浆池边又冻又冷。
任你风狂雪暴彻骨寒，
挡不住我们活蹦乱跳的侦察兵。

别人是三班轮流换，
他却是跟了上班跟下班。
一个动作没有学到手，
他宁肯三天三夜不下班。

不分假日不过星期天，
一年里难得进一次电影院。
忘掉了理发刮胡子，

二十几岁的小伙子像个小老汉。

吃饭睡觉都在井场上，
活动房子里饱受风寒。
夜夜学习技术课，
天天在钻台上勤学苦练。

技术名词记不住，
写它十遍写百遍。
墨水瓶里结了冰，
揣在心口窝上暖一暖。

半夜里支部书记来敲门，
陪伴着局长来把他看。
忙着倒水搬凳子，
忙着从口袋拿纸烟。

“噗嗒”一声掉下来，
墨水瓶打了个稀巴烂。
三个人都笑起来，
六只眼睛对着看。

“你这个侦察员搞的啥名堂，
墨水瓶怎么能当炸弹？
我看你快成了钻井迷，
可不敢把泥浆当稀饭。

“你们的支书说你学得挺不坏，
打了这一年多攻坚战。”

“报告局长，我还差得远，
不过我保证要攻下这一关！”

“咱们谁都应该闯过这一关，
不会使用武器怎么能作战？
搞建设就得要尊重科学，
可不能大大咧咧只凭勇敢。

“我们都是毛主席的兵，
打仗、建设都要能过硬。
人人都要练成技术能手，
又勇又猛又有真本领。

“打井就像同敌人拼刺刀，
一要有胆量二要凭基本功；
半点儿含糊都不能轻轻放过，
一上手就要求严细作风。

“社会主义建设事业大发展，
咱们也该想办法，
把石油工业的落后帽子换一顶。
小伙子，
赶快学好本领准备着，
在咱们石油战线上来它一个战略进攻！”

《钻井队长的故事》最初发表于《人民日报》1964年5月12日第6版，
后于1978年10月修改，全诗共分为三部分，共计18首。

女司机

艾　青

她原是一个骑手
每天奔驰在草原
自从看见大卡车
她就离开了草原

她在呼和浩特
考上了司机班
回来驾着大卡车
把工业品运到了草原

夜行八百
日行一千
逛的是大街
住的是客店

她是草原上的
新的骑士

1956年8月

原载艾青《海岬上》，作家出版社，1957年10月第1版

刺绣歌

——给苏州刺绣工艺美术生产合作社的女工同志们

力　扬

凭着你们对于劳动的喜悦，
凭着你们对于艺术的热爱，
凭着你们智慧的眼和锦绣的心，
在那柔和的绸缎上，你们在绣：
一针，二针，三针……

往日绣的是地主们的行乐图；
往日绣的是资本家们的利润；
往日绣的是你们自己的酸辛，
是你们一串串饥寒交迫的梦：
一针，二针，三针……

共产党把你们苦难的乱丝剪断，

七十岁的老工人也恢复了青春。
绣呀！绣呀！绣出鲜花朵朵；
绣出鲜花似的你们幸福的心：
一针，二针，三针……

绣出你们温暖、明媚的江南——
那翠玉的湖山，黄金的稻田；
绣出我们亲爱伟大的毛泽东；
绣出光辉灿烂的祖国的早晨：
一针，二针，三针……

1956年11月于北京

原载《人民日报》1956年11月29日

六公里[①]

魏钢焰

也许有人会说："这么枯燥的数字，怎么能做诗的题目呢？"不呵！……

一　诗的题目

黎明，急急地走来。
她那湿漉漉的赤脚，
踏着昨天新铺的道木走来了；
她那淡青色的纱裙，
拂扫着车顶的煤屑走来了。

她叩打着指挥车的玻璃窗，
用饱含露水的清新气息，

① 在一九五五年四月二十六日，我铁道兵铺轨大队在抢建黎湛线的工程中，突破了铺轨全国最高纪录——五公里二，创造了日铺六公里六百一十公尺的新纪录。

吹走了车里的夜，
也吹开了我沉重的眼皮。

我刚一睁开眼睛，
就听见了战士们的号子声。
我在枕木上大步奔着，
向着号子声，前进。

大队长向我迎面走来，
发着爽朗的笑声：
“怎么样？我们的诗人，
你吐了多少‘丝’？”
我说：“桑叶还没有吃饱呢！”

“噢！难道你那根笔杆，
比我们的钢轨还重？
赶快写吧！
我们订个竞赛合同。”

“竞赛？写诗和铺轨竞赛？”
“不！我们也要写诗，
明天，我们铁道兵，
我们铺轨大队，
就用这钢轨当笔，
路基当纸，
要写出一首你从没听过的
美妙的诗！……
你要问诗的题目么？

它就是，
创造全国铺轨最高纪录
一天六公里！”

二　战斗的动员

明天，
将是多么紧张的一天！
六公里，
这是速度，
这是战斗！

晚上，
我要到一个连队去，
听听战斗的动员。

绕过田边刺人的龙骨草，
踏着窄窄的田坎，
在艳红的晚霞里，
寻找着连队。

咦！这儿昨天才把帐篷支起，
为什么如今只见一片灶灰？

你要找铁道兵么？
不要找向导，
不用把路问，
只要顺着路基前进。
他们呵，

在开路的地方扎寨，
在铺轨的地方安营。

我刚拐过山脚，
就听见了指导员的声音。

“敌人，盯着这条铁路。
这是，我们向敌人举起的铁臂！

“六公里！新纪录！
每一根钢轨
都戳在敌人的心坎上！
每一根枕木
都砸在敌人的头顶上！”

说的对呵，指导员！
叫蒋介石看着新纪录哭泣吧！
叫杜勒斯听着机车的怒吼发抖吧！

“全国人民的眼睛，也看着这条铁路，
六公里，新纪录，
每一公尺，都显示着祖国的威力，
每一个纪录，都标志着社会主义的速度！”

说得对呀，指导员！
新纪录，好比海里的巨浪，
后浪催着前浪。
新纪录，好比早晨的霞光，

一刻比一刻美丽，
彩霞拥出了太阳！

指导员看见我，
手拉手儿走进连部帐篷，
呵！这多像总攻前的指挥所！

垒起来的文件箱上，
放着个破罩子马灯，
风把灯光吹得摇曳不定。
连长叉腰拿着耳机：
“材料不够呵！快送！快送！”

领工员爬在铺上，
左手捏亮手电，
右手捏紧红笔，
在一张地图上，
在明天的六公里的桩号下，
重重地画了个标记。

“熄灯！”连长发出了命令。
指导员把我拉在新搭的床铺前面。
“嘿！你以为我能睡着么？
不！指导员，
我得看看我们的战士去！”

三　我们的战士睡了

榕树的枝叶密密层层，

把白色帐篷覆盖。
萤火虫落在帐篷上面，星星点点，
就像晶莹的蓝玉，缀在上面。

露水打湿了我的裤脚，
树枝甩打着我的脸，
我把脚步放轻，
走进战士的帐篷。

我们的战士睡了，
你看，他们睡得多甜！

小鬼把赤脚伸出棉被，
睡脸上带着稚气的笑容，
像是在梦中对妈妈夸口：
“看，今天我三锤打进一颗道钉，
明天哪，我们还要干它个六公里！”

一位战士，
耷拉着手臂，发出鼾声，
一双大手悬在半空。
这双手呵！
拉过多少钢轨，
打过多少道钉。
谁知祖国有多少铁路，
印上了他的指纹！

月光下，班长也睡在这里，

他臂上的伤疤隐隐发亮，
这是清川江桥的纪念，
如今，他又戴着这颗高贵的勋章，
参加了这广西山地里的战斗。

我们的战士睡了，
青蛙，别那么拼命叫了，
蝉呵，小声点吧！

我们的战士睡了；
月光，你挪开些，
不要晃着他们的眼！
河水，你悄悄地流，
风呵，你向帐篷里轻轻地吹，
叫我们的战士好好地，睡……
为了他们明天的目标，六公里。……

四　我们出发了

听！尖锐的号音响了，
我们就像战争的年代那样，
手电下吃了早饭，
就着月光往水壶里灌水，
嗨！送料的火车叫了，
汽笛给我们吹了出发号！

急促的哨音，
奔跑的脚步，
快拿上

道尺、钉锤、撬棍。

不到三分钟，
几百人站得齐齐整整。
月光下，看不清面孔，
可听见几百颗心呵，
跳得扑通扑通！

出发！我们踏过草坪，
惊飞了绿色的流萤。
我们穿过竹林，
露珠滚落在前胸。
我们爬上了山坡，
一群宿鸟“扑喇喇”展翅凌空。

走呵！灯光像条金色的锁链，
在田间游动。
我们恐怕惊醒睡着的村落，
在心里偷唱一支歌。

可是，我们那有力的脚步，
把“秘密”泄露。
柴门悄悄推开，
灯光射进院心。
白发的老大娘一手扶着门框，
一手遮着灯光，
把她的队伍看望。

呵！多少年来，
就在这样拂晓的时候，
我们迈着急促的步子，
带着战斗的使命，
穿过了多少个这样的小村庄，
看见过多少双这样的眼睛！

妈妈的眼睛呵！
用滚滚的泪珠，
在出征的战士心上
击着战鼓！

妈妈的眼睛呵！
用复仇的火花，
给我们
照亮了冲锋的道路！

妈妈的眼睛呵！
用慈祥的母爱，
抚摸着得胜的儿女。
用狂喜的热泪，
洗去战士身上的硝烟！

呵，妈妈！
今天，你笑得多么好看，
你的眼睛闪着多么豪迈的神情！
因为你又看见
你的孩子们出发了，

又在这拂晓的时候
出发了！

妈妈呵！
昨天，我们把和平与土地交给了你，
今天，我们要把社会主义
从铁轮上，推到你的门前！

五　工地的黎明

你也许
在泰山顶上看过美丽的日出，
你也许
在东海边见过大海的壮阔的早晨，
可是，我敢说
没有一个地方，
能比上工地的黎明！

看呵！车灯发出炫目的强光，
就像那银色的河流
向着昏暗的旷野，
冲开缺口，
一泻千里！

这银流冲击着
路基旁绿色的丛林，
树丛像在无声地燃烧，
绿叶迸溅着金色的火花。

这银流冲击着
立在车顶的车长。
他手中高举着绿色信号灯，
就像是银海中的灯塔！

呵，黎明！
难道你也知道
今天，我们要创造六公里么？
要不，你为什么那样激动，
直把你那水嫩的面颊，
烧得绯红？

天亮了！让我们发出信号：
开始战斗！
让我们拉响汽笛，
迎接黎明！

战士们冲上路基，
开始了今天的第一秒钟！
我们劈开早晨的薄雾前进，
踏着枕木上的露珠前进，
冲破山沟里的寂静前进。
我们，唱起战斗的号子，
千呼万应，
把太阳惊上了天空！

太阳呵！你是在北京东方红歌声里升起的，
你是在戈壁上勘探队员的欢呼中升起的，

你是在长白山那高大的森林上升起的，
你是在鞍山那不灭的炉火旁升起的。

可是，你能告诉我们么?
那匆匆上工的炼钢工人，
那背着书包上学的孩子，
那林场上的伐木工人，
那梳着发辫的女勘探队员——

他们，可知道，
我们在今天，
要创新纪录，
要干六公里!

六　红旗在前

政治委员从车顶上拿下红旗，
迎风展开，
旗角拍打着他的帽檐，
旗身映红了他的脸。

他站在平车上面，
向整个工地呼喊：
“红旗在前，
不到红旗非好汉！”

旗手高举红旗，
向六公里的桩号奔跑，
他拐过山下弯弯的路基，

红旗渐渐隐去……

红旗呵！谁不想看见你？
快呀，赶上去！

大队长在车顶高高站着，
就好像又站在陕北沙家店的山头，
观察着整个部队的运动。

指导员匆匆爬上广播车，
播送着拉轨班的保证，
用英雄的声音呼喊英雄。

领工员袖子卷得老高，
拿着皮尺一溜小跑。

司机死盯着车长的信号，
连一秒钟也不放掉。

不管你是谁，
不管你去做什么，
只要在这里站上一分钟，
你也恨不得马上做个铁道兵。

弯道，踏过去，
小桥，跨过去，
呀！万绿丛中一点红！

吆号子的领家高声唱着：
“看见红旗啦！”
全场呼应着
“嗨哟，嗨呀！”
拉钢轨的喊：
“快呀，枕木！”
扛枕木的说：
“放心吧，同志！”

一人一根枕木，
一根枕木一百多斤重。
“挺起腰杆来！”
前进！

一个人接着一个人，
活像湍急的河流，
把千百根枕木漂动。

放下枕木笑一笑，
叉着腰，大声叫：
“拉铁班，掉队了！”

一节催一节，
一环顶一环，
你知道，谁把谁鼓励？
谁把谁号召？

不是天空响起雷声，

是装满钢轨的平车跑过。

不是狂风在呼啸，
是平车前的开路人，
吹起了急促的哨音。

不是雨点飞溅，
是战士的汗珠打湿了地面。
不是大炮轰鸣，
是千百只大锤砸着道钉。

看！我们的战士；
推着一车车的钢轨，
挺胸昂首，
迈开大步，
越过头顶的白云，
跨过脚下的江河，
向着祖国的南大门，
前进！

看！我们的战士，
汗水湿透了衣袋里的决心书，
血染红了手中的锤把。
欢乐的号子声呀，
喊得红旗狂舞，
飞腾！

红旗呀！你越来越亮，

越鲜！
越红！
跨一步，近一步！
挪一寸，近一寸！
所有的眼睛，
盯着红旗。
所有的心，
想着红旗。
一个步伐，
一个动作，
一个呼声，
“红旗！红旗！”

红旗呀！
我们看见了
你的旗影扫动着白云，
我们听见了
你的旗角劈砍空气的声音，
来呀！这是白刃搏斗
这是最后五分钟！
三十米……
二十米……
十米……
呀！红旗，
我们终于夺得了你！

红旗呀！我们夺得了你
可真不容易。

我们可真想在你的下面
多站一会……

可是，没有时间呀！
我们是从红旗出发，
又到达红旗。
红旗，不只是我们的目的地，
也是我们的出发点。

旗手呀！把旗子高高举起，
插在更远的地方，
我们要突破六公里！

七　尾声

在通车的那天，
列车第一次开进了丛山峻岭，
向祖国的边境前进。

啊，亲爱的司机！
请你答应，
让我借用你那洪亮的汽笛
和铿锵作响的车轮，
把这首诗歌，
唱给铁道的建设者们，
唱给全国的人民。

1955 年 5 月于广西

原载《人民文学》1956 年第 5 期

汽车城的节日

胡　昭

好盛大的节日呵，
汽车城里里外外人海沸腾！

宽阔的中央大道呵，
顿时拥挤起来，
汽车城突然增加了居民：
人们登上了每一个台阶，
挤满了每一扇楼窗的窗台，
站满了每一座楼房的房顶……
你攀着我的肩头，
我揪着你的衣角，
——今天大家都加倍友好而亲近——
到处是一条挥舞的手臂，
向日葵般明朗的笑脸，
热烈的眼睛。

一阵阵花雨一阵阵鞭炮，
一阵阵欢呼一阵阵掌声……
汽车缓缓地通过人群，
车两旁人浪澎湃、汹涌！
再慢一点吧，再慢一点吧——
让我们看看自己劳动的结晶：
有的想听听自己制造的马达，
有的想摸摸他喷漆的崭绿的车身，
有的想听听喇叭叫唤，
有位姑娘却只想看看
车尾上她亲手安装的一盏红灯……

马达呀，欢乐地跳荡，
喇叭呀，高叫几声——
好强壮的心脏，
好响亮的嗓音！
汽车城欢送自己的头生子，
汽车呀也向制造者们鸣笛致敬——
你们辛苦了，苏联专家同志！
你们辛苦了，汽车城的领导者们！
辛苦了，车前车后奔走的老师傅！
辛苦了，你们欢蹦乱跳的男女工人！
辛苦了呵，汽车城全体快乐的居民！

一阵阵花雨一阵阵鞭炮，
一阵阵欢呼一阵阵掌声……
汽车缓缓地通过人群，

车两旁人浪澎湃、汹涌！
热电站那四座冲天的烟囱
也像在点头致意，
多角的冷却塔上那些风车
都性急地发出叫声……
亮闪闪的汽车正开出汽车城，
欢腾的人群送它们上路——
大路上有更密集的花雨更密集的掌声……

好盛大的节日呵，
全中国东西南北一片欢腾！

1956年7月

原载胡昭等《汽车城的节日》，吉林人民出版社，1956年10月版

上海夜歌其二

公　刘

上海的夜是奇幻的；
淡红色的天，淡红色的云，
多少个窗子啊多少盏灯，
甜蜜，朦胧，宛如爱人欲睡的眼睛。

我站在高耸的楼台上，
细数着地上的繁星，
我本想从繁星中寻找牧歌，
得到的却是钢铁的轰鸣。

轮船，火车，工厂，全都在对我叫喊：
抛开你的牧歌吧，诗人！
在这里，你应该学会蘸着煤烟写诗，
用汽笛和你的都市谈心……

1956年10月5日

原载公刘《在北方》，作家出版社，1957年9月版

纤夫和水利工程师

方　纪

汽车爬上山岗，
汽车翻上山梁，
汽车疾驰在
陡峭的岷江岸上。

忽然，有四个人
出现在汽车前面；
头拱着地，一动也不动，
匍匐在公路边的悬崖上。

六月的太阳在空中燃烧，
四个人，伏在地上，

没有声音，没有动作，
只有汗水淌下他们铁色的脊梁。

汽车猛烈地刹住了，
汽车停住在他们面前；
四个人，一动不动
匍匐在公路边的悬崖上。

车上坐的是水利工程师，
他带着美妙的设计
来查勘岷江。可是，
发生了什么事情？他们是谁？

是纤夫。四根竹索
像弓弦一般直，
扣紧着四张铁色的脊背，
从悬崖伸到江面上。

江上，一只载满粮食的小船，
在高高的波浪中旋转；
岸上，四个纤夫，匍匐着，
像钉在地上的四根铁桩！

是什么，激动了
我们年轻的水利工程师？
他跳下车子，跑上前去，
把纤绳套在自己瘦弱的肩上。

工程师拉着，呼喊着，
像一个老练的纤夫。

船，停止了旋转，
慢慢向前移动；

这时，我仿佛听见，
从地下传来了沉重的声音；
像是生命的挣扎，
发自纤夫的胸膛！

四个纤夫从地上站起，
又唱起响亮的号子，

合着整齐的步伐，
喊声飘向远方……
船去远了，看不见了，
我们年轻的水利工程师
还一动不动地站着，
向滚滚奔流的岷江凝望。

原载《天津日报》1956年7月18日

历史的纪录

——记海河大坝合龙

方　纪

柴石枕捆好，
录音机装上，
摄影师对准镜头；
——单等一声令下。

东西坝头，战士们
伏在柴石枕上，
像伏在战壕里，
望着脚下的海水。

海水倒流，
流过逼窄的坝口，
卷起如雪的泡沫，

最后一次流入海河。

水声咆哮，
红旗招展，
海面上阳光灿烂，
人们屏住了呼吸……

一颗信号弹，
红色的信号弹高高升起；
冲锋号响了，
号召最后的决战！

战士们同声呐喊，
两排柴石枕
（共重二十八吨）
轰隆而下，浪花飞溅。

海水咆哮，河水激荡，
一条大坝
（长达三百公尺）
矗立在海河之间。

大坝合龙了，从此
海河咸淡分家。
这历史的时刻，
在十一月十八日上午十时。

1958年

原载《天津日报》1958年11月19日

夕阳照在大路上

王维洲

夕阳照在大路上，
飞快地走来一位姑娘，
她兴奋得双眉弯起，
恨不能一步回到工厂。

她为了学习新经验，
半月前曾去沈阳；
好像是去取花籽，
鲜花将在车间开放！

但车间已经变样，
新纪录的花儿接连开放，
“我们已跑得很远，
姑娘啊，你得快点儿赶上！”

快乐和希望，
一齐占据姑娘的心房；
她将把自己的经验加上，
要这个浪头推动前浪！……

1956年6月21日

原载王维洲，沈澈，杨少魁《三人集诗歌》，
辽宁人民出版社，1956年12月版

在云彩上面

雁 翼

我们的工地在云彩中间，
我们的帐篷就搭在云彩上面，
上工的时候驾云而下，
下工的时候腾云上天。

山下住着的农民兄弟，
说我们是天上下来的神仙，
其实我们是毛主席派来的工人，
为了祖国的富强才住在云彩上面。

当我们过节的时候，
在云上演剧、跳舞，
当我们开庆祝会的时候，
摘下朵朵云霞挂在英雄的胸前。

当我们饿了的时候，
砍下云上的柏枝烧饭，
当我们口渴了的时候，
就痛饮云上的清泉。

白天我们和云雀一起唱歌，
百灵鸟也从云下飞上山巅，
夜里我们和星斗一起谈笑，
逗引得月亮也投来笑颜。

当炎热的夏季到来，
云上的松树给我们撑伞，
当寒冷的冬季到来，
砍下云上的松枝把篝火点燃。

篝火的青烟升入高空，
带着我们的欢笑飞过群山，
它告诉远近的人民，
云彩上面有了人烟。

它告诉我们亲爱的领袖，
我们正按照您的意志改变荒山，
它告诉我们亲爱的祖国，
你的儿女战斗在云彩上面。

原载雁翼《在云彩上面》，中国青年出版社，1956 年 9 月版

写在宝成路上

——为宝成铁路正式通车而写

雁 翼

一首

啊，我走入那千山万水的地带，
望山峰上雪鸡跳跃，听深谷里溪水低吟。
突然一列庞大的怪物呼啸而来，
它震裂了严峻的雪峰，雪球滚滚，
山下平静的嘉陵江突然涌起波涛。
列车的钢轮轧碎了巴山秦岭上的白云，
它忽而又金龙般在群山里奔驰而过，
忽而又闪电般从茫茫的高天降落。

你远行的列车呵，你飞驰的城市，
每个闪光的窗子都强烈的将我吸引。

一排排钢轮在峭壁和江上发出轰响，
我仿佛又听见了山头爆炸的声音。
啊，飞驰的城市，你引起了我多少记忆呵，
我重又看见了，一幅幅笑脸和一颗颗赤诚的心。

二首

在那黑暗得如同地狱的年代里，
这里的人民被重重的群山围困，
为了生存，他们一代又一代的走着狭窄的小道，
背着柴，背着猎物，背着希望和全部的苦难，
忍受着饥寒爬行着，笔直的腰背压得弯曲了。
他们的双脚踏遍陡立的岩壁。
多少人在大山上的半腰停止了呼吸，
临死时还在心里幻想着，山呀推倒这座山！

嘉陵江陡峭的岩壁上至今还刻着红军的誓语，
在那生与死搏斗的年代，陡壁把前进的路切断，
他们用绑带，用生命的绳架起了一道人桥，
用生命战胜了死亡，冲破了前进路上的危险，
那时候他们就幻想在江上架一座钢桥，
那时候就宣过誓，要推翻这陡峭的群峰。

三首

时代变了，革命的风暴把一切罪恶的根芽扫荡，
当年的红军，终于回来了，迎着太阳。
看呵，高峻的山峰间有一面红旗卷云而来，
听呵，万女深谷里传来了新时代的歌唱，
年迈的工程师领着一群刚刚开始生活的男女，

与野兽和毒蛇搏斗着，登上了杂树丛生的山岗，
惊跑了猿猴、雪鸡和傲慢的长翅的老虎[①]，
采几朵野生的玫瑰，寄给亲人，寄给远方。

白天，他们探险似的在瘴气和腐草中攀缘，
夜里，铺云盖天地相互拥抱着走入梦乡，
有时和天上的星群说几句含蓄的情话，
有时烧一只野猪填饱饥饿的肚肠，
他们倚仗着人民的信任寻找着秘密，
把险山恶水的缩影绘进彩色的图样。

四首

开山的、架桥的，沿着勘测队员的脚印来了，
挑着锅，扛着行李，漫山遍野搭起帐篷，
啊，我要讲一讲那千万个帐篷中的一个，
它并不特殊，却是整个工地的心脏和眼睛，
它的主人迎接着工友、专家和眷属，和他们交流情感，
困难时给他们力量，痛苦时给他们指路的明灯，
他用一根无形的“红线”紧连着千万人的心，
谁要是真正的懂得了他，谁的力量就会无穷。

不管白天或黑夜，他常常在工地上和劳动者谈心，
危险时使他们安全，失败时反使他们获胜，
他像磁石一般吸引着、汇集着大家的智慧，
越来越亮的照耀着、指点着前进的行程。
信任他像信任自己的眼睛，自己的良心，

---

① 宝成路上的群山里发现了一种长翅会飞的老虎，称飞虎，像哈巴狗一样大。

他是劳动者的朋友、和心灵。

五首

我想起来了，那十五个共青团员，
大地强悍的儿子，我那开挖隧道的兄弟，
他们矿工似的，勇敢地走进大地的深层，
抡着八磅铁锤，朝着巴山的心脏猛烈的锤击，
一锤一束火花，啊，那真是个神妙的世界，
碎石伴着火花，在地球的中心纷飞，
但是灾难降临了，大山震塌了，巨石堵住洞口，
我的兄弟呀，失去了光亮，失去了空气……

他们在黑暗中摸索着，重又组织了起来，
他们继续的开凿岩石，艰难的呼吸着，
他们没有恐怖，他们知道没有与世界隔绝。
祖国一时一刻也不会把他们忘记，
而当洞口移开了岩石，把生命还给他们时，
人们发现他们把隧道又掘进了几公尺。

六首

我又想起了那年老的石工，银发的伯伯，
告别了妻子和家乡，从遥遥的远方赶来，
背着铁锤和钢钎，参加了这改造自然的大军，
他猛力地挥动铁锤，仿佛一下可以把重山劈开，
在山腰的穴洞里铺上野草，开始了新的生活，
常常笑得合不拢嘴，好像他又年轻了一个时代，
他的锤过去给官府修过牢狱，给地主修过墓，
如今逢人却说，“哈哈，我要创造那崭新的世界”。

我知道他怎样向队长隐瞒了自己的年龄，
又怎样巧妙的把腿上的伤痕包扎起来，
仿佛医生和护士随时都会把他赶出队伍，
每见了医生和护士他总是偷偷走开。
他默默地劳动，把一方方美丽的石块献给祖国，
每见一个桥墩筑成，他就孩子般拍手喝彩。

七首

啊，让我继续讲述那千山万水中的故事。
滔滔的洪水来了，一群工人与暴洪展开了决斗，
这一群在旧时代受着双重压迫的妇女，
她们真像男子一般，把一袋袋洋灰扛在肩头，
从洪水袭击着的江滩到山头，沿着弯曲的小道，
奔跑着，要从狂暴的洪水中夺回祖国的财富，
一袋加上一袋，每人肩上仿佛扛着一座小山，
山坡上撒满了她们的欢笑和闪亮的汗珠。

然后，她们跃身跳进了滔滔洪水
与浪涛搏斗，争夺着一根根枕木，
紫色的浪涛猛虎似的一次又一次向她们扑来，
她们的手一划，就击散了那暴跳的浪头，
啊，这时候我敢说她们是世界上最英勇的妇女，
本来是长于刺绣的手，也能把高浪巨涛征服。

八首

啊，时间不允许我把那众多的故事讲完，
但是我敢说，这条铁路就是千万个英雄的故事结成，

当你听见那列车的轮子在钢轨上锵锵弹奏，
请相信吧，每一个节奏里都包含着万人的感情，
而我只能服从诗神的命令，再讲讲今日的见闻，
啊，真是神话中的神话，我仿佛走入了苏联的国境，
被苦难压弯背脊的老汉，乘车去观赏山外的世界，
沿途是高高的石油塔和楼架连接着烟囱。

每一个车站上我都看见了堆积如山的肥料和农具，
每一片田野里我都看见了茂盛的禾苗和社员的笑影，
每一个村庄里我都看见了高歌的社员和狼狈的地富，
在这千里地段里我看见了祖国前进的缩影，
列车，你飞驰的城市，你第一个五年计划的婴儿，
飞奔吧，沿着钢铁大道，朝着太阳、朝着月宫……

1957 年 11 月 21 日于马家花园

原载《诗刊》1957 年第 12 期

给一位总工程师

雁　翼

一

走进你的房间，
如同走进群山。
山，挂在墙上，
山，摆在桌案，
山，放在书架，
山，立在床边。
是山围着你？
是你围着山？

二

随你登上山峦，
如同回到房间，

你介绍大小山头，
如介绍好友一般。
它们的年龄，
它们的性格，
过往的遭遇，
未来的打算，
是山熟悉你？
是你熟悉山？

三

听着你的谈话，
如同听山发言，
声调那般激昂——
仿佛山间飞泉，
情绪这般热烈——
仿佛燃烧的煤炭，
是山像你？
是你像山？

四

和你相处一年，
天天都在谈山，
就是出外开会，
也把山带在身边，
你伴山思索，
你伴山失眠，

你喝茶，你吸烟，
都在思索着山，
你和山成了一体，
你就是一座矿山！

1961年12月，重庆

原载雁翼《时代的纪实》，山东人民出版社，1980年1月版

在工业区拾到的抒情诗

雁 翼

电焊与气割

仿佛各色的光都在这里汇合——
白的火、蓝的火、紫的火……
有的像剑，把厚厚的铁板斩割；
有的似针，把条条裂缝缝合。
我的思绪，却飞向了厂房之外，
思索着，思索着十年浩劫后的生活，
为了更好地前进，祖国啊，
你该缝就缝吧，但该割的一定要割！

织……

晚班我去你来，早班我来你去，
两颗心紧系在一排织布机。
岁月的珍珠，由梭子穿起，

一半是我的情，一半是你的意。
倘若纬线是我，经线是你，
织成的难道仅仅是如霞的布匹？
虽然，那里面缺少月下的缠绵细语，
却有着，却有着如狂似痴的追忆。
如果狠心的把如霞的布匹撕开，
毁了我，同时也毁了你……

磨刀师傅

成天在砂轮上磨、磨，
火花朵朵，金星颗颗。
把用钝的刀具磨锐磨利，
师傅，这就是你的工作。
去把轮轴上的“山头”刨平，
去把机叶上的锈斑剥落。
但你脸上喜悦的花朵，
为什么，为什么忽开忽谢？
因为啊，生活要你把棱角磨平，
而工作，又要你磨出锋利的棱角……

消失了的……

多么天真、清澈、明净的眼睛，
却消失了，消失得令人心痛。
留下的只是两池浑浊的泉水，
而且，还盖着沉重的云层。
是十年谎言的煤烟太重？
污染！污染了她眼里的天空，
还是过多过涩的酸泪，

把两池泉水的杂质加浓？
要紧的不只是追究罪犯的罪行，
更要把那被污染的灵魂洗净。

总是认真的……

总是认真的量，仔细的卡，
发丝的千分之一也不会差。
这就是我们交出的机件，
去组装，去组装大小不等的马达。
可是，那些马达的运转，为什么，
为什么有的快如飞，有的慢似爬，
有的在空转，还有的为什么，
只带响了他家里电唱机的喇叭！
啊，祖国，我扶着机床哭了，哭！
哭我对不起你，也对不起宪法，
是宪法给了我们管理国家的权力，
我们却没有办法，没有办法管理那些
大小马达。
祖国，快动员起你的监督工和维修工，
——你的法院，你的监察院和你的警察。
去检查、去维修、去加油、去……
排除一切障碍，杜绝一切误差。
我们交出的是高质量的产品，
有权得到高质量的回答……

1978 年 5—6 月于成都东郊工业区

原载《诗刊》1980 年第 12 期

给爆破手

巴　牧

细长的钢钎，是
战斗的长枪！
炸药，进军的炮火！
岩石遇见你们，
平地搬家；
那浓浓的石烟呵，
在天上，
变成美丽的花朵。
林园里的花匠，
种不出这样的花呀！
这千万朵心花，是
千万人的希望：——改变黄河！

原载《诗刊》1957 年第 9 期

给电铲司机

巴　牧

你们驾驶的东西，
真有些奇特！
它一口可以吐出
泥砂、石屑，
满满一卡车。
——这几千斤重量，
在它眼里又算什么？
一颗牙齿，
就等于百斤钢铁！
这电铲像神话中的魔王，
只要几口，便把
整个海岛吞灭！
别怕它个性刚强，性情暴躁，
你们叫它朝南，
它，绝不敢往北！

呵，它出生在“乌拉尔”工厂，
来到中国，正度着青春的岁月。

原载《诗刊》1957年第9期

三门峡短歌

苏金伞

在风雪中

猛烈的西风，
吹着冰雹般的雪片，
从万仞高山顶，
斜直地射落在黄河上。

沙滩上卷起一阵一阵旋风，
连雪带沙一齐旋转着，
相率滚到黄河边，
又沉没在河水里不见了。

黄河从千里外倏忽而至，
挟着石块和冰块，
翻着红色的巨浪，

吼叫着闯进三门峡。

前奏

可以一下子铲平一座大山的推土机
来到这里；
可以一下子吊起整个地球的起重机
来到这里；

曾经炸开过千百个岩头的炮手
来到这里；
曾经打过千百次胜仗的英雄
来到这里。

在这狭隘的工地里，
将聚集着世界上最高的智慧；
在这僻静的山谷里，
将发出世界上最响亮的节奏。

爆破

黄河变成万里巨炮，
狠狠地向三门峡猛轰，
群山像射出去的炮弹，
在远方爆炸着回声。

三门峡工程局的三千颗心
都在欢跳，
每个人装在这里面的一千多个日子
都一齐放响了！

这炮声告诉全国人民：
这里正开始一场战争。
等战士们欢呼胜利时，
将出现一座大坝当空。

1957年3月4日

原载《诗刊》1957年第4期

矿山偶得（组诗）

苏金伞

觅矿

跨过一排一排深幽的隧洞，
洞口有成群的野蜂护卫，
采蜜人用烈烟驱散蜂群，
割出一罐一罐的鲜蜜。

越过一片丛密的栗树林，
成熟的栗果纷纷摇落；
牧童生着几堆野火，
满山都是烧栗子的香味。

但这些都没有使我们停足，
吸引着我们的是一件更大的秘密。
因此我们背着干粮和标本袋，

叩问了一个岩壁又一个岩壁。

当我们从丛山群峰中，
找出了一条富厚的矿脉；
从满沟满壑的废石中，
发现了晶光夺目的矿苗时，

就像看见了千万盏灯光，
照亮了一座珠宝的城市；
城门虽然还没打开，
但已找到了一把金光灿烂的钥匙。

矿工

红日隆隆从脚下升起，
万山滚滚向胸前奔来；
手擎一串一串轰雷，
大小山峰像莲花一齐绽开。

耸身投入地层的深处，
把成吨的矿石装在车上，
然后踏着落霞飘然下山，
看钢炉又喷射出无数太阳。

矿石

一块一块的矿石，
在手臂里跳动，
像妇产科的医师，
接下一个一个新婴。

婴儿的脉搏，
带着母体的温馨，
——在这深山远洞里，
却最贴近祖国的心。

吊车也唱起歌来

把矿石装进吊车，
顺着索道飞下高山，
采矿人遥遥眺望着，
像目送孩子去上幼儿园。

索道下万壑青松，
像孔雀一样展开了羽屏；
满山的杜鹃花，
把索道映成一条彩虹。

画眉鸟嘹亮地叫着，
阳光发出松脂的芳香，
于是吊车也唱起歌来，
一直唱到选矿场……

1962年5月

原载李铁城等编：《苏金伞诗文集》，河南文艺出版社，1998年1月版

三门峡水利工程有感

穆 旦

想起那携带泥沙的滚滚河水，
也必曾明媚，像我门前的小溪，
原来有花草生在它的两岸，
人来人往，谁都赞叹它的美丽。

只因为几千年受到了郁积，
它愤怒，咆哮，波浪朝天空澎湃，
但也终于没有出头，于是它
溢出两岸，给自己带来了灾害。

又像这古国的广阔的智慧，
几千年来受到了压抑、挫折，
于是泛滥为荒凉、忍耐和叹息，
有多少生之呼唤都被淹没！

虽然也给勇者生长了食粮，
死亡和毒草却暗藏在里面；
谁走过它，不为它的险恶惊惧？
泥沙滚滚，已不见昔日的欢颜！

呵，我欢呼你，“科学”加上“仁爱”！
如今，这长远的浊流由你引导，
将化为晴朗的笑，而它那心窝
还要迸出多少热电向生活祝祷！

原载《人民文学》1957年第7期

三门峡——梳妆台

贺敬之

望三门，三门开：
“黄河之水天上来！”
神门险，鬼门窄，
人门以上百丈崖。
黄水劈门千声雷，
狂风万里走东海。

望三门，三门开：
黄河东去不回来。
昆仑山高邙山矮，
禹王马蹄长青苔。
马去“门”开不见家，
门旁空留“梳妆台”。

梳妆台呵，千万载，

梳妆台上何人在？
乌云遮明镜，
黄水吞金钗。
但见那：辈辈艄公洒泪去，
却不见：黄河女儿梳妆来。

梳妆来呵，梳妆来！
——黄河女儿头发白。
挽断“白发三千丈”，
愁杀黄河万年灾！
登三门，向东海：
问我青春何时来？！

何时来呵，何时来？……
——盘古生我新一代！
举红旗，天地开，
史书万卷脚下踩。
大笔大字写新篇，
社会主义——我们来！

我们来呵，我们来，
昆仑山惊邙山呆：
展我治黄万里图，
先扎黄河腰中带——
神门平，鬼门削，
人门三声化尘埃！

望三门，门不在，

明日要看水闸开。
责令李白改诗句：
“黄河之水‘手中’来！”
银河星光落天下，
清水清风走东海。

走东海，去又来，
讨回黄河万年债！
黄河女儿容颜改，
为你重整梳妆台。
青天悬明镜，
湖水映光彩——
黄河女儿梳妆来！
梳妆来呵，梳妆来！
百花任你戴，
春光任你采，
万里锦绣任你裁！

三门闸工正年少，
幸福闸门为你开。
并肩挽手唱高歌呵，
无限青春向未来！

1958年3月

原载《诗刊》1958年第5期

中流砥柱

贺敬之

一

呵，不是怀古。
我来三门峡，
脚踏禹王跃马处；
看黄水滚滚，
听钻机突突。
使我
满眶
热泪陡涨，
周身
血沸千度！
呵呵！
三门峡上——
紧握

开天辟地
英雄手臂；
三门峡下——
见万古不移
中流砥柱！

二

呵，古往何处？
急流万马来，
往古英雄计无数：
看漫天烽火，
听动地鼙鼓。
遥指
长城
千里揭竿……
井冈
红旗飞舞！
呵呵，
古往今来——
多少
惊风破浪
英雄人物，
黄河中流——
竖万古不朽
民族脊骨！

三

呵，今日非古！

红旗下井冈，
一改江山古画图！
看黄河新妆，
听雷霆脚步！
我唤
古人
梦中惊起：
长叹
英雄不如！
呵呵
五千年来——
谁见
工人阶级
天工神斧？！
万里一呼——
为社会主义
立擎天柱！

1958年3月

原载《诗刊》1958年第5期

架线工之歌

李幼容

弹起我的琴，
唱起我的歌，
黄河啊黄河，
请您仰脸看看我。

山高，山在我的脚下，
河宽，我的电线架过了河。
五指在电线上拨动，
向远方又送出一支豪迈的歌。

不怕风吹雨打，
风雨给我把双肩的灰尘洗落；
不怕烈日似火，
紫红的皮肤是太阳赠给我。

为了给工地书写雄壮的音乐，
时间在我接线的钳子上飞过，
我的时间表不是日历，
是那山中的电线杆又多了几棵。

我愿不时的拨动琴弦，
用最高音向祖国的心脏传播。
——高原的春天来了，
满载电杆的船儿已驶过了黄河。

原载《工人文艺》1958年第9期

装卸工人现场鼓动快板

黄声孝

搭跳板

队伍一到码头上，
脱衣卷裤都在忙，
搭好跳板开好路，
绊脚绊手要收光。

兔子要当老虎打

莫看毛铁块子小，
搬它都要戴手套，
兔子要当老虎打，
轻视就会被它咬。

休息莫要坐船边

休息莫要坐船边，

不坐舱口去谈天，
说说笑笑忘了形，
滚舱落河可危险！

莫着慌

进口货物快卸光，
马达钢铁抬进舱：
摇头摆尾要注意
一喊起肩莫着慌。

缆绳拴好

下面风暴吹来了，
货驳缆绳要拴好，
若被风吹出去，
造成损失就不少。

米包堆得高

米包堆得高，
边抽边看好，
注意塌下来，
打伤脚和腰。

装舱要注意

装舱同志要注意，
现在驳子是歪的！
若是单从一面装，
米包倒塌压着你。

地下滑

天上下雨地下滑，
路上跳板水渣渣，
扛起米包看地下，
拿稳脚步莫打岔。
假若你要不小心，
啊哟，我的妈！
扑通一声摔地下。

要弓腰

肩丢粮包要弓腰，
硬起身子就不好，
弓腰丢包势小些，
挺起身丢摔破包。

莫乱抽

匹头棉纱莫乱抽，
不在脏地翻筋斗，
糊上黑迹变了色，
运到地头不好售。

马上雨到

各位同志快拢来！
快把油布都揭开，
马上就有大雨到，
不让麦子延了灾。
我们帮助驳子搞，

团结互助也应该，
人多动手盖得快，
来！来！来！都站拢来！

要爱惜

装卸面粉要爱惜，
脱下鞋子穿袜底，
铁板上面铺草垫，
保证不沾沙和泥。

不怕

不怕太阳晒泡背；
不怕铁板烫脚皮；
不怕舱里难透气；
不怕大汗打湿衣。
我们为了机械化，
今天不是白费力。

想办法

冰天冻地困难大，
完成任务想办法，
大家都把草席垫，
脚踩草垫路不滑。

提得好

“青年队工作真出色，
来到现场不该打扑克！”
“一队意见提得好，

保证下次不打了。”

光扯皮

前轮怎样输了的？
就是思想不统一。
人多嘴多意见多，
搭好台子光扯皮，
你要用肩扛，
他要用手提，
搞一阵，歇一阵，
输了后轮一百七！

比高强

你来举来我来扛，
我俩好比弟兄样，
你喊号子我应声，
劳动竞赛比高强。

把坡起

任务完成把坡起，
痛痛快快把澡洗，
回家好好去休息，
明早到队来学习。

原载《人民文学》1958 年第 8 期

工业子弟兵

孙友田

我把枪擦了三遍告别了同志，
从兵营来到矿工城，
在前线我领着一连人打了十年仗，
在这里我是个新兵。

戴上矿工帽像戴上钢盔，
“钢盔”上少了一颗红星，
在那红星的位置上，
我插上了一盏发亮的矿灯。

进入了深深的矿井，
看到了金闪闪的煤层。
我举起一块煤向党宣誓：
在地下的战斗里定要建立功勋！

“给我风镐，师傅！”
突突突，向煤层发起冲锋，
嘭！嘭！这一百公尺的地下，
我又听到前面的炮声……

脸上淌着黑亮的汗水，
抱着风镐，露着热腾腾的前胸。
亲爱的祖国呵，您看！
您的工业子弟兵多么豪迈英勇！

原载诗刊社编：《工人诗歌一百首》，中国青年出版社，1958年9月第1版

大山欢笑

孙友田

一阵炮，
大山喜得跳，
喊醒怀中黑宝：
快快，
别再睡懒觉！
春到人间，
快快提前去报到！
万年煤层打个滚，
一山乌金往外冒。
云散，
烟消；
寂静山林变热闹——
风钻响，
岩石笑，
军号鸣，

哨子叫，
锣鼓喧天红旗飘。
黑宝石，
往外跑，
满山满谷金光照，
一路大声喊：
我是煤，
我要燃烧！
我是煤，
我要燃烧！

1960年12月，夏桥煤矿

原载《诗刊》1961年第1期

凤凰歌

韩忆萍

是哪位匠师的手艺这样精巧，
光荣台边树起阔叶的梧桐；
相传梧桐能引来美丽的凤凰，
我们车间的凤凰呵她在哪方？

当我穿过银雾缭绕的布场，
布机上正跳着五色的花浪，
这不是凤凰夺目的羽毛嘛？
夺目的光辉照在织布工身上，
像是凤凰映着吉祥的光泽，
在这里我找到了人间的凤凰。

姑娘的手擦着绸面轻翻，
像凤凰在振动着翅膀。
相传凤凰不落无宝之地，

我们车间的宝啊它在哪边？
像是座取不尽丝绸的山谷，
落布工从机头忙着摘取彩云，
电机车拖着“春光绸”疾驰而过，
把喜悦留给幸福的人们……

谁曾见过天上真正的凤凰？
真正的凤凰呵却在人间！
看！光荣台旁桐花开得正好，
千万只凤凰舞着跃进的春天。

原载《青海湖》1959 年第 12 期

给一百天不出次布的女工

韩忆萍

车间的墙壁像一片竹篱，
挂满鲜艳的献礼鲜花，
你那朵红花最大最鲜，
不出次布已坚持了一百天。

一百天织梭投了多少白线，
一百天你摸过多少布面，
一百天你织的布像条小河，
从你身边滚滚流过。

不管是宁静的早晨或喧闹的夜晚，
不管是下着暴雨或吹着狂风，
你总是最早出现在车间，
布机前闪动着你的身影。

三十天没出次布，
你的名字在捷报上像颗亮星；
六十天不出次布了，
你的名字挂在光荣台的绿叶中。

九十天不出次布，
车间把你的名字传扬；
这一百天不出次布的纪录，
出现在竞赛高潮的晚上。

当姐妹们祝贺你的成绩，
你说：“这只是大海的一滴水！”
你朴实的心像水珠般透亮，
水珠溶合在祖国温暖的海洋。

原载韩忆萍《北京的节日》，北京出版社，1959 年 9 月第 1 版

炼 铜

韩忆萍

炼铜

铜炉窜着鲜蓝的火苗，
缕缕白烟轻轻地上升，
炉火烤红了半个车间，
你日夜淌着汗站在炉前。

新楼的雕栏铜花闪亮，
风不能使它褪色，
雨不能使它生斑，
你使我们的生活光芒闪闪。

那闪光的子弹伏在枪膛中，
子弹将百发百中地射击敌人，
子弹燃烧着对敌人的怒火，

你的劳动就是捍卫祖国。

蓝色的火花

桥柱像珊瑚树冒出水面，
电光在柱顶挂起面明镜，
是你把明镜挂在天边，
它第一个照着你的身影。

你腰间系着根粗绳，
焊钳在你手里抖动，
仿佛你在摇着天空的一角，
摇落你身边无数的繁星。

像春风从树梢吹落的花瓣，
蓝色的火花在夜色中落下，
呵！这是多少闪亮的金花，
惹得大江也日夜喧哗。

逗留

下班的炉工都走了，
只有你伴着车间的灯光。

砂模往外喷着轻雾，
屋里像暴雨前一样。

砂堆旁你搬来烫手的坩埚，
和好砂泥把破裂的坩埚补好。

明晨，在那腾起的烟雾中，
合流的铁水又将增加多少？

晚归

车间主任会议已散，
太阳轻轻落下西山，
此刻他还蹲在机前，
协助徒工把尺寸计算。

铁沫弄黑了他的衣袖，
他说："倒像添了一幅花边。"
马达掀起欢笑他才离去，
窗外蓝星早已满天。

原载韩忆萍《北京的节日》，北京出版社，1959年9月第1版

为钢而战

刘 环

白昼彩烟蔽日，
黑夜红光映天，
石景山下闹声喧，
犹如翻天激战。

如此昂扬斗志，
古人哑口无言，
实干苦干加巧干，
钢铁累累成山。

原载《前线》1959 第 5 期

一枝马兰花

阮章竞

七十多米的吊车下，
谁在钢板上画画？
钢板岂肯衬凌霄，
擦掉改画枝马兰花。

七十多米的吊车上，
一个姑娘往上爬，
进了悬空的操纵室，
挥动钢臂拨云霞。

今年三月雪刚消，
从农村来到阴山下。
听说分配学开吊车，
在高空作业心胆怕。

自愿报名来包钢，
怎能说出“我害怕！”
跟着师傅到工地，
看见吊车喊“我的妈！”

姑娘想起在老家，
规规矩矩过了十八。
走快一点奶奶说，
卷起裤腿妈妈骂。

眼红男孩天不管，
能下河去捉小虾，
能上山去追蛇鼠，
爬上树顶掏小乌鸦。

矿石炼铁铁炼钢，
回答师傅说“我敢爬！”
其实两条腿，
早就发软又发麻。

争气、争气、再争气，
听师傅教，听师傅话，
别让那些男孩子，
笑我是女娃娃！

“别老往上看，
别老眼看下。
累了歇一歇，

再往塔顶爬。”

姑娘在上师傅在下，
攀着铁梯登高塔。
上了三层往下看，
脚软得像谁在搔脚丫！

“有出息，真行呀。”
师傅笑着把气打。
七层九层都上了，
看见天地真伟大：

蓝蓝天，牛奶云，
千里春风柳吐芽。
雄鹰就在身旁飞，
真想伸手逮住它！

歇一歇，又爬下，
师傅保护在底下。
锻炼一次又一次，
三次五次把胆练大。

五天过去十天来，
一川开满野桃花。
姑娘上下爬铁塔，
好像松鼠跳丫杈。

十天过去一月满，

开车吊装除尘塔。
姑娘写信告妈妈：
“我在天空逗云耍！”

七十多米的塔吊下，
钢板画着枝马兰花。
绿叶不怕大风吹，
蓝花不怕暴雨打。

1959 年 7 月

原载《新港》1959 年第 10 期

进军酒

阮章竞

举起杯，
斟满酒，
庆贺团圆祝长寿！
战鼓手，且慢擂，
秧歌队，且慢扭，
请听跃进的凯旋歌，
涌过昆都仑河桥。

再举杯，
斟满酒，
迎接第二个跃进年——一九五九！
战鼓手，举起槌，
秧歌队，扬起袖，
开门高唱迎春歌，
斜瞟北风咱纵情笑！

红炉火边送除夕，
瑞雪花中迎春晓，
敲杯回头问古人，
哪代敢来比风流？

春来了，
春来了，
安座摩天的大高炉，
来和阴山赛大小，
熔化白云三座山，
用铁水同黄河比春秋！
钢铁军，不同人争酒量大，
一喝三大南瓜瓢：
可是在钢铁的战线上，
永和时间夺分秒！

擂响鼓！
甩起袖！
战马鞍头举起杯，
一齐干杯进军酒！

1958年除夕

原载阮章竞《勘探者之歌》，作家出版社，1963年8月版

哈拉库图人与钢铁

——一个青年理想主义者的心灵笔记

昌　耀

上篇：喜娘的订婚酒宴及炼铁消息

1

呜噜——噜——
海螺的吹奏。
太阳，听到这号角，出帐了。
好红火的哈拉库图山庄啊。

“哥哥，
吹得响一些，
再响一些！”

土房顶上的洛洛听到这央求，
低头望望木梯站立的未婚妻。
喜娘那么的羞。

“阿哥，吹得轻一些，再轻一些吧。”
海螺快乐的呼号却是高了，更高了。

2

喝喜娘的喜酒，喝洛洛的喜酒。
亲家亲家快把酒坛抬来，
酒不醉人算喝什么喜酒。

好浓的酒味，好醇的曲儿。
我们的公社主任收拢脚跟磕磕马靴，
快步登上了一溜高高的台阶。
他想着为喜娘择的订婚吉日真是巧。

“请呀，来呀，贵客炕头坐呀！”

喜娘呢？这丫头蹲在厨房里哩，
快来看杯，多拿一双筷子。
我们的公社主任坐在了老汉堆里
双手捧住酒杯祝福了一对年青人的喜事，
然后又告诉大家一个天大的喜讯：
哈拉库图的钢铁就要上马了。

他说：明天我们打好行装
去为钢铁而战。

3

是的，钢铁。

国家要钢铁。社会主义需要更多钢铁。

喏，喜娘，瞧瞧你那绣花针。

喏，洛洛，瞧瞧你那河州刀。

钢铁就是智慧，就是力量，就是幸福。

力量、智慧和幸福就在我们身边。

那么我们去炼钢铁吧。

跳呀，我们跳锅庄，九里松，123……

跳呀，我们跳锅庄，九里松，123……

那么请洛洛为我们领唱吧。

喜日子啊又逢双喜临门，

我们要去炼钢铁了。

哈拉库图人也要掌握工业化了。

跳呀，我们跳锅庄，九里松，123……

那么请喜娘为我们领唱吧。

（一个青年说："急人呀，心里像揣了马驹。"一个姑娘说："我的脚跟跳疼了……我也能去炼钢铁吗？"青年说："步子快紧跟上。"）

月亮

升起来了。

中篇：炉前。哈拉库图人的笑声

1

铁水不像哈拉库图人手下的烈马那样容易就范。
不像哈拉库图人先祖绞杀野牛那样熨帖自如。
九个昼夜，太阳升降了九次，
哈拉库图人落膘九斤。土高炉吞下
九千斤矿石，九万斤焦炭，吐不出一滴铁。
十几双乌黑的手在热乎乎的矿渣里寻啊找啊。
十几双通红的眼睛如狼饥饿瞪出了血丝。
喜娘倚在炉壁扪住脸儿心疼得哭了。
当她侧转头去炭黑在她唇角抹了一撇胡须。
哈拉库图人全笑了。
“丫头家哭个甚！快去河边！
瞧瞧你的鬼脸儿！
刮掉你的胡子！
胡子拉碴不是哈拉库图人！
哈拉库图人不要啼哭！
瞧吧，明天我们就用铁水给你铸造一只手镯，
让炼铁工人洛洛与你合婚！”
真的，哈拉库图人不会吹牛。
哈拉库图人葆有乐观的乡俗。
铁工们，那么让我们来研究研究
莫不是石灰石投少了，
或是风速问题？

2

哈拉库图人的笑声将夜色笑红了。
宽阔的胸脯，疙疙瘩瘩的膀臂鼓动着风炉
好像是操纵着火山口。
炉顶的火苗照得哈拉库图人脸膛青紫，
金刚铜佛似的壮美。
喜娘，来吧，快放下水桶，从风眼里看看
沸腾的熔液吧，看看那铁的氧化还原。
那亮闪闪的是铁汁，那黏稠的浆液是炉渣。
哈拉库图人就要开炉放铁了。
就择这个吉日给你们合婚吧。
哈拉库图钢铁的红牡丹就在夜半准时开放了。
我们乌黑的面孔并排俯贴在炉前的地面了。
瞪着大眼，张开雪白的牙齿，屏住气息
像孩子们端详老母猪下崽。
夜是漆黑的。山是漆黑的。水是漆黑的。
唯有这里最红最亮最开阔最喜人。
好美好美啊，哈拉库图人浇灌的花朵。
来呀，喜娘，你这小姑娘，别踩上炉渣，
烫了你的赤脚。你踩着露水来吧，穿上绣鞋，
快把妈妈烧好的拌汤替我们担来，多放辣子，
可不要忘了捎上你的梳妆盒。
喜娘，你真是个喜娘啊，瞧你开心的脸儿。
采一朵儿红牡丹佩在你的颊边吧？
采一朵儿红牡丹佩在你的发辫吧？
采一朵儿红牡丹佩在你的胸间吧？
这样的花儿你不是想了很久很久？

喜娘，你看，洛洛倒腾炉膛的那根钢钎
都已烧弯且滴着火浆，像不像蜜糖？
他正和自己的土高炉飞弄眉眼呢，你不妒忌？
来吧，快给他递一团耐火泥，要稠一些。
螺号就要吹响了。为钢铁元帅升帐，我们
将去县府报喜。今日啊是你们合婚的喜日啊。

下篇：红双喜

哈拉库图的铁老鹰展翅了。
哈拉库图的铁老鹰今天立在四个力士肩头
随着大红的报喜队伍进城逛逛去。
好多的红旗。好多的车马。好多的锣鼓。
哈拉库图的铁老鹰仿佛古代的武士披红游街，
风流倜傥，受到万人喝彩。
今天，哈拉库图人的铁老鹰真光荣。
真光荣，哈拉库图的幸福鸟。
你啊，炼铁工人洛洛，庄重地笑了。
你啊，炼铁工人喜娘，庄重地笑了。
你们今夜在炼铁炉前走向幸福的婚礼。

1959 年 3 月

原载昌耀《昌耀诗文总集》，作家出版社，2010 年 10 月第 1 版

印象：龙羊峡水电站工程

昌　耀

高岸，那些拥塞的屋顶
吹动如一片钟。
我不是为寻找古迹而来。
我不是为寻找神话而来。
小花在车辙旁悄声地开。
我想为那些从小花旁远逝的人
唱起先行者之歌。
但在两条印支期花岗闪长岩断裂带之间，
在被开拓的河床，
在河床博深的岩基，
他们如豆的石光电火
已经燃烧了好几个隆冬。
我不是朝圣者，
但有着朝圣者的虔诚。
你看：从东方栈桥，

中国的猎装
升起了梦一样的
笑容。

1983年3月12日植树节写毕

原载《文学报》1983年7月21日

包头钢铁大街的清早

李　瑛

车铃响，汽车叫，
钢铁大街正是清早，
几十里的路面黑压压，
赛过黄河万里涛。

车轮追车轮，肩膀擦肩膀，
羊皮大袄披上身，齐往车间跑；
不同的民族，各路的口音，
每人心里都装着一张时间表。

——去炼铁厂炼铁，
——去焦化厂炼焦，
——去高空架烟囱，
——去地下铺管道……

他们好像是
从茫茫的沙海上跑来，
如今才跑上——
历史尖端的钢铁大道。

这条街的名字起得真好，
不然大街早给踩烂了。
把更多的钢铁献给每一天，
高速度，是这里战斗的基调！

1960年4月

原载《解放军文艺》1960年第5期

红旗道班

李　瑛

一座路标：
前面有陡坡，前面有急弯；
一块路碑：
前村六十五，后店七十三。

几间土房，一缕炊烟，
就是我们的红旗道班；
谁是这里的主人？
哈！——十名小青年！

他们身边呵裹一道山，又一道山，
——这里确实偏僻又荒寒：
白天，火狐掠过，拖着深红的尾巴，
夜晚，野猪拱门，闪着绿色的大眼。
尽管这里很少人烟，

却正是严峻的火线：
白天——夜晚，是否有“鬼狐”兴风作浪？
夜晚——白天，是否有敌特翻山越涧？

注意！灌木丛中有没有匕首？
警惕！野玫瑰下有没有枪眼？
因此，他们说，既然祖国哺育了我们，
我们就要保卫她不受侵犯！

他们坚信：有我们建祖国，守边防，
用不了几年，这儿——
车笛就要唤醒沉睡的野岭，
灯火会比山鸡的翎羽更斑斓。

怀着这有声有色的信念，
他们爱这里胜过家园；
看他们把革命理想藏在心底，
战斗的豪情涌上眉尖。

风风，雨雨，
他们练枪法，去巡逻；
月月，年年，
他们垫路基，治坡坎。

过往的边疆建设者呀，欢迎你，
累了，来歇脚；饿了，来打尖；
推开房门只管进——
灶上有开水，炕上有新毡。

纵使你驰过千里万里，
也能看到他们扬镐挥锹，
也能看到十顶大草帽子下，
一张张滚着汗珠的黝黑的脸。

他们正用自豪得发亮的眼，
护送着祖国的车轮飞奔向前，
去跨——那数不尽的水，
去翻——那望不断的山！

1973年7月于三塔公路道上

原载《吉林文艺》1974年第9期

矿工——市长

中　流

朝霞像纷飞的桃花，
片片飘落在井架上，
群群矿工下班出井，
汽笛伴着笑声朗朗……

一个矿工站在井边，
一朵红花在胸前绽放，
一身工装沾着煤屑，
引来敬佩的笑眼双双。

昨夜上工来找井长，
井长又将他交给班长，
班长发出夺煤战令，
他第一个操起水枪。

水枪在他手掌，
像只驯服的绵羊；
千年煤壁呵应声倾倒，
如风暴掀起滔天巨浪……

昆仑山下有长江，
他的脚下是煤的海洋，
流水也有流尽时，
煤海滚滚浪推浪。

班长祝贺他当了红旗手，
他却摘下红花给班长戴上，
谦逊和快乐的语言，
赞扬班长领导有方。

人堆里挤出来井长，
井长的话儿更使人心激荡：
“市人委来电话，
有事情，要找市长……”

当他摘下柳盔的时候，
才露出来熟悉的面庞，
多好，市长和矿工在一起，
给祖国挖出来亿万颗太阳。

1962年10月1日

原载中流《鹿哨》，黑龙江人民出版社，1983年8月版

林区三唱

郭小川

祝酒歌

——林区三唱之一

三伏天下雨哟，
雷对雷；
朱仙镇交战哟，
锤对锤；
今儿晚上哟，
咱们杯对杯！

舒心的酒，
千杯不醉；
知心的话，
万言不赘；

今儿晚上啊，
咱这是瑞雪丰年祝捷的会！

酗酒作乐的
是浪荡鬼；
醉酒哭天的
是窝囊废；
饮酒赞前程的
是咱们社会主义新人这一辈！

财主醉了，
因为心黑；
衙役醉了，
因为受贿；
咱们就是醉了，
也只因为生活的酒太浓太美！

山中的老虎呀，
美在背；
树上的百灵呀，
美在嘴；
咱们林区的工人啊，
美在内。

斟满酒，
高举杯！
一杯酒，
开心扉；

豪情，美酒，
自古长相随。

祖国是一座花园，
北方就是园中的蜡梅；
小兴安岭是一朵花，
森林就是花中的蕊。
花香呀，
沁满咱们的肺。

祖国情呀，
春风一般往这儿吹；
同志爱呀，
河流一般往这儿汇。
党是太阳，
咱是向日葵。

广厦亿万间，
等这儿的木材做门楣；
铁路千百条，
等这儿的枕木铺钢轨。
国家的任务是大旗，
咱是旗下的突击队。

骏马哟，
不用鞭催；
好鼓哟，
不用重锤；

咱们林区工人哟，
知道怎样答对！

且饮酒，
莫停杯！
三杯酒，
三杯欢喜泪；
五杯酒，
豪情胜似长江水。

雪片呀，
恰似群群仙鹤天外归；
松树林呀，
犹如寿星老儿来赴会。
老寿星啊，
白须、白发、白眼眉。

雪花呀，
恰似繁星从天坠；
桦树林呀，
犹如古代兵将守边陲。
好兵将啊，
白旗、白甲、白头盔。

草原上的骏马哟，
最快的是乌骓；
深山里的好汉哟，
最勇的是李逵；

天上地下的英雄啊，
最风流的是咱们这一辈！

目标远，
大步追。
雪上走，
就像云里飞；
人在山，
就像鱼在水。

重活儿，
甜滋味。
锯大树，
就像割麦穗；
扛木头，
就像举酒杯。

一声呼，
千声回；
林荫道上，
机器如乐队；
森林铁路上
火车似滚雷。

一声令下，
万树来归：
冰雪滑道上，
木材如流水；

贮木场上，
枕木似山堆。

且饮酒，
莫停杯！
七杯酒，
豪情与大雪齐飞；
十杯酒，
红心和朝日同辉！

小兴安岭的山哟，
雷打不碎；
汤旺河的水哟，
百折不回。
林区的工人啊，
专爱在这儿跟困难作对！

一天歇工，
三天累；
三天歇工，
十天不能安生睡；
十天歇工，
简直觉得犯了罪。

要出山，
茶饭没有了味；
快出山，
一时三刻拉不动腿；

出了山，
夜夜梦中回。

旧话说：
当一天的乌龟，
驮一天的石碑；
咱们说：
占三尺地位，
放万丈光辉！

旧话说：
跑一天的腿，
张一天的嘴；
咱们说：
喝三瓢雪水，
放万朵花蕾！

人在山里，
木材走遍东西南北；
身在林中，
志在千山万水。
祖国叫咱怎样答对，
咱就怎样答对！

想昨天：
百炼千锤；
看明朝：
千娇百媚；

谁不想干它百岁！
活它百岁！

舒心的酒，
千杯不醉；
知心的话，
万言不赘；
今儿晚上啊，
咱这是瑞雪丰年宣誓的会。……

1962年12月，记于伊春
1963年2月1—28日，写于北京

大风雪歌

——林区三唱之二

老北风
——风中的霸；
腊月雪
——雪中的沙；
整整一夜哟，
前呼后拥闹天下！

寒流呀，
像冲破了闸；
冰川呀，
像炸开了花；
空气哟，

冷得发辣。

灭了，
风中的蜡；
僵了，
井底的蛙；
倒了，
泥塑的菩萨。

老天哟，
仿佛要塌；
大地哟，
仿佛要垮。
大风雪呀，
谁不受你惊吓！

而今，
咱却要你回答：
是你大，
还是咱们大？
是你怕，
还是咱们怕？

一串钟声，
把黑夜敲垮；
一阵欢笑，
把阴云气煞。
天亮了，

咱们出发！

热气呀，
把雪片烧成火花；
鲜血呀，
把白雾染成红霞。
转眼间，
无穷变化！

山风呀，
成了进军的喇叭；
松涛呀，
成了庆功的唢呐。
漫山遍野哟，
都为咱吹吹打打。

白雪呀，
献出一簇簇鲜花；
森林呀，
举起一排排火把。
林区山场哟，
谁不把咱迎迓！

春麦呀，
雪下发芽；
冬梅呀，
腊月开花；
林业工人哟，
在风雪里长大！

南征，
北伐；
东挡，
西杀。
哪儿有任务，
就向哪儿进发！

风如马，
任我跨；
云如雪，
随我踏；
哪儿有艰难，
哪儿就是家！

钢锯呀，
亮开银牙；
铁斧呀，
迸出金花；
一声吆喝，
大树随风纷纷下！

冰雪滑道呀，
好似天河山前挂。
森林铁路呀，
好似长江过三峡；
咱们的木材哟，
追波逐浪走天涯。

小材呀，
造船桨车架。
大材呀，
建高楼大厦；
擎天托地哟，
也是咱家！

是你大，
还是咱们大？
是你怕，
还是咱们怕？
而今哟，
难道还用回答！

大风呀，
你刮！
大雪呀，
你洒！
请看今日的世界，
竟是谁家之天下！

1962年12月，记于伊春
1963年3月1—13日，写于北京

青松歌

——林区三唱之三

三个牧童，
必讲牛犊；
三个妇女，
必谈丈夫；
三个林业工人，
必夸常青的松树。

青松哟，
是小兴安岭的旺族；
小兴安岭哟，
是青松的故土。
咱们小兴安岭的人啊，
与青松亲如手足！

白日里，
操作在密林深处；
黑夜间，
甜睡在山场新屋。
松林啊，
为咱们做帐幕。

绿荫哟，
铺满山路；

香气哟，
飘满峡谷。
青松的心意啊，
装满咱们的肺腑！……

而青松啊，
决不与野草闲花为伍！
一派正气，
一副洁骨；
一片忠贞，
一身英武。

风来了，
杨花乱舞；
雨来了，
柳眉紧蹙。
只有青松啊，
根深叶固！

霜降了，
桦树叶儿黄枯；
雪落了，
榆树顶儿光秃。
只有青松啊，
春天永驻！

一切邪恶啊，
莫想把青松凌辱！

松涛哟，
似战鼓；
松针哟，
如铁杵。

一切仇敌啊，
休想使青松屈服！
每片松林哟，
都是武库；
每座山头哟，
都是碉堡。

而青松啊，
永为人间服务！
身在林区，
心在南疆北土；
长在高山，
志在千村万户。

海角天涯，
都是路！
移到西蜀，
就生根在西蜀；
运到两湖，
就落脚在两湖。

有用处，
就是福！

能做擎天的柱，
就做擎天的柱；
能做摇船的橹，
就做摇船的橹。

奔前途，
不回顾！
需要含辛茹苦，
就含辛茹苦；
需要粉身碎骨，
就粉身碎骨。

千秋万古，
给天下造福！
活着时，
为好日月欢呼；
倒下时，
把新世界建筑。

青松哟，
是小兴安岭的旺族；
小兴安岭哟，
是青松的故土。
咱们小兴安岭的人啊，
与青松亲如手足。

一样的志趣，
一样的风度，

一样的胸怀，
一样的抱负。
青松啊，
是咱们林业工人的形图！

1962年12月，记于伊春
1963年3月16—26日，写于上海

原载郭小川《甘蔗林——青纱帐》，作家出版社，1963年10月第1版

林都春色

王忠瑜

春天我来到伊春，
春色酒一样醉人。
嫩绿沁透了我的肺腑，
连空气也绿得透明。

汤旺河温柔而多情，
蜿蜒依绕着我的脚跟，
默默地闪动着眼波，
引我到迷人的山境。

五百里铁道，五百里山林，
一条线悬挂着多少个村镇。
伊春啊，你多么像一张脉络分明的绿叶，
搭成了广厦，造福万代子孙。

我称你是绿色的煤矿，
山沟里蕴藏着巨大的热量，
一根根，一块块，投进社会主义的炉膛，
在筑路、造船、盖楼、采矿……

我羡慕伊春人的豪情，
用油锯和号子为祖国歌唱，
在你们一斧一锯的响声中，
祖国正一分一寸地生长。

1963 年 5 月

原载《黑龙江日报》1963 年 6 月 14 日

烈士的后代

——长辛店机车车辆厂剪影

王恩宇

你的像片，常年落户光荣榜，
来到你家，又见奖状挂满墙。
工厂里一杆不倒的旗呵，
你的名字像你父亲一样响。

那时候，你还是个婴儿，
睁开眼大地仍是黑夜茫茫，
你没有见过自己的父亲，
见的是他那身血染的衣裳。

未成年，你就懂得了仇恨，
未成年，你就走进了锻工房，
抡起了父亲抡过的大锤，

恨不得一下把旧世界砸成泥浆！

以后，你怎样掩护地下党员？
黎明前，你怎样保护工厂？
你怎样使汽锤恢复了青春？
又怎样把技术难关连连闯？

这些，你一个字都不向我提，
总把前辈们的英勇滔滔来讲，
你顺手拿出父亲的相片，
看得出，它给了你多么大的力量！

谈话间你的儿子放学归来，
那红领巾托着一脸刚强；
我问长大后叫他干什么，
你自豪地把臂一抡：“跟我一样！”

前辈的血液在后辈身上流，
辈辈英雄实现着一个理想，
革命重担，一代接着一代挑，
未来的征程呵很长很长……

原载《人民日报》1963年2月13日

冲天炉前放歌

王恩宇

冲天炉——钢甲铁胄，
鼓风机——放声高吼，
挥钢钎，猛力打开出铁口，
刹那间金花四射，红浪奔流。
又一炉优质铁水，
祖国呵，请你验收！

我们工人奋战冲天炉边，
双眼摄取下多少镜头——
就在这排排厂房密密烟囱下，
过去是漫漫野草片片荒丘……
战胜困难，方显出我们英雄本色，
创造奇迹，全靠我们劳动的双手！

“一不怕苦，二不怕死”战歌惊天地，

“独立自主、自力更生”牢记在心头，
敢在风口上闯，敢在浪尖上游，
革命加拼命，展开一场大搏斗。
新史千章，记下发奋图强，
宏图万卷，绘下艰苦奋斗！

为共产主义大厦铸造钢梁铁柱，
工人阶级有一双改天换地的巨手；
更有一颗忠于毛主席的红心，
时刻激荡着我们火热的胸口。
高温计能测出铁水的温度，
测不出炉工对党的感情多么深厚！

响应党的九届二中全会发出的庄严号召，
看！我们的航船正驶向新的港口，
有毛泽东思想的灯塔光照前程，
怕什么风狂雨骤，险滩激流！
进军号里，革命工人豪情正浓，
信心百倍地迎接新的战斗！

北京第一机床厂　王恩宇

原载广东人民出版社编：《红心永向红太阳》，
广东人民出版社，1971年10月版

致机器

刘　镇

让我们紧紧握手吧！——
你，推土机、卷扬机、钻探机、水压机、汽轮机……
你，发电机、鼓风机、轧钢机、拉线机、编织机……
你，车床、刨床、磨床、铣床、冲床、剪床、插床……
——你们是好样的！
一身钢铁一身胆，
干活儿，
真肯卖力气！

你们啥活都干！
——搬砖、运瓦、剁钢、削铁、织布、纺纱、通风、送气……
你们到处插脚！
——车间、帐篷、森林、工地、风前、雪下、山顶、海底……
你们砸呀，转呀、推呀、砍呀，
劈劈叭叭、轰轰隆隆、叮叮当当、嘀嘀哒哒，

——真“麻利”！

让我们紧紧握手吧！
打开工人阶级的家谱，
哪会儿曾离开你？
从前我们总唱一首歌，
如今还记起不记起？——
“生活像泥河一样流，
机器吃我们的肉！”
——那时呀，
我们爱你又恨你，喜你又厌你；
见你要离你，离你又想你！
弄得肝火起，
给你一锤！……

今天哟！
我们哐啷啷轰然站起。
我天天迈步走来呀，
喜在心头笑在眉！
啊，咱们哪，
热血和电流一起奔腾，
汗水、机油流一起！
——咳！
讨论起生产计划呀，
我看见你们——
一个个也要举手发言！

让我们再一次紧紧握手吧！

豪爽的巨人！
坦率的朋友！
战斗的伙伴、同志和兄弟！
你看面前啊，
天高地阔，
阳光万里！
（我俯过身去，心贴着心）
——稳住神、沉住气……

1963年5月

原载刘镇《红色的云》，春风文艺出版社，1978年12月版

浇铸者

李清联

火舌舔胳膊，
热汗双颊流，
股股蓝烟如雾罩，
缭绕身前后。
大钢勺，紧紧握在手。

大钢勺紧紧握在手，
我们炉前来战斗。
撒簇簇钢花，
挑股股红流。
黑黑的砂盘上，
火焰跳荡，
如茫茫草原，
滚一团火球。
呵，多少铸件，

向祖国招手——

长江大桥，
有咱浇的梁；
人民大会堂，
有咱浇的柱；
淮河大坝，
有咱浇的闸；
宝成铁路列车，
有咱浇的轴；
多少钢铁，
巩固祖国基础；
多少机器，
赢得子孙万代福。
看江山如画颜色，
听祖国巨人脚步，
咋不笑呵，
喜泪盈盈夺眶出。

但是呵，
咱心里不满足。
抬眼望世界，
火熊熊，风呼呼。
侧耳倾听亚、非、拉……
喊声、枪声、战鼓。
还有多少愁呵！
还有多少苦？
还有多少奴隶争自由，

——在浴血战斗。
毛泽东教育的人民，
怎能够，怎能够，
把天下的朋友丢脑后。

砸断手铐脚镣，
还要多少大锤？
劈开黑牢铁门，
还要多少钢斧？
拨散满天阴霾，
还要多少利剑？
开辟灿烂生活，
还要多少犁头？

啊！咱们浇铸，
咱们浇铸，
手握把柄永不丢，
闪光的思想永不锈。
跃身炉前，
烈火中出入，
落脚车间，
为咱无产阶级的事业，
一辈子操心忙碌。

原载《诗刊》1964 年第 5 期

致装配工

李清联

千万条小河，
汇成大江；
千万个零件，
集合在装配线上。

铸工锻工的指纹，
车工磨工的理想，
我们全厂工人的智慧，
都聚结在装配线上。

黝黑的履带板，
刚劲的后梁，
像我们拖拉机工人，
件件闪烁着光芒。

亲爱的装配工，
请把你的本事亮一亮，
我们大家深情的目光，
将伴你战斗在装配线上。

原载李清联《拖拉机开出了厂房》，湖北人民出版社，1960年1月第1版

厂长——工人

李清联

来到车间，
就上车床，
脱掉衣服，
一干一晌。

骑马爱马，
耍枪爱枪，
当了厂长，
不忘车床。

三天一来，
两天一趟，
厂长——工人，
工人——厂长。

原载李清联《拖拉机开出了厂房》，湖北人民出版社，1960 年 1 月第 1 版

我为祖国献石油

薛柱国

锦绣河山美如画，
祖国建设跨骏马。
我当个石油工人多荣耀，
头戴铝盔走天涯。
头顶天山鹅毛雪，
面对戈壁大风沙，
嘉陵江边迎朝阳，
昆仑山下送晚霞。
天不怕，地不怕，
风雪雷电任随它，
我为祖国献石油，
哪里有石油
哪里就是我的家。

红旗飘飘映彩霞，

英雄扬鞭催战马。
我当个石油工人多荣耀，
头戴铝盔走天涯。
茫茫草原立井架，
云雾深处把井打，
地下原油见青天，
祖国盛开石油花。
天不怕，地不怕，
放眼世界雄心大，
我为祖国献石油，
石油滚滚流
我的心里乐开了花。

原载《诗刊》1964 年第 4 期

鞍钢赞歌

王荆岩

没到鞍钢想鞍钢，
心似炉火旺；
来到鞍钢望一眼，
胸中腾起千尺浪！
鞍钢呵，
莽莽苍苍四十里，
四十里腾腾喷火光。
呵，左也是钢，
右也是钢，
忽听得头上一声响，
呵，几千吨的钢梁正在半天里晃！

更喜那鞍钢人，
气魄大，雄心壮，
威风凛凛炉前站，

挥着双双铁臂膀，
一身烟花呀，
一身火光！
钢在他们手中
——红了！
铁在他们手下
——化了！
几千吨的钢坯子拉在手里，
听祖国说一声需要呵，
嘿！生拉拉的，
轧出一条钢轨几十丈！

轧出一条钢轨几十丈呵，
连着南方和北方，
煤在钢上流，
油在钢上淌，
那金黄金黄的麦粒儿，
正在钢上跳脚唱……

呵，祖国的江山千万里，
哪处没有鞍钢的钢？

没到鞍钢想鞍钢呵，
心似炉火旺，
来到鞍钢瞅了一眼，
呵！自己也仿佛变成了一块钢！

原载《诗刊》1964年第5期

耿师傅

王荆岩

火光闪，钢花飞，
出钢槽上，火苗子嗤嗤烤胳臂，
清钢渣，披着火光站一站，
汗雨淋，顺裤脚淌下一汪水！

清钢渣，裤脚淌下一汪水，
耿师傅总是抢头回！
草袋子，浇冷水，
飞步跳上出钢槽，
烟熏火燎不皱眉。

第一次呀，凿两锤，
草袋子滴水伴汗水，
脚下团团白雾飞！
第二次呀，师傅又跳上出钢槽，
紧咬嘴唇竖浓眉，

火花闪闪身边跳，
颗颗汗珠滚下背……

望得咱心里火辣辣，
一把焦炭捏粉碎！
恨不能呵恨不能，
抓住窗外过路的风，
对着师傅轻轻吹。

揉揉眼睛再望他：
他依旧呀钎猛挥，锤猛擂，
火光闪闪映着他，
一身钢铸铁打的硬脊背！

耿师傅走下出钢槽，
咱赶忙递上一碗水：
“快喝杯！解解疲乏消消累！”
猛觉得脚背热辣辣呀，
抬头瞧，耿师傅的肩膀头，
还在滴滴答答地淌汗水！

咱刚要开口把话说，
耿师傅大手猛拍咱脊背，
手指远处微微笑，
看那边，机车闪，旗翻飞，
崭新的钢材车上装，
车笛儿正一声更比一声脆……

原载《解放军文艺》1973年第5期

焊工祖孙

刘中枢

电焊火垂一幅蓝的幔帐，
一老一少，摄出身影一双；
星星像是钢板上无数被焊火穿透的眼儿，
地上，一排冲天的白杨……

——爷爷，今儿个的夜，多美气！
要是呀，要是再有一个月亮……
——下弦月要晚会儿出来，
它还在睡觉哩，睡得正香！

——爷爷，明天你也晚会儿来吧，
退休了，怎还是从清早伴我到晚上；
——我往后不再来了，
小伙子，你已经拿得起这杆焊枪！

秋夜，老杨树落下苍绿的叶子，

身边的幼杨长得更加茁壮，
那摇曳的枝叶在老焊工心里响着，
风呀，风在老焊工耳边轻轻歌唱。

——爷爷，我要在这儿扎根长大，
像不老的杨树，和老爷爷一样；
——哦，不要像爷爷驼了脊背，
我巴望着一代比一代强。

——孩子，逢上这好年月，
你可不要枝枝杈杈的往歪里长！
——爷爷，我要在风里不摇，雨里不摆，
不忘祖辈的心血，党的阳光。

老焊工的眼睛闪亮闪亮，
一霎间滚过多少红花火浪；
老焊工的焊火举过头顶，
撩开那碧蓝碧蓝的幔帐……

——嘿嘿，孩子，
咱焊工就是要当一杆不锈的焊枪；
——那就把枪交给我吧，
行吗？爷爷，我来接您的岗……

一老一少，背衬蓝的幔帐，
闪亮的焊火给他们拍一张相，
伴着那初升的月牙儿，
亮的星，蓝的火，冲天的白杨！

原载《诗刊》1964 年第 5 期

普通一女工

郑成义

苦藤，结苦瓜。
在那机器旁边
妈妈把我养下，
偷偷地带进厂，
偷藏在车肚下，
偷偷地用苦泪把我喂养，
到处是败絮飞花。
除了妈妈的怀抱，
我再没有自己的家，
六岁摇筒管，
八岁学纺纱，
十年洋纱厂啊，
苦水里泡大，
十八岁那一年铁树开了花，
啊！啊！

第一次坐着吃饭，
第一次大声说话，
第一次穿棉衣，
第一次学文化。
十五年春光耀眼，
十五年风云变化，
十五年，
我逐渐明白：
这苦海深，
这世界大——
今天，
在别的国家还有多少阶级姐妹带锁枷？
今天，
还有多少妈妈在用哭泪喂娃娃？
我的纱，
织的是新世界的光明，
我的纱，
织的是旧世界的绞索。
今天，
我站在红旗下，
为革命贡献一生。

原载《音乐创作》1965年第6期

钢就是钢

晓　凡

一种大型钢件制成后，要进行种种复杂的破坏性试验。看试验过程，联想到生活斗争中的许多事务，写诗记之。

这部件，
像威武大汉，
立在天底下。
大小钢球子，
万箭齐发，
乒乒乓乓，
直向部件上打；
砂轮猛吼叫，
喷一片火花，
硬把部件的皮肉刮；
风铲群，
切齿咬牙，

狠往部件上扎。

忽然间，
部件不见啦！
但只见：
一片黑砂，
一片灰雾，
一片火花……
难道那
威武大汉般的部件啊，
竟被它们吞下？

时间在流转，
情况在变化。
此刻再来看：
那凶恶的黑砂，
阴险的灰雾，
喧嚣的火花……
统统消亡啦！
看钢球，
碎啦！
摸铲尖，
钝啦！
问砂轮，
垮啦！
——残鳞败甲落满地，
稀里哗啦！

此刻再看这部件，
亮闪闪，放光华，
仿佛比原来更高大；
结结实实满身劲，
笑呵呵地沐浴着，
万里晨光，
火红朝霞！

1964年8月12日

原载晓凡《灿烂的青春》，辽宁人民出版社，1978年12月版

化肥工人致煤矿工人

吴 野

你的手　抚摸着深邃的地心，
采集那蕴藏热与火的块块乌金；

我把手　伸向地表和云层，
用长江浪　也用大气制造肥田粉。

贾汪煤　在我们这里是最受欢迎的客人，
就像劲头十足的矿工　满身热气蒸腾！

我们的化肥顺风飞遍全国，
到哪里　就打开哪里谷仓的大门！

——你挖掘的是工业的粮食，
——我制造的是农业的营养品。

每当火车载煤来　我想起你火热的劳动，
每当轮船运肥去　你该闻见粮食的芳馨！

如果说：祖国是一架威力强大的机器，
那我们是两颗扣得牢牢的齿轮！

你的岗位是巷道　我成年守着水泵，
我们都在向祖国奉献忠诚！

你爱谈煤　我爱谈化肥，
骄傲地夸耀：这就是我们闪光的青春！

立在水洗塔下　我听见矿山礼炮，
站在厂门口　我望见你旋转的天轮；

你咚咚震响大地的炮声是祝捷的战鼓，
我呜呜欢唱的汽笛是军号吹红了九天云！

如果说我的汽笛你的炮声在遥相呼应，
这是我们心里交流着无产阶级的豪情。

如果说我的汽笛你的炮声在纵情欢唱，
第一支凯歌　献给她：北京！北京！……

原载《雨花》1964 年第 5 期

油海寄情

曹建勋

向油海

风漫漫，雪皑皑，轮转车飞走天涯，
天低处，云雾开，一眼望见大油海。
油海呵，油海！中国的油田中国开，
你是这样的火热、沸腾、豪迈。
油海呵，油海！中国的石油中国采，
你是如此地长人志气，荡人胸怀。
乌黑铮亮的输油管线千里远，
莫非是祖国母亲的大动脉；
连踵接肩的炼油塔高入天，
使人触摸到祖国伟大的气魄；
“采油树”呵，像那出水的荷花，
污泥哪能染，飞沙哪能塞；
更喜那钢筋铁骨、顶天立地的井架，

风撼不摇呵，雷打不歪。

风漫漫，雪皑皑，轮转车飞走天涯，
我在油田安下家，投向战斗的大海。
那些值班房是大海前沿的哨所，
谁说它，只不过是土垒泥抹芦苇盖。
它窗棂虽小，却是石油工人的眼睛，
近，洞察大油田；远，能望全世界。
因为在这儿值班的老师傅呵，
尽是狂风暴雪里炼就的好钢材。
你看他，脱下棉衣去保护压力表，
宁可自己打哆嗦，也不让仪表冻坏。
你看他，寒冬腊月干活满头汗，
还笑说："北风当电扇真凉快！"
你看他，深夜巡井满身结冰凌，
还笑说："冻透衣服呵不冻怀！"……
要问英雄哪来的降龙伏虎志？
请看吧，他身上时刻不离《毛选》袋。

风漫漫，雪皑皑，轮转车飞走天涯，
我在油田学劳动，溶入了战斗的大海。
跟老师傅学艺呵不过八小时，
深深觉得发臭的"我"字须丢开；
跟老师傅学艺呵满了一个月，
那个"我"字不觉离开一丈外；
跟老师傅斗天斗地一年整，
"我"字全忘掉，也敢赴刀山呵踏火海！
学习老师傅沿着毛主席的脚印走，

做个中国石油工人的好后代……

前进！我们油田的主人

夸什么，钻天白杨高入云，
夸什么，塔松柏树万年青。

哪及石油工人夺天的手，
哪及茫茫戈壁井架的森林。

井架绕星星，工人似飞鹰，
凌晨呼日出，日日斗风云。

任它风打，霜摧，雪压，云缠，
你们不躲，不走，不变，不惊。

紧紧握钻杆，日夜叩油层，
严守采油树，石油黑浪滚。

谁说，我们离不开洋“拐棍”，
谁说，离开洋油我们寸步难行……

中国，有数不清的石油宝库，
咱们，掌握宝库钥匙的主人！

你听，我国万里山河的马达声，
你看，我国辽阔天空的银鹰……

哪一部转动的机器，

不是我国自己的石油给它添干劲？

中国石油工是些什么样的人？
不分老与少，个个过得硬——

有的虽在长征中失去一只手，
但另一只手仍高举红旗前进。

有的曾是霓虹灯下的哨兵，
有的来自鱼米之乡的农村。

有的曾是种植葡萄的能手，
有的世世代代都是牧羊人。

他们来自祖国的四面八方，
有的还带着很浓很浓的乡音……

为开发油田，一起战戈壁，
为祖国富强，顶风冒雪大进军……

沙漠里，渴了彼此让凉水，
风雪中，竟把帐篷给别人。

雪岭争着上，险崖竞攀登，
人人一条心，个个号铁人……

我日里苦苦思，梦里也常常问：

你怎能不爱我们的石油工人?

楼外有楼天外有天，进步哪有止境，
前进吧，前进，我们油田的主人!

哦! 东——风——正——劲，
看! 红——旗——如——云。

油田喜讯

雪天黎明，
谁在叩门?
哦! 这银色世界，
——降下了喜讯。
红字闪射金色光彩，
油墨散着芳芬。
它的分量呵，
比整个黑油山还沉!
你看——
无论采油，钻井，
还是油焦，沥青……

全年国家计划
提前、全面、超额完成!
这金色的喜讯呵，
如同信鸽
翻飞油城!
如同太阳

照进我的心——
党呵！是你
是你给予千万人的
——热能！

我看见——
风前的井架
亮着灯！
我看见——
冰封的戈壁
有人影……
这金色的喜讯呵，
是用集体的汗水
和心血写成！
这金色的喜讯呵，
它！又一次证明——
我们应当
我们能够
——自力更生！

任你大雪
灌进衣领！
任你朔风
吹透胸襟！
我紧紧捧着喜讯，
急急奔上黑油山顶。
哦！一轮红日

冲出了云雾，
升在天安门！
这是呵——
给英雄们的奖章！
也预示着
祖国石油工业
光辉的前程……

我到油井值夜班

白雪盖满油田，
明月照着中天，
定时、定工、定岗位[①]，
我头次顶采油工上夜班。

茫茫油田真像大海，
两旁的雪山好似海岸。
苍穹和大地浑然一色，
明朗的星儿眨着笑眼。

坐满工人的上班车，
如同快艇驶出港湾，
歌声打破了夜的沉静，
车轮在雪原里飞转。

炼油塔，钻井架，

---

① 定时间、定工种、定岗位，顶工人上班，是企业干部参加集体生产劳动的一种制度。

灯儿像晶莹的珍珠成串，
它们竟把身上的光辉，
投进了雪夜油田。

汽车嘎嚓刹住，
停在一盏红灯面前。
老师傅叫我下车，
说九号岗位就在这边。

“多美的来油树多好的灯，
它为啥红的这样耀眼？”
老师傅自豪地一笑：
“这是一个珍贵的纪念。

“它是九号岗位工人的心，
要献给油田生命的火焰。
毛主席战友来过这里[①]，
我们即安了这红灯一盏。

“望着它，手摇绞车不觉累，
望着它，顶风冒雪哪知寒……”
老工人的话像个扳手，
把我的思想开门拨转。

我跟着师傅走进值班房，

① 朱德委员长一九五八年来这口油井视察过。

他拿出采油本给我交班。
兴奋地接过这劳动纪录；
我心中的灯也立刻点燃……

油田万家灯

夜雾，你尽管铺天盖地来，
恶风，你尽管扬沙卷尘埃，
你能叫月色星群失光辉，
也难淹没我们油城的灯海，
一望无边的油田万家灯，
盏盏都迸射穿云破雾的光彩。

它亮在高耸云天的井架，
好像春天的杜鹃漫山开；
它亮在密如柳丛的油井，
好像睡莲在黎明湖上把头抬……
花美灯更亮呵，
我们油田的灯光谁不爱？

它亮在川流不息的油罐车，
好像天上的银河掉下来；
它亮在党委书记的窗口，
书记呵，在凝神作战斗的安排……
这样的灯光是不灭的星，
几只扑灯蛾你休想作怪！

杜鹃、睡莲都是迎着甘露开，

我们油田的灯光从哪里来？
数不尽的灯像朝着北斗的繁星，
每个光圈都有太阳的光彩，
千根万根电缆通北京，
灯源来自人民心脏中南海。

原载《收获》1965 年第 6 期

盐工曲（四首）

石　英

火焰滩

没有海水不成滩，
没有阳光不成盐，
盐工最喜太阳辣，
越热越辣心越欢。

抬头太阳烤，
燎咱眉毛尖；
低头热风烧，
呼呼似火焰。
拉起盐耙走，
如过火焰滩。
火焰滩，咱爱闯；
保证不用芭蕉扇。

骄阳给咱换新装，
人变地也变。
人咋变？
一身古铜衫；
地咋变？
满滩珍珠闪。

气象站发预报：
明天气温四十度，
存心跟咱干！
太好咧，
是火咱也钻，
不怕人说“傻瓜蛋”。
敢字当头英雄多，
银滩百里红一片！

老坨工

上班他最早，
筑坨登银山。
盐坨渐高人更高，
盐白天更蓝。

一抡大木锨，
如挥千里鞭，
坨像白马抖银鬃，
人如骑手跨征鞍。

传送带哗哗转，
老坨工还嫌慢，
那劲头，恨不得
一锨铲来半座滩！

要说下班嘛，
离坨数他晚。
散落盐花他细捡，
寻寻觅觅坨边转。

几粒盐花掂三掂，
仿佛重过一座山，
丢进大堆才下班，
心轻唱“摇板”……

这老头，眼里放着两面镜，
增产望千里，节约细处看；
心里放着两杆秤，
增产用吨称，节约按两算。

银滩习武

天白地也白，
盐净白云高。
放眼不见一寸绿，
只见红缨飘。

盐滩人民爱习武，
哪管老和少！

不怕海风硬，
最喜听惊涛。

举目望远方，
习惯一个“瞄”；
手臂一托枪，
双落两飞鸟。

有时练伏击，
滩地静悄悄。
伏兵藏何处？
但听枪声爆。

滩池日落红，
一声冲锋号！
白盐滩里女兵出，
一色紧身袄……

盐堆是暗堡，
堆堆射虫豸；
射不死也跑不了，
掉进卤池管宅饱！

新手

二区四小组，
有个张三虎。
去年毕业上盐滩，
今年扒盐不含糊。

手上长眼睛，
拉耙最匀乎；
两眼如测仪，
看卤知浓度；
晚间进工棚，
灯下读“毛著”。
样样都像老把式，
说是新手认不出。

独有一样不相同，
三虎擅长演节目。
弹拉说唱全在行，
最棒是二胡。
自编小段子，
材料在本组。
盐滩好人好事多，
随地捡珍珠。
听众也随他表演，
脚下使劲手也舞。

今夜雨来急，
风暴嗓门粗，
张牙舞爪揭棚户。
谁上棚顶去补漏？
檐坡雨滑人骨碌。
雨滑他还上，
风习他不服，

这小伙他是谁？
哦！——张三虎！

好个张三虎，
表演节目是主角，
降风斗雨是台柱。
今晚这桩事，
能编一个好节目。
明儿一早咱就凑，
词儿大伙出。
要是明日风雨来，
最贴咱心谱：
风伴奏，雷击鼓，
满天红云作幕布……

原载《收获》1966 年第 1 期

大庆抒情

满 锐

满天的繁星呵，
今夜，有十倍的光耀！
好像太空中，
有无数只望远镜头，
正对准我们大庆拍照——
拍这里的浩瀚灯海，
拍这里的通天大道，
拍密布的钻塔和井房，
拍高挂的战旗和喜报，
拍中国七十年代
一个巨大战场的雄姿，
拍震惊世界的这块土地
最新最美的风貌！……

今夜呀，

是一九七六年
最后的一个冬宵。
夜空里，飞扬着鹅毛；
雪原上，卷掠着烟炮。
白亮亮的照明灯下：
井架——如玉琢；
井台——似冰雕。
一层雪又一层雪呵，
消融在我们的
热汗蒸腾的大棉袄；
一道霜又一道霜呵，
垂挂在我们的
胡髭、眼眉和睫毛……
呵，莫说此时夜正深，
机声里，
大草原兴奋得睡不着！
呵，莫说快零下四十度，
大庆人，
何时理睬过寒暑表！
揭批“四人帮”刚散会呀，
井场上处处涌春潮：
交班的——
赶忙去张贴大字报，
接班的——
好像勇士扑战壕！
批判会开罢，战未休，
现在呀，
该轮到钻机来开炮……

同志们，来对对表：
不平凡的一九七六年，
只剩下——
三十分零三十秒！
钻头换完啦？好！
套管拧紧啦？好！
咱们元旦起步头一钻，
各项指标要狠超！
钻头懂得咱们的恨和爱，
要吓得“四人帮”贼魂飞出窍！
……想起一年前，
不由牙根咯咯响，
两眼怒火冒！
万恶的“四人帮”，
为篡党夺权，
竟阴谋把大庆红旗砍倒！
他们，谩骂外带污蔑，
攻击加上造谣；
甩过来一顶又一顶，
带着血腥的大帽！
想把“两论起家”用黑手抹掉，
想把创业历史一笔勾销，
想把歌颂大庆的电影打入冷宫，
想给“铁人”的名字带上镣铐！
他们的黑心，
是蝎子窝呀！
反革命矛头，
竟指向伟大领袖毛主席，

和我们敬爱的周总理，
以及中央一大批坚强的领导！
他们，龇着牙露出狞笑……
可是呵！
他们实在瞎了狗眼，
看错了对手，
弄错了目标！
我们大庆人，
一眼穿透了他们的骨髓，
识破了他们罪恶的花招！
就连我们的钻机，
也发出轻蔑的冷笑……
种田人，不怕蝼蛄叫；
打鱼人，不怕浪滔滔！
我们有毛主席领导，
有周总理撑腰，
八亿人民是我们的依靠！
十几年前——
西伯利亚狂风没把我们吹倒；
十几年前——
刘少奇的黑浪没使我们动摇！
“铁人”的战友和伙伴，
如今岂能怕大鬼小妖！
你们反对“两论起家”吗？
我们偏把“两论”举得更高！
你们反对学习“铁人”吗？
我们把“铁人”大旗擎得牢牢！
你们给电影《创业》治了大罪吗？

我们硬是高声地叫好！
你们反对大干社会主义吗？
我们偏把大干的战歌唱入云霄！……
上一次井——
我们守一次战斗的堑壕！
下一次钻呵——
我们埋下一次仇恨的炸药！
是的，我们脚下，
是先辈洒过鲜血的土地呀——
那鲜血，可不容白白流掉！
是的，井架远处，
便是烈士的陵墓呵——
那生命，可不容空空虚抛！
红太阳的光芒，
已暖透中国的山川；
我们古老的土地，
已长满社会主义茁壮的禾苗。
荆棘休想在田垄丛生，
寒流休想让松柏折腰！
谁想再让毒辣的“洋油”
来折磨我们的国家吗？
大庆的钻机在回答：
办不到！办不到！办不到！
我们善于对付页岩和沙石，
更善于对付黑心和魔爪！
那遍布油田的
无数钻塔和井房呵——
都变作痛击修正主义的

一座座钢墙和铁堡！……
啊！粉碎了“四人帮”，
大庆欢声冲九霄！
座座井架挂彩旗，
处处井房贴喜报，
车间泵站起欢歌，
工农村笑声载满道……
我们万分幸福呵，
我们万分自豪！
毛主席遗志，
后继有人！
革命的巨轮呵，
撞碎了恶涛！
我们又有了
英明领袖华主席呵！
华主席——
和人民的心呵贴得牢！
毛主席培育的大寨花，
华主席用血汗往上浇！
毛主席树起的大庆旗呵，
华主席巨手擎得牢！
呵，从欢庆胜利的那一刻，
我们呵，日里夜里，
反复在思考——
怎样才不辜负
毛主席光辉思想的照耀？
怎样才不辜负
周总理三次视察的教导？

怎样热烈响应
华主席伟大的战斗号召？

啊！同志们！同志们！
现在，零点整，
新——年——到！
钻机轰轰震响，
如同引爆了千吨炸药！
飞雪呀，为咱助兴！
大风呵，奏着鼓乐！
顾不上说话呀，
来不及拥抱，
大家在用火辣辣的目光，
互相祝贺：新年好！

新年好！
大庆工人，
新年更要加劲跑！
呵，现在——
井场上，脚步纷忙……
电灯下，汗珠闪耀……
呵，大治之年！
我们浑身的血呀，
在沸腾，在燃烧……
呵，抓纲治国！
我们四肢的劲呵，
海能掀翻，山能推倒……
沧海哟——

永不自满！
大庆呵——
永不骄傲！
四个现代化的宏图，
即使梦中——
也在我们心头闪耀！
共产主义的灿烂灯塔，
千秋万世——
永远把我们高照！
啊！敬爱的华主席，
敬爱的党，
亲爱的祖国人民呵——
高举毛主席伟大旗帜的
大庆儿女，
在用自己的赤胆和热汗
书写着：
一九七七年
第一张——
火红的捷报！

原载《人民文学》1977 年第 5 期

输油管道

刘国良

在半空纵横，
在地下交错！
像是祖国的血管，
——流着力！
——流着火！
——流着热……
响着战斗的呼号，
跳着跃进的脉搏！

管道呵管道，
日夜激流不歇！
你那奔涌的激流，
又像十万台机车，
向着四个现代化，
——风驰电掣！

——力、火、热……
和这飞驰的机车，
这就是我们祖国，
今天前进的特色！

原载刘国良《海河诗笺》，百花文艺出版社，1979年6月版

织布姑娘

未　凡

脚步——
如轻风，
动作——
似闪电……
矫健的织布姑娘，
碧浪万顷一海燕。

巡回布海间，
巧手结银线，
一把织梭一支笔，
描绘春色满园霞满天！

进军的战旗，
海上的征帆，
战士的军衣，

孩子的花衫……
织进多少深情厚谊，
织进多少闪光信念！……

呵，织布姑娘，
红心化作经纬线，
织着幸福生活的画卷，
织着共产主义的明天！

原载辽宁人民出版社编：《党旗颂》，辽宁人民出版社，1974年9月版

节奏感

梁小斌

是血管里迸进了自由的音符
我们灵魂里萌发了一种节奏

清晨上班，骑上新型小永久
太阳帽底下展现我现代青年含蓄的笑容
闯过了红灯
我拼命把前面的姑娘追逐

警察同志，这不是爱情，但是我控制不住
我的灵魂里萌发了一种节奏

我干的是粗活，开着汽锤
一只悠闲的腿在摆动
而那响亮的汽锤声一直富有弹性和力度
连我的师傅也很羡慕

我的师傅不会懂得，我模拟的是圆舞曲的小舞步
我的灵魂里萌发了一种节奏

当黄昏我看见一位苍老的人拉着沉重的圆木
他唱着沉缓的曲调令我难受
我的沉缓中行进的祖国
我迎着晚风，按照我固有的节奏走在了前头
我的亲爱的祖国，亲爱的祖国
我的灵魂里萌发了一种节奏

1979 年

原载阎月君等编选：《朦胧诗选》，春风文艺出版社，1985 年 11 月版

前额上的玫瑰

梁小斌

通过车间里巨大的钢窗，我正向外仰望，
忽然，那意外飞来的小齿轮，
把我的前额砸伤。

亲爱的师傅你不要惊慌，
这好像是在昔日的战壕，
我想欣赏美丽的星星，
而忘记了子弹，
只顾自由地抬头向夜空瞭望。
这一天早晨，
生活终于将她的印迹打在我的前额上。
而这时，全部音响，
正为窗外的日出放声高唱。

我感觉很好；

我将带着额上的玫瑰，
走向没有血迹的未来时光。

当头颅被绷带舒适地扎好，
我是否承认这是创伤？

原载《诗刊》1982 年第 3 期

一颗螺丝钉的故事

梁小斌

用冰冷的扳手，
把一颗生锈的螺丝钉拧下，
它躺在师傅那宽厚的手上。

真的无法避开，
师傅含蓄的目光。
那颗螺丝钉，
像我的心脏，
由于害怕，
在师傅的手掌上微微跳荡。

我得承认，
它是被腐蚀而生锈。
螺丝钉也会胡思乱想，
它没有能够，

很好地闪光。

等待判决的螺丝钉，
它的师傅正看着前方。

前方是废品箱，
我得被抛弃，
还是被擦洗后重新拧到原来的地方？

原载《星星诗刊》1982年第8期

葛洲坝远眺

纪　宇

真不愧万里长江第一坝，
横江而出，分明移来泰山一架！
我登临坝顶纵目望下，
群山低，长江窄，好一幅图画。

江鸥在我脚下随意飞旋，
云朵在我身边伸手可抓，
却看不清人在操作，汗在飞洒，
听不见机器吼叫，江涛喧哗。

那一方连着一方的水泥铸块，
似玩具积木的砖和瓦；
那一辆接着一辆的载重卡车，
像缓缓移动的火柴匣。

站在这坝顶使身心健旺，
软弱的人也会感到精神焕发。
天地仿佛越来越狭小，
我感到人的骄傲，人的伟大！

说什么大禹鬼斧神工治理黄河，
赞什么神女兵书宝剑疏通三峡，
那都是古老的意愿，先人的梦想，
是代代相传却不能实现的神话。

只有人民的力量能腰斩大江，
向四野送去雪白的浪花——
开在工厂，开在学校，开在山洼，
送去光，送去热，送去繁华。

江水载着我的思绪流向远方，
冲开我胸中诗情的闸：
在风雪里，在汗雨里，在泥泞里，
让我的诗句为建设者捧上一杯热茶！

原载《诗刊》1981 年第 8 期

建设者（一）

顾　城

在锡纸般闪亮的
云层下面
你拿起一块红色的砖
又拿起另一块
轻轻敲敲，把它们放平
放得那样整齐
你愉快的微笑
使人想起一个小学生
他就是那样整理着心爱的图书

终于，你抬起身
沿着巨大的脚手架
走向天空。你好像
要去抹平锡纸般闪亮的云层
让它映出一个崭新的城镇

原载《人民文学》1982 年第 3 期

建设者（二）

顾　城

一粒红豆
从洁净的信纸当中
滑出去，落进铁皮哨里
它感到了年轻而火热的呼吸
它像心那样跳动了
发出一座森林的欢叫
一个普通的青年吹着哨

庄严地举起右手
一架塔吊在哨声中醒来
慢慢慢慢地站起
像一个幸福的巨人
举起了深蓝色美丽的星空

组装已经成功

人们踩着喧哗的石子路
走回家去，走向
亲切的语言和灯光
醒来的塔吊没有走
它在陪伴沉默的吹哨青年

青年没有家
没有一盏需要窗帘的灯
他把温热的哨放在胸前
静静地念着一个名字
那名字属于遥远的南方村落
属于爱，属于红豆的家乡

原载顾工编:《顾城诗全编》，三联书店，1995年6月版

给青岛造船厂

李小雨

我们造船，我们造船！
我们造能飞遍世界的翅膀和轻帆。
无数沉重的钢板落在我们脚下，
又锻打成无数柔软的羽毛和鳞片，
我们披挂起来了，我们就要出发，
要和海鸥、鱼儿一起穿过汹涌的海面，
在异国炎热或寒冷的港口，
在高耸或低洼的路边，
我们漂浮的陆地使整个世界都缩小了，
一抔黄土带来了黄河、长城的春天！
给我们翻译问候，
给我们翻译微笑，
阳光下只有一句不用翻译的语言
——我们的船！

我们造船，我们造船！
我们造强大的轮机，平稳的甲板。
强大的轮机就是我们自身，
十亿双手臂，十亿张桨片！
十亿颗饱含了痛苦和希望的心脏输送着血液，
这红色的开采不竭的能源！
我们造的甲板是平稳的，
扑天的狂涛下孩子在酣睡，
风雨中仍有无数飘着奶味的摇篮。
我们熔铸、铆接、电焊，
在昨天搁浅的地方刻下永久的吃水线，
然后启航吧，
请把这一切都叫作明天：
胜利、意志、摇篮和
——我们的船！

原载《诗刊》1982 年第 2 期

黄河岸边的钻塔群

李小雨

前线，五号桩

向前五公里，是蓝，
向后五公里，是黄，
在黄河与渤海的进退中，
一支铅笔，圈出了五号桩。

因此，这里既单纯又浑厚，
太阳让盐和芦苇同时生长，
好像这个世界刚刚诞生，
只有很硬的风诉说着空旷。

拉开散兵线——出发！
我们的五台钻机，
五台斜挎粮袋和铝盔的钻机

在旋转的风沙下，
用发烫的刹把一尺尺地测量，
测量通往原油和胜利的道路，
有多么艰难，多么漫长……

“今日进尺——三千米”！
这数字轰隆隆地在电话线中流淌，
五张捷报，从钻台同时飘落，
雪和海鸥，飞上指挥所的矮墙。

杯子里的水慢慢沉淀了，
沉淀出一层浑浊的黄，
就像那些难忘的日子，
留下的闪光。
那些平常的人们，
那些深井和超深井的指挥和钻工们，
从五条小路赶来，
抖一抖肩上的风霜，
说：和祁连风沙相比，
和我们走过的路相比，
它是一杯糖。

明天，也许由于黄河的淤积，
海将渐渐逃遁，
那么，就让镶嵌在泥洼地里的
贝壳和海鸟的爪印，
指示我们走过的道路吧——
在钻杆和钻杆之间，

只有一个方向：
前线，五号桩！

昨天晚上，零点整

昨天晚上，零点整，
有十个年轻人，
我的十个弟弟，
十个柔软头发的钻工，
冒着大风雨走了
到狂风吹动大绳的井场，
到结了冰的黑夜中去了，
在来不及想什么的
零点整。

这个时刻，和以前的、以后的
许多许多这个时刻，
组成了十八岁的生命。

夜班，夜班，又一个夜班，
石头都困乏得蒙眬。
只有冻僵的手指，单调的机声，
和远离世界的大风。
零点整，
前一分钟是昨天，
后一分钟是明天，
像两支永远叠起的时针，
重复着，宿舍和油井。

一切都多么遥远呵！
那些电视频道上五彩缤纷的生活，
那些书本上缠绵不断的爱情……
这里唯一的色彩，
是钻工们的汗水和梦。
失眠的黄河水不停地激荡，
呵，心呵，心呵，
真叫人不能安静！
这涛声是多么荒凉，
在没有一丛树的碱滩上，
只留下无处隐藏的苦闷！
呵，你理解吗？
在这样的年龄！

在这样的年龄
即使勇士，也有着丰富的泪水，
当然更有着比泪水还烫的感情！
当他们的头沉重地垂落，
那一小片贫瘠的土地，
那一小片承载他们双脚的土地，
那一小片只长着瘦弱茅草的祖国的土地，
却第一次让他们感到
原油的重量，
是这样这样的沉……

——呵，妈妈，我不是一个逃兵！

于是，零点整，

当他们登上钻台，紧握刹把时，
我便知道，这就是中国，
在昨天和明天之间行进！

在昨天和明天之间行进……
脚步声，像黄河船夫的号子
又一次风暴般地响起，
那寒夜，那湿透的衣服，紧闭的嘴唇，
便化作历史巨大的欢乐和苦痛！
中国，正走向黎明……

在今天和明天之间行进……
他们走着，打一个呼哨，
野兔奔跑，海鸟飞腾，
血液，在充满活力的心脏和钻塔中流动。
空虚和狂热的幻想已不再出现，
用额上的汗装扮祖国吧，
让所有这样的时刻，
这样的夜班，
都给青春带来财富，
不是消失，而是永恒。

昨天晚上，零点整，
我的十个弟弟，
十双真诚的、孩子似的眼睛，
从喷涌的泥浆下
勇敢地望着我，
这十双眼睛在说：

祖国，看我们生长得
多么美丽，多么英勇！
让那些晚会、足球赛和歌舞，
让那些在我们生命里
既遥远又相近的一切，
轻轻留在枕上吧，
出发的时候，
他们没忘了带上门……

空旷的荒滩上，留下了
一条咸味的小路，扬着海风，
昨天晚上，零点整。

女孩子，油工衣和毛线团

每天早晨，
是她们手里的毛线团，
把我搔醒。
那毛茸茸的
有温热体温和感情的
毛线团。
它滚出好远，仿佛
一下子撞得满天通红。
太阳，也化作一个红绒球，
在她们怀里滚动。
樱桃花，波浪花，柳叶花，
一切春天的花都开在
这不开花的盐碱滩中。

长长的毛线调皮地抖动，
我真想扯着它，
一直走进她们的眼睛。
我看见：
井架、沉重的钢铁、坚硬的冰。
在洗脸水都定量的荒滩上，
她们穿着粗糙的工衣，
戴着潮湿的手套，
去推动柴油机和泥浆泵，
那些灰色和黄色的
油污和泥浆的花，
便开在蓝工装的前胸……

呵，花呵，花呵，
你生长在什么样的土地中：

十八岁
是开花的年龄。
她们欢笑着跑来，
自信而激动——
生活，该从彩色开始，
无论井架，无论泥沙，
无论褪色的工棚……
于是，一个蹦蹦跳跳的毛线团
从几百里路外母亲的心上，
扯出了一条弯弯曲曲的
粗粗细细的小径，

它缠着沙柳的影子，
迎着旷野的风，
在渺无人烟的荒滩上，
在稀疏的芦苇间，
绕着井架滚动，
它跑着，闪着耀眼的光芒，
摇一串热情的铃……

呵，毛线团，它把
这个世界装扮得多么美丽呵？
荒滩上仿佛出现了
变幻着五彩光芒的石油河，蓝工衣，
连同散着香味的小小的油迹和补丁！
像花朵一样灿烂，
像大海一样柔情……
这在我们心中成长起来的一切呵，
劳动，是多么值得依恋和珍重！
于是，在高大的钻塔下，
在飘着炊烟的工棚前，
一个女孩子，
一点滴溜溜旋转的红，
便跃出了荒滩的全部的生动！
祖国呵，你就是这样，
从钢铁和毛线开始，
坚实地，温柔地，
走进她们心中。
八点班，四点班，零点班，

当她们接连穿上油渍的工衣
巡回在井场时，
我便知道了，
她们会以多么庄严的美丽，
度过她们的一生……

天上的云朵洁白又轻盈，
我们都是在这些云朵下生长的女儿呵！
让我们用彩色的毛线，
把大地缠绕起来吧，
创造，是多么深刻，又多么单纯！
我真希望每天早晨，
你们都用笑声
敲我的小窗，
然后又用毛线团，
把我搔醒，
轻轻地告诉我许多事情，
许多许多，关于
姑娘们自己的事情……

我们石油河的指挥们

无数个电话，无数份汇报，无数项合同，
组成了宽大的办公桌。
我们石油河的指挥，
喜欢这有秩序的混乱。

争论、倾听、分析、命令，

一切都不像他在休息十分钟
稍微放松自己时吟出的诗句，
那样轻松。

这个家当太大了，
几十万颗心，几千米深地层，
还有共产党员的责任感，
和国家的命运。

因此，他制定部署，他要冲锋，
这一场搏斗从玉门直到大庆
指标、速度……也许并不单是产量，
还有企业管理和婴儿的哭声。

那些以往的经验和教训，
那些从历史风雨中带来的泥泞，
那些寒冷的日子……正在渐渐退去，
像窗帘投下的一条影子，躺在公文堆中。

超越这些障碍，清理它们，
并和现代化签订一份合同，
也许这样做要付出更大的努力，
他却仍在希望下签署了自己的姓名。

这时，他凝望着墙上的地图，
喝一口茶，像将军盯着进军的士兵，
那一座座钻塔，是一支支步枪，是生命，

将军微笑了，他感到疲乏又轻松。

片刻的宁静。一缕香烟
融进窗外深邃的天空。
还能再发起一次冲锋吧？他不由得想，
转身拿起红铅笔，推开药瓶……

原载《青春》1982 年第 11 期

现代化和我们自己
——写给和我一样对“四化”无知的人们

张学梦

一

当然不能说
苦恼是欢乐的孪生兄弟。
可是，就在我们给现代化建设剪彩的最欢乐的时刻，
苦恼也悄悄地占据了
我心房的一隅。
望着
我们宏伟的目标，
我突然感到
精神的苍白、
肺腑的空虚。
仿佛我是腰佩青铜剑的战士，

瞅着春笋似的导弹发呆；
仿佛我是刚刚脱掉尾巴的
森林古猿，
茫然无知地
翻看着四化的图集。
我苦恼
知识库房的
贫困，
脑海里
那几毫升文化之水，
已经濡不湿龟裂斑斑的
干涸基底。
“什么是现代化？
你能为她干些什么？
你掌握着哪一种科学武器？……”
难道能这样的响亮回答——
“我无知。”
相信吧
这是一条生硬的淘汰法则，
相信吧
这是一条无情的进化规律：
跟上队伍的
一同前进，
掉队的
终被丢弃。
怎能设想
叫奔驰的时代列车
停下来，

再等你
半个世纪？！
问题是尖锐的，
谁也不能回避！
那么，思考这个问题吧，
现代化和我们自己。

二

党的十一届三中全会公报
响起新颖的汽笛，
她像历史唯物主义的新篇
豁然把我启迪：
过去的
已经刻写在
纪念碑上，
辩证法
很自然地
淘汰着过去。
向前看吧！
重要的永远是现实和未来，
任何东西都会陈旧的——
知识、经验、生命、荣誉……
为了获得永不衰竭的力量，
必须不断地把新的营养汲取。
我读着公报，
看见一扇布满铆钉的大门
吱吜吜打开，
灿然展现出

四化远景的壮丽；
看见公报上的铅字
突然向我飞来，
飞来一片陨石雨般的问题：
“你将怎样去实现新时期总任务？
你用什么去推动社会生产力？
思想的银燕有没有从额顶起飞？
臂上小生产的胎迹有没有擦去？
你能看懂四个现代化的蓝图吗？
哪些科学家头像是时代的标记？
你认识电子、核糖核酸和数吗？
你掌握哪些先进的生产技艺？
你能飞跃吗？
一秒钟几公里？
你懂得几种语言？
能驾驭哪些客观规律？
……
只有革命的热情？
只有发达的肱二头肌？
已经不够了！很不够了呀……”
是的，我知道！
请放心吧，我不畏惧
这些陌生的课题，
现代化建设需要的新知识，
我决心去获取！
为了不成为永久的傻瓜，
为了能担起历史责任，
我——

学习。

三

一间破旧简陋的小屋
冒着沥青的有毒烟气，
这里埋藏着
科学的双星——
居里夫人和居里。
他们在干些什么？
不知疲倦地搅拌着
矿渣，
像一对
古罗马的奴隶。
你知道吗？
那把打开原子时代大门的钥匙
就是从那几十吨矿渣
和他们的心血中
提取。
怎能不赞美
那水晶一样透彻的心灵？
那创造性的艰苦劳动？
那锲而不舍的毅力？
同志，当你需要一个科学的灯塔、
当你需要榜样的时候，
我建议
向居里夫妇
学习！
不学无术不过是清醒的白痴，

炫耀愚昧粗野早该受到鄙夷，
浮到现代科学文化的水平线上来吧，
别像沙蚕似的匍匐海底。
祖国的四个现代化刚刚起步，
愿我们都能和她并驾齐驱。
人的现代化容易吗?
这可不能比作
换换帽子或衬衣，
哲学上
这是个痛苦的扬弃过程，
如同一只第四纪的猴子
艰难地攀缘着
一道道进化的阶梯。
但是，
和我一样吧，
满怀信心地跨上
新的征途，
不承认自己
是根朽木，
或是一只
不能摆脱介壳的牡蛎。
投入四化的熔炉
任其冶炼，
躺在铁砧上
接受锤击。
我们可以造就!
只要实践那句能动的格言：
学习、学习、再学习。

当然，不是唱一阵高调了事，
不是镀层金镍之类闪光的东西；
要像居里夫妇！像镭！
而不要还是——
精美包装过的——
垃圾！

四

也许，我说得
过分严重了，
你看，我们的日常生活
不是更加平和安谧？！
确实，这个转变
既不像一块大陆的沉没，
也不像一条山系的隆起。
但是，我却感触到
这场静悄悄的革命
是多么深刻、
严厉。
我知道，我还必须
用几箱子药皂
把装心思的地方
彻底洗一洗；
铲除阴暗处的苔藓
和洪泛过后
沉淀的污泥。
像消灭霍乱杆菌
和梅毒螺旋体那样，

消灭
封建的、资产阶级的
低下心术，
用红色的三中全会公报
把全身的血液
重新过滤。
必须这样。
站在同志们中间
心灵不但充实活跃，
而且洋溢着
共产主义道德的纯正气息。
我知道，私生活
并不是个人的珊瑚礁。
像金属晶格似的
一幢幢宿舍大楼的
每个房间，
都上演着时代的戏剧。
家庭
这个摆着双人床、
小书架和碗橱的地方，
这里
你作为丈夫妻子、
父母和儿女，
不是中国式的山寨主，
不是小恺撒、伊凡雷帝。
尽情地爱吧，
像马克思燕妮那样
真挚而热烈，

为什么不可以倾诉缠绵的心曲？
为什么不可以欣赏盛开的雏菊？
四个现代化
不要求我们变成
冰冷的“机器人”，
相反，
她将使我们的情感
更加丰富而细腻。
努力使自己现代化吧！
难道这不是一个
烧着了眉毛的问题？
在二〇〇〇年的门栏上
挂着这样一块木牌：
“愚昧无知的人勿进！”
是真的！是真的！！
学习吧！！！
现代化的人们哪，
我赞美你。

1978年12月30日

原载《诗刊》1979年第5期

初探腾格里

师日新

沙梁，筑起了高耸的城郭，
沙垛，铸成了古铜色的大锁，
骆驼草墩如同生锈的铁链，
环环相扣，锁住了腾格里荒漠，
风刀挖掘的纵横壕沟啊，
仿佛条条干涸了的护城河。
烟柱在晴空上书写：千年禁区，
昏鸦在枯枝上哀叫：独立王国。

喂！腾格里！你不要那样孤傲、冷漠，
请看我们肩头上扛的是什么——
一块嵌刻着“戈壁地质队”的木牌，
这宽阔的“桥板”，要跨越历史的沟壑。
进来的是勘测仪器，塔式钻机，
要运出稀有矿石，累累硕果。

因此，我们才把你的名字改为“金城”，
用烟囱的手臂举起来，光照星月。

1980 年 7 月 22 日草于腾格里边缘
1981 年 10 月 29 日改于兰州

原载《诗刊》1982 年第 2 期

帐篷前，有一丛马兰

师日新

左边，是黑褐色低矮的山峦，
——仿佛烧得正旺的堆堆焦炭；
右边，是无垠大漠扇起的风尘，
——恰似一股股冲天的黄烟！

我们勘探队的几顶帐篷呵，
就扎在这个避风港似的山环！
这里没有一株树，一棵草，
连最耐渴的黄羊也不敢停站！

我们班长，一个憨厚的青年，
却在帐篷前栽了一丛马兰！
他每天在上工之前，收工以后，
都用从远处背来的清水把它浇灌！

一个月……三个月……整整半年，
马兰开了花，撑着一篷篷小伞！
于是，在这浩瀚的沙漠边缘，
有了从来不曾有过的春天！

从它，我才恍然大悟，突然发现：
马兰多像不畏艰苦的勘探队员——
默默无闻，身上却散发着清香，
埋头苦干，意志如同马兰般柔韧、挺坚！

有人说我的话只讲对了一半，
另一半是藏在他心中的夙愿：
“明天，这里将建起新的矿区，
栽马兰处，就是街心花园……”

写于 1981 年 4 月 1 日

原载师日新《望春柳》，甘肃人民出版社，1986 年 8 月版

风暴过去之后

——纪念“渤海2号”钻井船遇难的七十二名同志

舒 婷

一

在渤海湾
铅云低垂着挽联的地方
有我七十二名兄弟

在春天每年必经的路上
波涛和残冬合谋
阻断了七十二个人的呼吸

二

七十二双灼热的视线
没能把太阳

从水平线上举起
七十二对钢缆般的臂膀
也没能加固
一小片覆没的陆地
他们像锚一样沉落了
暴风雪
暂时取得了胜利

三

七十二名儿子
使他们父亲的晚年黯淡
七十二名父亲
成为小儿子们遥远的记忆

站在岸上远眺的人
终于忧伤地垂下了头
像一个个粗大的问号
矗在港口，写在黄昏
填进未来的航海日记

希望的桅杆上
下了半旗

四

台风早早已经登陆
可是，七十二个人被淹灭的呼吁
在铅字之间
曲曲折折地穿行

终于通过麦克风
撞响了正义的回音壁

盛夏时分
千百万颗心
骤然感到寒意

五

不，我不是即兴创作
一个古罗马的悲剧
我请求人们和我一道深思
我爷爷的身价
曾是地主家的二升小米
父亲为了一个大写的“人”字
用胸膛堵住了敌人的火力
难道我仅比爷爷幸运些
值两个铆钉，一架机器

六

谁说生命是一片树叶
凋谢了，树林依然充满生机
谁说生命是一朵浪花
消失了，大海照样奔流不息
谁说英雄已被追认
死亡可以被忘记
谁说人类现代化的未来
必须以生命做这样血淋淋的祭礼

七

我希望，汽笛召唤我时
妈妈不必为我牵挂忧虑
我希望，我受到的待遇
不要使孩子的心灵畸曲
我希望，我活着并且劳动
为了别人也为了自己
我希望，若是我死了
再不会有人的良心为之战栗
最后我衷心地希望
未来的诗人们
不再有这种无力的愤怒
当七十二双
长满海藻和红珊瑚的眼睛
紧紧盯住你的笔

原载《诗探索》1981年第1期

流水线

舒　婷

在时间的流水线里
夜晚与夜晚紧紧相挨
我们从工厂的流水线撤下
又以流水线的队伍回家来
在我们的头顶
星星的流水线拉过天穹
在我们身旁
小树站在流水线上发呆

星星一定疲倦了
几千年过去
它们的旅行从不更改
小树都病了
烟尘和单调使它们

失去了线条和色彩
一切我都感觉到了
凭着一种共同的节拍

但是奇怪
我唯独不能
感觉到自己的存在
好像群星与丛树
或者由于习惯
或者由于悲哀
对本身已成的定局
再没有力量关怀

原载《莽原》1981年第1期

我是矿工，我歌唱阳光

周志友

我是矿工
我歌唱阳光

黎明时分
我结束了紧张而又辛苦的工作
从井下乘罐笼升到地面
当第一缕柔和的阳光照到我身上时
我的心里有说不出的欢畅

我没有一点倦意
我不愿马上就去沐浴
阳光下，我久久地承受着阳光的爱抚

再翻过一张日历
就是 1 号了

明天，我将在黎明时分走向地心深处
晚霞烧红的时候才升回地面
沐浴之后，迎接我的
将是满天灿烂的星斗了
我将这样日复一日地工作
在地球平常地围绕太阳旋转一周的三百六十五天中
失去一百二十天阳光的照耀
一生中，一个不算少的三分之一

阳光，是温暖，是光明
生活里不能没有阳光
没有阳光
就没有早晨和黄昏
没有阳光
就没有鲜花和色彩
没有阳光
就没有爱情和生命

我深深地热爱阳光
特别是在长久的阴雨之后
当千万缕阳光从云缝里射出时
我长久地等待着的心
终于又重新充满光芒和激动
我又挽着未婚妻的手
走向田野，走向蓝天
走向阳光之下新的幸福

但我，一个年轻的煤矿工人

比起来，毕竟是少了三分之一的阳光
比起我做农民的祖父
我没有黝黑的肤色
比起我做炉前工的父亲
我没有紫红的胸膛
但我常常自慰
我有和他们一样健壮的肌肉
有和他们一样对阳光的深情

我不愿乘坐拥挤的班车去上班
而愿愉快地步行在阳光下
我甚至不愿走在林荫之中
而愿让骄阳把皮肤晒得发痛

每天，我都想在阳台上
让阳光温柔地抚摸我的胸膛
我想陶醉在阳光下
在一个短短的暖洋洋的梦里
捧一缕阳光
久久地亲吻
久久地亲吻

但是，我不能这样
我室内三人合用的小桌上还摆着我的
一个未解开的方程式
我还要去继续背诵
英语第二十课中的单词
为了煤矿的现代化

为了改变我现在的劳动方式
为了让我每天都能得到我应得到的阳光
我必须刻苦学习
任阳光从我窗前缓缓离去

太阳系中接近太阳的第三颗行星
到处都充满灿烂的阳光
阳光，也许地球上的任何人都会觉得平常
但对一个矿工
我，却深深懂得三分之一的宝贵
因此，我百倍珍惜每一缕阳光
格外珍惜我的青春
珍惜转瞬即逝的每一秒钟

我采出的煤
储满一个又一个煤仓
每当我在胜利的喜悦中陶醉时
我就想
如果阳光也可以储存
那我将是世界上最富有的人之一
那时，我可以用阳光
去换取世界上任何宝贵的东西
如果说这只是幻想
那么幻想也可以
使人振奋
使人自豪
使人视艰苦为欢乐

太阳，在我肩头慢慢地升高
发出越来越强烈的光

我就要撕去31号的那张日历
我充满信心地去迎接明天
我久久地站在广阔的地平线上
我的脸被映得通红通红
我的血滚烫滚烫

1981年3月25日至31日，淮北煤城

原载《诗刊》1981年第10期

圆圈和三角的进行曲

——写在自行车厂

邓海南

无数个闪着白光的圆圈叠在一起。
无数个乌黑发亮的三角叠在一起。

两台机器里夹持着带钢，
像两只娴熟的手握着蜡笔，
一个画着圆圈，
一个画着三角，
——两条川流不息的河，
在装配线上汇流在一起。
三角形的稳定，
圆形的滚动，
在这儿和谐地合为一体，
每一个三角和两个圆圈，

将配成一架现代中国人的坐骑。

坐垫上将坐着一个快乐的生命，
车轮将画出他生活的轨迹。
地面的银河里，
将增加一颗叮当作响的行星；
祖国的动脉中，
将多出一个加速流动的血滴！

步行，太慢；公交车，太挤，
多少人正把自行车期冀——
这圆圈和三角的奇妙组合，
竟是如此地适合于中国的土地。

人人都向往着一个繁荣的时代，
却常常忘了，繁荣需要速度和效率
——这是一条
已被别人用流线型证实了的，
并由我们
在用圆圈和三角证实着的定理！

原载《诗探索》1981 年第 3 期

机器与雕像

——记柴油厂一位工程师的话

邓海南

“柴油机，像……大卫雕像？”
对，这比喻绝不荒唐。
在去年的健美比赛中，
它荣膺了金质奖章[①]。

请不要拘泥于外表的差异，
重要的是内在形象，
这难道不像大卫吗？——
充盈着年轻的、男性的、奋发的力量！
那块大理石上，

① 常州柴油机厂产的 S195 型柴油机在去年的全国工业产品质量评比中获国务院颁发的金质奖章。

倾注着米开朗琪罗的感情；
我们则把激情和雄心，
倾注于铜，倾注于铁，更多的倾注于钢！
它那每一块金属的肌肉，
都凝聚和爆发着我们的思想。
我觉得滤清器是它喘息着的肺叶，
气缸是它搏动着的心脏，
柴油是在动脉里涨着潮的热血，
正是它产生了动的力量。
而疾转的皮带，飞旋的曲轴，
则是它的抛石器和强有力的臂膀！

工业——艺术，
人类智慧的一对羽翼；
机器——雕像，
在这里成为很自然的联想。
文艺复兴，工业革命，
为什么只发生于欧罗巴的土地？
中华啊中华，
我多么渴望你展翅飞翔！

原载邓海南《机器与雕像》，上海文艺出版社，1985 年 4 月版

眼　睛

——照相机厂情思

邓海南

一次次研磨，一次次抛光，
像珍珠在母贝中艰难地生长；
终于，一只只晶莹的眼睛诞生了，
像研磨女工的眼睛，深邃而明亮。

这孩子般向世界大睁着的明眸，
被细心地镶嵌于照相机的眼眶，
它的目光单纯而真率，
坦诚地摄取一切，没有丝毫隐藏。

姑娘的明眸是心灵的窗户，
窗外景物，都在心底留下清晰的印象；
玻璃镜头，也像她富有感情的眼睛，

底片上记录着它的喜怒哀伤。

当快门闪动时，
世界被它收入瞳孔；
就在这短短的瞬间，
它向世界流露出那么多希望——

希望不再看到简陋的棚户，
希望不再瞥见乞丐流浪，
希望城市变得整洁，污水变成清流，
希望满眼都是鲜花、笑脸和阳光……

朋友，当你在衬景上站好了位置，
快门轻响时，请不要遗忘——
和镜头一同注视着你的，
还有一双充满着希望的目光！

原载邓海南《机器与雕像》，上海文艺出版社，1985 年 4 月版

工号 3001

王小龙

那时我个子矮
为这，我从来没骄傲过
中学毕业了
我们已经学会站队
进厂报到的那天，我
还是最后的一个
我才遇到了它
——工号 3001
读上五十八遍
也不明白它意味着什么
那时我太年轻
每一阵风都在嘲笑我
也许这数字代表很多很多
也许……我只是多余的一个
渐渐地，它和日期一起旧了

工作服也旧了，还是太大
难看地拖着，拖着
可是我像他们一样
绷着脸干活，吆喝
满不在乎地吐出变幻的烟圈
为什么还笑我
笑我不长个
也许是遗传决定的，妈妈
也许因为这该死的数字
——工号 3001
它像神话里的一句咒语
像断裂的一截音符
古怪得不可捉摸
我听到了它，遥远的
一串信号，像一群人的呼唤
原来它一直在寻找，寻找
五年了，我离开那个地方
高高的厂房群下
有一间小屋
水渍画出马和海岸的天花板下
我读着第一首小诗
他们听着，莫名其妙地点着头
我扔得远远的一个核桃
在空地上
长成一棵树，矮矮的
我一个一个地想起很多人
他们还在那里
干活，吆喝，抽着烟聊天

他们笑过我
他们爱过我
这就是说，我
曾是他们中的一个
——工号 3001

1981 年

原载《诗潮》2017 年第 11 期

第五十七个黎明

赵　恺

一位母亲加上一辆婴儿车，
组成一个前进的家庭。
前进在汽车的河流，
前进在高楼的森林，
前进在第五十六天产假之后的，
第五十七个黎明。

五十七，
一个平凡的两位数字，
难道能计算出什么色彩和感情？
对医生，它可能是第五十七次手术，
对作家，它可能是第五十七部作品；
可能是第五十七块金牌，
可能是第五十七件发明。
可是，对于我们的诗歌，

它却是一片带泪的离情：
一位海员度完全年的假期，
第五十七天，
在风雪中启碇。

留下了什么呢？
给纺织女工留下一辆婴儿车和一车希望，
给孩子留下一个沉甸甸的姓名。
给北京留下的是对生活的思索，
年轻的母亲思索着向自己的工厂默默前行：

“锚锚”：多么独特的命名，
连孩子都带着海的音韵。
你把铁锚留在我身边，
可怎么停靠那艘国际远洋货轮？
难道船舶，
也是你永不停泊的爱情？
但愿爱情能把世界缩小，
缩小到就像眼前的情景：
走进建外大街，
穿过使馆群。
身边就是朝鲜，接着又是日本，
再往前：智利、巴西、阿根廷……
但愿一条街就是一个世界，
但愿国际海员天天回家探亲，
但愿所有的婴儿车都拆掉车轮，
纵使再装上，
也只是为了在花丛草地间穿行。

可是，生活总是这样：
少了点温馨，
多了点严峻。
许多温暖的家庭计划，
竟然得在风雪大道上制定：
别忘了路过东单副食商店，
买上三颗白菜、两瓶炼乳、一袋味精。
别忘了中午三十分钟吃饭，
得挤出十分跑趟邮电亭：
下个季度的《英语学习》，
还得趁早续订。
别忘了我们海员的叮咛：
物质使人温饱，
精神使人坚定……

这就是北京的女工：
在前进中盘算，
盘算着如何前进。
劳累吗？劳累；
艰辛吗？艰辛。
温饱而又艰辛，
劳累而又坚定：
这就是今日世界上，
一个中国工人的家庭。

不是吗？放下婴儿车，
就要推起纱锭。

一天三十里路程，
一年，就是一次环球旅行。

环球旅行，
但不是那么闪烁动听。
不是喷气客机，
不是卧铺水汀。
它是一次只要你目睹三分钟，
就会牢记一辈子的悲壮进军：
一双女工的脚板，
一车沉重的纱锭，
还得加上一册《英语学习》、
三颗白菜、两瓶炼乳、一袋味精。
青春在尘絮中跋涉，
信念在噪音中前行。
漫长的人生旅途上，
只有五十六天，
是属于女工的
一次庄严而痛苦的安宁。
今天，又来了：
从一张产床上走来两个生命。
茫茫风雪，
把母亲变成了雪人，
把婴儿车变成了雪岭。
一个思索的雪人，
一座安睡的雪岭。
雪人推着雪岭，
在暴风雪中奋力前行。

路口。路口。路口。
绿灯。绿灯。绿灯。
绿色本身就是生命，
生命和生命遥相呼应。
母亲穿过天安门广场，
长安街停下一条轿车的长龙：
一边是“红旗”“上海”“大桥”“北京”，
一边是“丰田”“福特”“奔驰”“三菱”……
在一支国际规模的“仪仗队”前，
我们的婴儿车庄严行进。
轮声辚辚，
威震天庭。

历史博物馆肃立致敬，
英雄纪念碑肃立致敬，
人民大会堂肃立致敬：
旋转的婴儿车轮，
就是中华民族的魂灵！

1980年岁末·风雪中的北京小关

原载《诗刊》1981年第3期

锻工房

于　坚

锻工是男子汉的工种
男子汉都像这些锻工

锻工房的门是全厂最黑的门
锻工是全厂最下贱的工种
有些年头
锻工房是工厂的流放地
只有天不怕地不怕的好汉
才被发配到这里

钢，当作泥巴捏
火，当作风景看
干活，一段少林拳
下班穿过城市
一块黑煤炭

弱不禁风的年代
才瞧不起这个工种
而一九一七年
这些铁匠
是列宁旗下的一个班

原载《诗刊》1983 年第 10 期

罗家生

于　坚

他天天骑一辆旧“兰陵”
在烟囱冒烟的时候
来上班
驶过办公楼
驶过加工车间
驶过仓库的围墙
走进那间木板搭成的小屋

工人们站在车间门口
看到他　就说
罗家生来了

谁也不知道他是谁
谁也没问过他是谁
全厂都叫他罗家生

工人常常去敲他的小屋
找他修电表　修手表
找他修收音机
文化大革命
他被赶出厂
在他的箱子里
搜出一条领带

他再来上班的时候
还是骑那辆“兰陵”
罗家生
悄悄地结了婚
一个人也没有请
四十二岁
当了父亲

就在这一年
他死了
电炉把他的头
炸开了一大条口
真可怕

埋他的那天
他老婆没有来
几个工人把他抬到山上
他们说　他个头小
抬着不重

从前他修的表
比新的还好

烟囱冒烟了
工人们站在车间门口
罗家生
没有来上班

原载《诗刊》1986 年第 11 期

北郊工厂的女王

于　坚

北郊厂有许多漂亮的小伙子许多鹰眼都记得你
记得一个穿工装的姑娘扎黄蝴蝶骑小红车
你在黎明驶进上班的人流时世界突然安静了
你打铃铛像一只美丽的麂子穿过宽肩膀的峡谷
许多胡子脸都烧透了像一颗颗在雾中上升的红太阳
天天那些小伙子都找呀找呀慢慢骑在车上前瞻后顾
大家心照不宣你上白班他们也要求上白班了
许多传说从十八岁就缠着你许多美丽的传说
说你收到许多许多红信封有一回手都被烫煳了
说你很高傲臭美说你发誓决不嫁给当工人的
说有一天你和一个大兵咔咔咔咔在南屏街上走
为了这个传说有许多大兵莫名其妙吃了小伙子的苦头
又传说是市长的儿子招来许多叹息诅咒羡慕忌妒
据说有一个弹吉他的铁匠为你自杀了又说是疯掉了
这些天北郊厂的小伙子们吐出的烟比大烟囱还浓

又传说你上夜大了学英语夜大的名额一下招满了
很多年很多年你是那条路上的希望是人海中的一线阳光
很多年很多年许多胸膛敞开着巴望太阳在那里升起
终于有一天你结婚了嫁给煤机厂的一个木工
小伙子很平常很普通好像你个子还比他高一点
你们车并车穿过那宽肩膀的峡谷
那峡谷于是有点辛酸有点后悔又有点高兴
高兴你找了一个和他们一样宽肩膀的小伙子
高兴你多美丽多美丽的女王呀嫁给了我们工人
于是有许多自信在你们身后升起来升起来
于是许多小伙子发誓要找一个你这样的姑娘
你当母亲了你的小女孩是一只红蝴蝶
一只红蝴蝶一朵白茶花一棵橡树你们一家子上班下班
当你们穿过峡谷胡子脸们仍旧脸红心跳
他们望见你心就跳得像锻工房的大汽锤

1983年

原载《大西南文学》1988年第4期

献给一个退休的锻工

于　坚

I

高黎贡山中来的黑小伙子
养着一盆水仙是电影院的常客
星期天喜欢擦猎枪擦得比光还亮
很多年了那股豹子味老是擦不掉
他出生于高黎贡山上的一块岩石
钢却教他丁丁当当地说话
他和大汽锤才见面的日子是敌人
它很硬　是用优质钢铸造的
他也很硬　肌肉撞得出火星
后来他胜了　玩得好了　自在了
就像他少年时代玩猎枪一发两中
全寨子的大人都嫉妒这男孩
有人说这小伙子苦憨了

居然喜欢找不着媳妇的工种
但锻工们喜欢他亲热地喊他的绰号
常常请他喝白酒抽好烟

Ⅱ

他才进城时还觉得大都市有点世故
打着铁他还想着故乡呢
想那些树叶子想那些火塘想那些老鹰
但后来他喜欢这高个子的大城市了
他竟从高楼大厦中看出他故乡的峡谷
从那些飞驰的自行车中看见成群的麂子
他竟从那些青沉沉的钢件堆里
感受到他从前在十月那季节里的心境
他甚至说他的伙伴们像山猫像狼像野猪
说得锻工们哈哈大笑
有一回他告诉他从故乡来的兄弟
无论在什么地方只要老实
活得像老家的大怒江那样
就会有人尊敬你对你好

Ⅲ

这个小伙子不英俊也不丑陋整天笑呵呵
（世界上多的是这种男人　多的是）
他走在大街上平凡得像山上的一棵草
他走在大街上没有一个姑娘会看他一眼
谁也想不到这个工人还是一个男低音
他只是在锻工群中才小有名气才是主角
休息时他们一窝地蹲在焦炭堆上

他的山歌唱得那么好那么有感情
几十双翻毛皮鞋为他打着拍子
未婚的女青工躲在工具箱后面屏息地听
回宿舍后一夜都梦见自己变成小船了
当妈妈的也来听开始还敢看他的眼睛
后来她的眼睛垂下去了心跳着走掉了
但这个小伙子谈恋爱永远拉不出圈门
舌头像铁一样重脸像铁皮一烧就红
很多年介绍了很多个他还是单身汉
三十岁结婚时全车间都来喝喜酒
他很爱他媳妇晚上很少出去串门了
她也依恋他说是和他在一起有安全感
她的声音有点像他故乡的一种雀
一种红翅膀的雀喜欢在松树上做窝

Ⅳ

他曾经有过那么值得自豪的年代
钟响八点烟囱冒烟太阳把一万块玻璃擦亮
吃过早点夹着饭盒走在有铁锈味的弟兄们中间
炉火红汽锤吼背心湿中午蹲在食堂门口聊天
日子就这么悄悄地流走了
流走了就像他故乡的那条小河
没有记日记没有戴红花没有上光荣榜
这个高黎贡山中来的黑小伙子
头发白了白得像他那身劳动布工装
他天天抽着水烟蹲在厂门口像一尊门神
他望着汽车进进出出望着工人上班下班
有人以为这老头子是孤独得有点疯了

其实他孤独什么呢他锻出过那么多好钢
那么多比他高大比他英俊比他结实比他命长的好钢
有那么多创造世界的汉子朝他点头朝他微笑喊他师傅
他只是喜欢厂门口这片运动的风景
喜欢听那边远远地传来的钢的音乐
他只是喜欢蹲在这里就像他爷爷
从前天天领着他蹲在故乡的土坯墙边
看看从黄昏中归来的牛羊
听听在黎明中走远的山歌

1984年

原载《边疆文艺》1984年第12期

她　们

筱　敏

连路灯也困倦了，
明明灭灭地耷拉着眼睛。
布满砖坯和土坷垃的路上，
走来了上夜班的她们。
刚刚把嘬着手指头的孩子
放进托婴室的摇床；
刚刚嘟着嘴换上厚实实的工装
叠起了轻盈的连衣裙；
刚刚蒸熟了明天一家五口的
馒头和韭菜包子；
刚刚离开老人的病床，匆匆忙忙
点了一下点不清的粮油票证……
一切都睡着了，睡着了，
她们揉着眼睛走到一起，
抱怨着也不给她们唱个歌儿的晚风。

连晚风也睡着了，
只剩下几颗已经疲劳的星星。
由脚印铺平的道路上，
走来了上夜班的她们。
刚刚在剧场里恋恋不舍地
告别了飞翔的白天鹅：
刚刚伏在中学生的课桌上
解出了几道二次方程；
刚刚把儿子的毕业证书
锁进新打的五斗橱里；
刚刚在凉沁沁的台阶上红着脸儿
回答了那个怪神秘又怪恼人的问询
……
一切都沉寂了，沉寂了，
她们嘻嘻哈哈地走到一起，
开始了今天和明天交接的行程。

我是她们当中
那个总相信人会飞的卷发姑娘。
我是她们当中
那个会讲小人鱼故事的母亲。
我是她们当中那盏
总也抓不住，总也吹不灭的神灯。
我是那只守候在夜路上
只有她们才能看见的夜莺。
我的歌都是为她们唱的呵，

我的诗全都是、全都是
写给
她们。

1982年8月

原载筱敏《米花色》，花城出版社，1983年9月版

国庆，我们在地心

李松涛

我们下井，坐上飞驰的人车，
沉入地心：煤香扑面，大巷闪过。
今天，是国庆，是母亲的诞辰，
夜来，正是万众欢腾的时刻。

母亲呵，昨天你走过了太多的坎坷，
今日，你才有这胜利后太多的欢乐。
地面上、天空中，盛满了欢歌笑语，
我们只好到地下再开辟个庆祝场所。

当井下多了一盏矿灯，
天安门前就又增添了一束焰火。
当地心响起一部马达，
长安街上就又流出一支颂歌。

搅动煤涛的矿灯呵，闪闪烁烁，
带着节日的呼吸、大干的脉搏，
走在大巷道里，是一条明亮的银河，
聚在掌子头上，是一个灿烂的星座。

难道还用七嘴八舌的议论吗，
今天，我们该献上点什么？
对矿工来说，最好的礼物，
无疑是千吨煤炭、万度光热。

泉涌的汗水挽着风钻呼唤：
祖国呀母亲，母亲呵祖国，
您的儿子把煤炮当作礼炮，
向您表示生日的祝贺！

明晨，当阳光泻进沸腾的生活，
日历化作喜报映红彩云万朵。
请看吧！金秋十月，第一天，
祖国万顷煤田上丰硕的收获……

1978年6月，首都

原载《鸭绿江》1978年第10期

矿山，一串崭新的足迹

李松涛

啊！我接过父辈手中陈旧的工具，
却要留下一串崭新的足迹。

——题记

早晨，脚下的路

八十年代，一个普通的早晨，对我，
却是满目生辉的庄严时刻——
第一天进矿，上班，
腋下，夹着沉甸甸的饭盒。
我想向所有相遇的早行者微笑问好，
平均分赠每人一份我心中的快活。
我挺着胸膛，挺着自豪，
我甩动胳膊，甩动欢乐。
这路上，少了一个有胡子的老矿工，

多了一个精壮的小伙，
——老工人是爸爸，他退休了，
——多了的小伙，是他的儿子，是我！
我插在口袋里待业的双手，
终于抽出来，握牢了一个工作，
终于有了在这条熟悉而陌生的路上，
每天一来一往的资格。

是的，对有“门路”的人来说，
我的工作似乎有点“那个”。
我是煤海弄潮人的后代，
我当然懂得——
这条绝对算不得笔直的路上，
还留着老一辈没有走完的坎坷。
我明白血肉与火成岩构成的逻辑，
我清楚汗水与煤炭交织出的法则。
我们这一代的责任，
就是在坚硬的困难中掘进和开拓！
这条路，将在我们的足下，
变得平坦而又宽阔。

这路的那头，拴着一块煤田，
我用智勇做镰，尽情收割——
为驱赶黑暗，我收割光，
为放逐寒冷，我收割热，
为照亮未来，我收割燃料，
为加热希望，我收割烈火。
啊！我的上面，

是巍峨的山，是奔腾的河，
是市声喧沸、车水马龙的城镇，
是田垄簇拥、绿叶环衬的村落，
啊，我头上，顶着我们的时代，
啊，我肩上，扛着我们的生活。
看！这条古老而年轻的路上正旭日喷薄，
彩霞中，走着一个朝气蓬勃的矿工，
——走着我！

晃晃膀子，哈下腰

轰隆一声，地动山摇——
采煤，还是打眼、放炮；
浓烟、煤尘，哗啦，哗啦——
运输，还是镏子、大锹。
太原始啦！钻进掌子，
有一百个理由把上面的时代忘掉。
光阴，在这里仿佛已经锈死，
现代化，还远没有伸来齿轮的触角。
爸爸用的就是这些家什，
他已带着一身疤痕，退休养老。
而今我来接班，
接下的还是这一套。
（没办法！人们是渴望更新的，
谁也不愿把这些东西当“传家宝”。）
我希望未来：我儿子那一代，
必须持着矿业学院毕业的文凭，
才能来矿山的第一线报到。
（是的，现在我还没有对象，
说“儿子”，显然太早。

可我认为：一个负责的长辈，
给后人留什么，应该提前想到。）
啊！那钢筋铁骨的割煤机，
以及操纵室里的指示灯、电脑，
多少次溜进我的被窝，
在梦中，朝我神秘地微笑……

可眼下，应该如何？
——我们必须进行矿工的思考。
感叹？是凉的，没有一点热度，
牢骚？是冷的，永远不能燃烧。
瞭一眼国家的腰包，
当然不忍心再伸手讨要。
怎么办？最现实的，
还是晃晃膀子，哈下腰——
为结束落后带来的困扰，
我们能够画一个烈焰腾腾的句号。
那时，国务院煤炭部的收发室里，
将接到一张真正的喜报……

顶上风钻，干！
方位准确！角度正好！
一路炮声，轰出一条巷道，
一路大锹，铲出个崭新面貌，
去到前方，通知明日，
同昨天，还有今天，——办理接交！

原载《诗刊》1982年第7期

葛洲坝风景

青　勃

葛洲坝

葛洲坝，
你是长江的梳子，
银灰色的梳子！
那船闸的闸墙，
那泄水和排沙的闸口，
都是一组组的梳齿……

葛洲坝，
你是神奇的梳子，
把江水梳得缕缕顺顺！
让泥沙去到大海沉淀，
让急流推动水电站的涡轮，
让静波浮载船只……

葛洲坝，你在梳理
水利资源柔长的发丝。

船闸

是谁搬来了
巍峨的长城？
是谁安上了
六百吨重的闸门？
葛洲坝的船闸，
是攀登天府的水上阶梯。

我在船上，
船在闸区，
满船的眼睛都在注视
江水在徐徐升高，
看电动的巨大拉臂，
把沉重的闸门开启……

万吨客轮是一尾鲤鱼，
跳过了新时代的龙门！

泄水闸

这里有欢乐的鼓声，
这里有叱咤的雷声，
这里有撞在钢筋混凝土上大浪山崩的涛声，
这里有飞溅的浪珠发出的风声、雨声……
这里有江水爆炸的气浪，

这里有大江翻卷的云层，
这里有煮沸的一池紫烟黄雾，
这里有永远不会凝固的波谷浪峰……

在舞踊而又惊悸的浪尖上，
微笑着一环葛洲坝的彩虹。

1982 年 6 月 23 日于葛洲坝

原载《人民日报》1982 年 10 月 1 日

特区一瞥

西　彤

流线型的“的士”[①]来往驰驱，
彩云般的人群川流不息，
招牌，广告似繁星耀眼夺目，
映衬着五光十色的华灯虹霓。

别开生面的旅游中心仪态万千，
美观的服装加工厂标新立异，
新型的飞翔船码头剪彩迎宾，
高档的电子制造业精心设计。

这里的节奏总是那样快速，紧迫，
不管走到哪里都感到充满活力。
仿佛连空气也在蛊惑：竞争！竞争！

---

① TAXI的粤语译音。即出租小汽车。

每一平方米土地都在探索着价值规律。

的确，这里的经济特别活跃——
人才，效率、现代化的经营管理……
一个“特”字包含着复杂深奥的学问，
它将提供我们多少急需思索的课题？！

原载西彤《心灵的彩翼》，花城出版社，1983年9月版

周末舞会

刘　波

守门人艰难地关上了大门
夜晚和一大群没有舞票的青年
还有我们这些维持秩序的团干
被关在外面
——树叶，不满地沙啦沙啦
霓虹灯惆怅的光
洒在我们的眼睛里

仅仅为了一个周末集体舞会
脱去了工装的年轻人
放弃了电视连续剧
放弃了轻松的聚会
甚至暂时放弃了《古代汉语讲义》
——西装、领带
修饰得那样漂亮

而“太小”的大舞厅
却放弃了没有舞票的
……他们

舞厅。明朗的音乐从彩灯里漏出来
流向蓝色的夜天
喧闹突然沉寂了
——那被拒绝的难堪和抱怨呢
沉淀为一片寂静
寂静。这些青年在门外只是
静静地……听
而我们的心像涨潮上的浮标
在突然的沉寂里
起伏
起伏
不安
打湿了我们的眼睛

我们，老埋怨活动够多了够多了
我们埋怨青年人听“忆苦思甜”缺乏热情
我们埋怨团旗下搞义务劳动的青年
一边流着汗水
一边流着怨言
——耸着肩膀把手摊开
这就是我们向党委书记闹情绪时的表情
守门人艰难地关上了大门
我们，开始艰难地察看自己的心扉
是敞开的？关闭的？或者半开半掩？

——面对着生活
面对着创造未来的年轻人

啊，舞厅里彩色的灯光
已不单一地注释着欢乐
注释着轻松
从痴痴站着的年轻人的脸上
我们理解了
什么是“大门”

原载刘波《二十岁人》，文化艺术出版社，1986年9月版

矿工的爱

阵　容

他们心中的爱，
也在地层下深埋——

脚下本来没有道路，
抬头也望不见云霭，
硬是凭着顽强的信念，
开辟一个广阔的世界。

日日夜夜鏖战在井下，
晶亮的汗珠揭示着豪迈，
捧出的岂止是滚滚乌金，
也是把无限的爱开采。

他们的爱流入炼钢炉，
桔红色的钢涛喧嚣澎湃；

在每一锭优质钢里，
都凝结着燃烧的期待。

他们的爱催动着车轮，
展翅的长龙多拉满载，
听那惊天撼地的吼声，
就感受到巨人的气派。

他们的爱涌入了山村，
为家家送去生活的愉快，
火红的日子越过越旺，
闪耀着世间绚丽的色彩。

他们的爱温暖了边防，
风雪中的哨所春意盈怀，
战士的钢枪握得更紧，
警惕的眼睛射出两束光带。

地下有多深的煤层，
他们就有多深的爱；
井下有多宽的煤海，
他们就有多宽的胸怀。

矿工对祖国的爱———
像炉中玫瑰色的盛开！

原载《人民日报》1984年11月1日

最初的工业

西　川

黑夜降临于最初的工业
贫穷的工业。黑夜降临于
梦想的工业：被风雨剥蚀的
蒙昧的铁

围墙起院落，不见人类
熏黑的烟囱侵入天空
大神看到了喷涌的火星
在这北方空旷的原野

这是人类的看得见的胜利
遮蔽一个空心的老太婆
还需要痛苦的乌鸦来喝彩
既然所谓进步便有点邪恶

乌鸦贴地飞翔
一架飞机飞向远方
下沉的太阳被蚊蝇追赶
野草中偃卧肮脏的羔羊

既然黑夜不仅仅降临于
无声的废墟、地契和百日菊
它也降临于最初的工业
贫穷的工业

因而在北方空旷的原野
那看不见的被遗忘的人类
捏造出最后的梦想
有似当年的大神把炉火吹旺

原载西川编：《虚构的家谱》，中国和平出版社，1997年5月版

伐木人

吴宝三

喊山声，
雄浑粗犷，
出色的歌唱家，
没有你的音域宽广；
大树倾倒，
雷般炸响，
有谁比得上
你这打虎的胆量！

你是这般富有——
原始林、人工林，
一代接一代的栋梁；
还有东西南北，
人间天上……
因此，

当你肩扛斧锯上工，
总是精采飞扬，
满腔自豪步步洒向山场；
当你伐倒一棵大树，
轻抚树墩，
哦
定是给山岭起伏的国画，
盖一枚印章。

原载吴宝三《伐木者和花》，中国林业出版社，1989年2月版

黄河青铜峡

邹荻帆

黄河啊，我们的亲娘，
你用乳浆把儿女哺养。
在黎明的白光中
你用波浪濯洗儿女的胸膛，
你用波浪的摇篮曲啊
唱我们民族的威武雄壮
听，听啊，波声轰轰响！

眼看你青铜峡上
树起了新的青铜像，
喔，那是电网的铁塔
和丛林的烟囱互相瞭望，
那是儿女从你汲取了力量，
用新路标献给亲爱的娘
听，听啊，波声轰轰响！

我愿电网铁塔把大河上下照亮，
我的亲娘，你应该换一身新衣裳！
我愿烟囱用树林的绿发来整装，
树林如列兵坚守两岸，寸土不让，
我的亲娘，你的青春应该万年长！
喔，儿女的心潮是太阳投影大河上，
听，听啊，波声轰轰响！

1981 年夏

原载邹荻帆《浪漫曲》，文化艺术出版社，1986 年 8 月版

在解放牌总装配线车间

邹荻帆

底盘在这里建成脊梁，
车轮在这里注进力量。
发电机在这里焊接了
红黄蓝色的神经纤维，
操纵盘在这里紧联能源的油箱。
每一段钢管变成生命的脉搏，
每一颗螺丝钉在这里守住哨岗。
啊，窗玻璃在这里挡风遮雨迎太阳，
迎千里油菜花香，
迎大漠如海，大海朝天拍打波浪。
一切劳动的力量在这里升华，
一切智慧的果实在这里着上盛装。
汽车制造厂的总装配线车间
把 19999 个零件合成一个整体，
它的名字叫解放！

原载邹荻帆《浪漫曲》，文化艺术出版社，1986 年 8 月版

炼钢炉前工人兄弟朝炉子里投放什么东西

胡晓光

在炼钢炉前
我们看到那些炼钢的工人兄弟
正一包一包地
朝炉子里投放什么东西
就像农民朝农田里投放种子一样
这种劳动的姿势意味深长
使我们联想到更多完成一种目的的过程

后来我们得知
这是一种炼产钢质的原料
投放怎样的原料
就会产生怎样的钢材
像我们读书一样
选择什么样的书读
将产生什么样的思想

后来我们知道
钢铁是怎样炼成的
对于小时候读过的那本很有名的书
加深了印象
理解了意义
现在　我们至少可以提醒自己
每一个日子里
我们该朝生活里
投放什么

1989 年

原载《诗歌报》1990 年第 9 期

冶炼者

董宏量

应该给冶炼者
铸一座钢像
高高的耸立在
钢城广场的中央

铸前倾的身躯
弓一样绷紧的脊梁
热风扬起的工衣
宛如鹰隼强健的翅膀
圆圆的探火镜
悬挂在隆起的额头
一个是喷红的月亮
一个是熔金的太阳

铸奔涌的火海

组成背景的辉煌
铸微眯的双眼
射出男子汉灼热的目光
铸紧抿的嘴角边
汗珠正在滴落
浇灌着繁星般的钢花
怒放在袒露的胸膛

应该给炼钢者铸像
用他们冶炼的钢——
他们冶炼着世界
也冶炼着自己的形象

原载董宏量《太阳风》，中国文联出版公司，1986年3月版

公路在铺展

黄秉荣

交织的公路在霞光里闪动
连绵的车辙在霞光里闪动
从遥远的地方舒展而来
向遥远的地方飘然而去

有的镶在绿洲的边缘
有的铺在大漠的腹地
有的跳在溪流的浪尖
有的挂在天山的峰峦

多么像飘闪的玉带哟
上面缀满了花的雕纹
那是车轮欢转的音符
在蓝天大地间畅抒豪情

从遥远的地方舒展而来
载来改革的东风
向遥远的地方飘然而去
撒布开放的花朵

原载《人民日报》1992 年 9 月 8 日副刊

我静静地坐在山顶上

徐晓宏

我静静地坐在山顶上
凝望这座城市
原野中，它像一枚灰色瞳仁
薄雾里含着灰尘与宁静
我辨认着，哪儿是我的屋顶
哪儿是朋友的街道
哪儿是学校、医院、报社
哪儿是我独自徘徊的公园
我找到了我们工厂的大烟囱
那熟悉的高墙和力量
想起平日的冷漠
要请工友们原谅
你们不会知道，我常常这样
坐在太阳下面
微微的风中

冥想、凝望、像一滴泪
发着轻柔的光

1991 年 3 月 17 日

原载《诗歌月刊》2003 年第 7 期

春　夜

徐晓宏

半夜折花的人像是位小偷
折花像是忍不住清贫
这黑色的身影在花树下倏忽闪过
就是在一地的碎花上倏忽闪过

满街的花香满街的静谧
柔软的春风像稚鸟的心情
满天的星星……
空阔里路灯橘黄幽远

其实那只是个下班回家的工人
一时禁不住爱怜之心
不久他在月光下洗脸

继续感到那惊悸在战栗的殿堂

喜悦已渗透双臂虚空已渗透了双臂
那些白花花的小灯笼
已隐入他不朽的梦里

1994年4月17日

原载罗建明编:《黔西北文学·诗歌卷》,
贵州省人民出版社,2011年6月版

采石场之夜

张执浩

从敲打到敲打，搬运是后来的事
还有简单的马车、沿途掉落的
声音和房舍
我看见：石头！从山腰上滚下来的
石头，相互倾轧，像盲目的仇恨
止息于我的半截脚趾

群山漆黑，而采石场更白，仿佛
月亮的遗址
此刻，有人正在这里生活
在石缝间呼吸，在石头后面磨砺牙齿
一只幸存的蜥蜴正在翻越一块花岗岩
不远处，白马打着响鼻

唉　这样的夜晚，对于我

是多么沉重
掘地三尺，我也不能让好梦成真
而移动一块碎石，便会有一连串响声
传过去，似乎惊动了黎明
我知道，我不免沦为齑粉

但是，有人已经醒来，顺手牵起
钢钎和铁锤。他熟练地爬
到了山腰
我抬头看见月亮，和月亮里的
这个黑影：他在敲打
用力啊用力，进入了大山的骨髓

1993

原载《诗刊》1994 年第 10 期

煤　花

老　井

若干年前的一个春天
如梦如花的她，佩戴另一朵鲜嫩的花
下井去支援高产，但一次突发的事故
就轻易地揉碎她，像摧毁一朵地心仅有的花

此后，她美丽的生命
永远保持着青春的十九岁
在那年，我的头声啼哭
刚好划破笼罩在地表上的沉沉黑夜

二十年后又是春天
高大的我首次下井采煤
来到她青春永恒的那段巷道内
我一镐刨下去，煤堆大恸
乌黑的化石中忽地溅出

一朵奇丽的花，一只斑斓的黑蝶

就在此时，煤层中也发出了那声
已被湮没了二十年的细细的尖叫
流出了二十年前没来得及
淌下的那一汪清泪

1994年2月

原载老井《地心的蛙鸣》，合肥工业大学出版社，2015年12月版

地心的蛙鸣

老　井

煤层中，像是发出了几声蛙鸣
放下镐、仔细听，却没有任何动静
我捡起一块矸石　扔过去
一如扔向童年的柳塘
却在乌黑的煤壁上弹了回来
并没有溅起一地的月光

继续采煤，一镐下去
似乎远处又有一声蛙鸣回荡……
（谁知道：这辽阔的地心，绵亘的煤层
到底湮没了多少亿万年前的生灵
没有阳光、碧波、翠柳
它们居然还能叫出声来）
不去理它　接着刨煤
只不过下镐时分外小心　怕刨着什么活物

（谁敢说哪一块煤中
不含有几声旷古的蛙鸣）

漆黑的地心，我一直在挖煤
远处有时会发出几声　深绿的鸣叫
几小时过后，我手中的硬镐
变成了柔软的柳条

2003 年 6 月

原载老井《地心的蛙鸣》，合肥工业大学出版社，2015 年 12 月版

一位打工妹的征婚启事

徐　非

写字楼与俺无缘
俺是坐在最偏远的车间
手握一张小小的名片
俺名就叫阿秀
一九七四年十二月在寒风里战栗
而母亲在战栗中一分为二
从此降生一只丑小鸭嘎嘎而鸣

而今请注意我一米六〇的体态
既不丰腴也不纤弱
我虽然不是诗
但有油菜花的诗意
我虽然不是绝好的模特
但宽大的厂服裹不住我颤动的青春
你不必顾虑

我择偶的要求不会太苛
年龄　身高　五官的政策适当放宽
有无婚史　住房及地域条件均可考虑
我虽然走惯了山村的泥泞路
但城市户口也不拒绝
如果你愿意与我北上
你必须懂得三月扶犁四月插秧
你必须懂得将生命的根须植入
深深的土地
我不要你给我奢侈的山盟海誓
只要你爱得真诚爱得专一
我不要你给我金钱结构的小楼
只要你一方厚实的土巴墙
能遮挡我人生的风雨
如果是这样　我的心房向你敞开
你就径直来我们电子厂
采我三月的芬芳

原载《外来工》1994年9月号

给打工者们塑像

徐 非

以珠江为背景
给打工者们塑像
塑那些赤足跋涉的人
塑那些历经风浪的人
塑那些勇敢拼搏的人
塑那些抛洒血汗的人
请给他们塑上头顶烈日的黑发
请给他们塑上珠黑睛亮的眸子
请给他们塑上挥汗如雨的胳膊
请给他们塑上坚强刚毅的表情

塑他们站在城市的脚手架上
抛砖引玉汗滴成金
以钢筋的个性水泥的品格
以铝合金的心灵

托起楼群写意天空
塑他们投身工业城的奏鸣曲中
用双手和智慧汗水与热血
为大时代的机器加油
以青春的能量冶炼自我

组装现代化电子网络的气势磅礴
制造各种科技工业的鼎盛和辉煌
塑他们商海弄潮股市扬波
塑他们建造高速路超车道
奔驰二十一世纪的内心

我站在广州的大厦上致敬
我站在深圳的大厦上宣读
我站在历史的潮头回望
就是这些古铜肤色的生命
捍卫了闯世者的尊严
就是这些古铜肤色的生命
崛起一座改革开放的丰碑

原载徐非《心灵之旅》，四川民族出版社，2003年9月版

中国人：不跪的人

王怀让

……1995 年 3 月 7 日下午 3 点，头天晚上加班到凌晨两点的珠海市南山工业区瑞进电子公司的工人，好不容易盼到工休时间，工人们太累了……当外国女老板走进车间的时候，一位染病的中国女工被老板的辱骂声惊醒："工人排队跪下！"人群中有一个人直直地站着，愤怒地望着这个外国女人。女老板吼叫着："你为什么不跪？"这个人说："我是中国人，我是不会给你跪下的！"

你见过昆仑屈膝吗？
没有！
昆仑——
那是我们中国
骄傲的腰背！
亿万斯年，
无论有多少
雨、

雪、
风、
雷，
她都骄傲地屹立于
我们骄傲的版图上和
我们骄傲的心扉！
你见过长城弯腰吗？
没有！
长城——
那是我们民族
自豪的脊椎！
千百年来，
无论有多少
刀、
兵、
火、
水，
她都自豪地高挺在
我们自豪的史册里和
我们自豪的口碑！

不会下跪！
我们的母亲的血液中
没有跪的基因！
不会下跪！
我们的父亲的骨骼里
没有跪的骨髓！
不会下跪！

我们的赖以生存的
中国的流水里
含有很多的钙，
她只会养育吐气和扬眉
而不会养育下跪——
因此，我们的每一个头颅，
都是经风经霜的
永不低垂的
盛开的花卉！
不会下跪！
我们的寸步难离的
中国的土壤中
含有足够的铁，
她只会生长无惧和无畏
而不会生长下跪——
因此，我们的每一条汉子，
都是耐雨耐雪的
永不倒伏的
坚实的禾穗！

不能下跪啊！
陈胜吴广如果向皇帝下跪，
中国的汗青中
将多了一片阴霾，
而少了几缕光辉！
不能下跪啊！
屈原李白如果向天子下跪，
中国的诗歌里

将少了几多骨气，
而多了几许谄媚！
不能下跪啊！
岳飞如果向敌军下跪，
我们的人生中
将没有那阕《满江红》
令人撕心裂肺！
不能下跪啊！
文天祥如果向汉奸下跪，
我们的生命里
将没有那首《正气歌》
令人气荡肠回！
不能下跪啊！
中国的神话
如果向苍天下跪，
我们心中的女娲
将不再是女娲
而是上帝的贵妃，
而我们头上的天空
将依然是支离破碎！
不能下跪啊！
中国的寓言
如果向大山下跪，
我们笔下的愚公
将不再是愚公
而是山神的护卫，
而我们脚下的道路
将照样是水阻山围！

但是！
中国毕竟下跪了。
那是因为中国的统治者
肠胃里装了太多的民脂民膏，
这样的营养中
最多的是脂肪，
而绝对没有
民族气节的钙和
中国精神的铁
这生命营养的
精粹！
他们的脊梁骨是软的
一看见洋人
就下意识地把腰弯下，
他们的膝关节是软的，
一听见枪炮
就会很自觉地下跪！
于是！
我的瘦骨嶙峋的中国呀，
我的老泪纵横的中国呀，
先是给英国人下跪，
继而给日本人下跪，
再而给八国联军下跪……
从虎门跪到南京，
从南京跪到天津，
从天津跪到紫禁城内……
啊啊，我无话可说了！

标榜文明的列强，
在高度文明的十九世纪里
犯下了最不文明的孽罪！
啊啊，我无诗可作了！
我的中国的五千年的文明，
在最不文明的十九世纪里
变得如此的狼狈！

我的最早走出森林的民族啊，
请打开字典——
看“下跪”的“跪”
右边那一个“危”字
给我们一声惊雷——
它警示我们：
下跪，民族将要垂危！
下跪，人民将要艰危！
我的最早告别愚昧的国人啊，
请阅读辞海——
看“站立”的“站”
右边那一个“占”字 /
给我们几多教诲——
它教导我们：
站立，将占有自己的地位！
站立，将占有人类的尊贵！
于是，
一批人率先站立起来，
他们的肩膀
恢复了昆仑的崔巍！

他们的胸脯
还原了长城的雄伟！
这一批人
依然是中国作风
不会折腰摧眉！
这一批人
依然是中国气派
不会屈膝下跪！
李大钊不会下跪，
他那黑色的长衫
让黑色夜晚在他的面前
打颤后退！
方志敏不会下跪，
他那白色的稿纸
把白色恐怖在他的面前
焚毁烧碎！
叶挺不会下跪，
他的诗句“为人进出的门紧锁着”
和“为狗爬出的洞敞开着”
已成为分开
人与动物的界碑！
江姐不会下跪，
她绣出的红旗
和她穿着的红衣
已成为人间
永不凋谢的红梅！
“起来，
不愿做奴隶的人们！”

“起来，
起来，
起来！”
——一声起来，
中国人站起来一个方阵！
——一声起来，
中国人站起来一个列队！
正义站起来了，
倒下的只有犯罪！
正气站起来了，
倒下的只有败类！
真理站起来了，
倒下的只有邪恶！
人民站起来了，
倒下的只有魔鬼！
听啊，听啊，
一个世纪在侧耳倾听，
整个世界在洗耳恭听——
一个宏亮的声音
激荡于天地之间
回响在千山万水：
“中国人民
从此
站立起来了！”
于是——
中国的白天
太阳站起来了，
太阳站起来，

四面都是光辉……
于是——
中国的夜晚
月亮站起来了，
月亮站起来，
八方都是明媚……
于是——
中国的春天
鲜花站起来了，
鲜花站起来，
遍地都是芳菲……
于是——
中国的秋季
果实站起来了，
果实站起来，
到处都是甜美……

站起来！
站起来才能走路——
我们走出了京广、
走出了陇海、
又走出京九
那千重山
万重水……
站起来！
站起来才能起飞——
我们飞出了卫星、
飞出了火箭、

又飞出“长二捆”
那满天风
一声雷……
站起来！
站起来！
站起来才能跳高——
我们跳上了葛洲坝、
跳上了三峡、
跳上了东方明珠
看人间灯火
天上星辉……
站起来！
站起来！
站起来才能跳远——
我们跳到了南极、
跳到了北极、
跳到了没有人迹的地方
敲科学的窗棂
叩未知的门扉……
站起来！
站起来！
站起来！
站起来走进联合国——
说话才有分量，
发言才有权威！
今天，在世界的激流里
黄河涛声
是何等地令人

振聋发聩……
站起来！
站起来！
站起来！
站起来走进奥运会——
起跑才更振作，
冲刺才更无畏！
今天，在人类的赛场上
五星红旗
是多么地教人
泪流血沸……

在这里，
我的诗忽然眼前一亮，
是什么，
是什么让诗熠熠生辉？
……这是我们的南国，
我们的南国的青山绿水，
青山绿水中的我们的一座小城，
我们的小城之中的
一家外资企业的院内——
这一天，
外国老板
忽然暴跳如雷，
喝令所有的中国工人
一律下跪——
下跪到
同她的心一样冰冷的

水泥地板，
下跪到
她的高跟皮鞋踩着的
地球的那一个部位！
沉默。沉默。沉默。
不在沉默中站出！
就在沉默中下跪！
站出来了！
站出来了！
一个二十四岁的
我们的
中国的小伙子
站出来了——
他的头颅昂得很高，
高过了
地球的头顶！
他的脚根站得很稳，
稳当当
踩着地球的经纬！
他说，
不，他不是在说，
他是在讲演；
他讲演，
不，他不是在讲演，
他是在发表声明；
他发表声明——
向着外国老板，
也向着全世界的山山水水：

“我是中国人，
我
不会
给你下跪！”
于是，他被开除了。
——故事就是这样的简单简短，
这样的有头无尾，
然而，我的诗听了却哭了，
嘤嘤地哭。
呜呜地哭。
放声大哭。
长歌当哭。
哭得很壮而且很悲。
哭得很痛但是很美。
是的！
这的确是一个很悲壮的故事，
这的确是一个很痛美的故事——
外国老板是如此的可痛可悲，
君不见
八国联军的皮靴
早已被钉在
历史的耻辱柱上
风化成灰！
而中国青年是这样的又壮又美，
让人想起来
林则徐
与虎门的滚滚烟火，
邓世昌

与黄海的沸沸血水，
等等，等等，
我们的站立的祖宗，
我们的不跪的先辈！

同胞们，
请听一听那个不跪的中国人
是怎样说的：
“我们中国人
只跪祖宗，
别的什么也不下跪！”
现在，
让我们全体中国人列队，
在列祖列宗面前
让我们列队下跪，
让我们跪下发誓——
天，
我们不跪！
地，
我们不跪！
神，
我们不跪！
鬼，
我们不跪！
权势，
我们不跪！
美色，
我们不跪！

美元，
我们不跪！
洋人，
我们不跪！
我们中国人，
是顶天立地的人！
我们中国人，
是不跪的人！
我们——
对谁
对谁
也不下跪！
我们——
永远
永远
也不下跪！

1996年

原载王怀让《王怀让自选集》，作家出版社，1997年5月版

春 夜

庞 培

一名附近厂里的女工，经过落市的
菜场，手里提着塞满菜的塑料袋，身上
明显的外地人特征：
肮脏，但气色很好；
头发湿漉漉（大概，刚洗过澡）。
我隔她三四步路，在她身后
从烦乱的马路上经过——
天突然热了，刹那间，我想起这是在
三月份，吹过来的风仿佛一股暖流——
行人拥上前，我的脚步变得
有些踉跄——
隔开人群
我能感到她健壮湿润。
我感到夜空深远而湛蓝。在那底下
是工厂的烟囱，米黄色河流、街区、零乱的摊位。

遍地狼藉的白昼的剩余物。
从船闸的气味缓缓升降的暮色中，
从她的背影，
大地弥漫出
一个叫人暗暗吃惊的春夜。

1996年

原载庞培《数行诗》，上海文艺出版社，2011年8月版

工业城市（组诗）

杏黄天

“在天狮星座骑的呼唤中
孩子出走家园
寻找天空的城市
靠近金属结构的阳光”

——题记

电解厂房

逼视灵魂的是更为红亮的阳光
站在电解槽前
常常想到底是在冶炼电解质
还是灵魂
火眼注视一切的思想或神光
嘴唇的坚强有如金属
臂膀战胜沉默

天车是一道彩虹
虹下耸立着所有的阿尔卑斯山
同一时刻眼眸中的闪电
虹呜呜隐退
掠走所有山的灵性
集火焰于一身
照亮雄性空间
在这里
是谁使语言的尺度无限地延伸
裸露最后的秘密
灵魂在同一时刻燃烧
面对银白色的液体
挥出沉重的一钎
洒下空前的自信或自卑
天狮星座骑在孩子油亮的额头走过
家园模糊不清
流尽汗水
拥火焰思考
踩火焰飞天
金属结构的阳光环绕

我可爱而又可怕的儿子
你被命名为铝
是城市的眼睛
要告诉你的是
你的父亲剔去了你的衣着
你赤裸着

在城市的天空是羊群的白云
凝固的人生在打壳机下粉碎
渣滓的思想被铲耙撕裂
我行走火焰海出来的儿子
你有理由俯瞰城市

这些还活着的灵魂
和不甘平庸的人们

我的儿子
你天狮星座骑的守护神

铸造车间

河流在这里以固体的思想涌流
我最灿烂或最快感的一刻
是看铝锭走出车间
以另一种形式拥挤城市
和家园的思维
铝锭站起的过程
很能说明一切
结果是寻找坐标系
动作划过的曲线
舞蹈以金属的质感
在身体的每一汗孔流出
我是一块铝锭
蕴藏无限的可塑性
叫喊妈妈
城市天空的银河系

白色的果实是最诚实的劳动
离开语言更是本质
天车女孩
你金属火焰的笑容
深藏的玫瑰
使我习惯于不再仰望你之外的天空

动作　动作
放牧羊群的动作
守护天狮星座的动作
爱情女神回来
重建崭新家园

我永恒的铝锭
源自爱
又超过爱
使城市的窗户洁白
使我不再因为孤独无助
而模糊家园

你佩戴四十七颗钻石
鉴别所有的生灵
没有谎言
没有阴谋
没有伤害的人生

我的洁白的羊群啊

金属中至为纯洁的英雄
银也自惭形秽
在天车女孩鱼一样的眸子中
在雄性的阿尔卑斯山
只有你如鲜草莓
被痴情地炫耀一生

空　间

此时
切割空间的不再是时光
是灵魂
与洁白的思绪
嘴唇能够企及的空间越来越小
只有赞美
只有月亮
或是白嫩羊群

伤痛在阶梯似的重复中
感恩空间
空间的风覆盖海面
伤痛在火焰中涅槃
在固定的空间中永恒
再生
已是外在的形式

羊群的白云在城市的天空
空间渐次鲜活
灵魂散射光芒

是空间线条的血脉
城市不灭的神光

堆垛机

假设对你的感情可以堆积
假设果实可以堆积
假设思想可以堆积
假设完美可以堆积
假设梦可以堆积

那么
是幸或不幸
你的道路都会与我的相同
都会对同一机械
沉思

但现在
一切的假设都是徒然

爱你也难恨你也难
我转过身来
对自己说
天空多么广阔
我又多么渺茫
可以堆垛的东西
是如此地有限

混合炉

你的春天　你的梦
你的通向光明的机械
在子夜过后
我还在奔波

什么样的混合炉
把我纯金属的想法稀释

双手举起渣滓叫卖罢
如果这世界还有良知
它会阻止

原载《诗神》1996年第6期

沙嘴工业区 112 栋 6 楼

谢湘南

提前半小时上班
年轻小伙总该有些癖好
我爬上 6 楼光光的顶层
那时四周还有很多空地
人群、树林、大海
被挖掘堆起的红泥
置在路边的水泥瓦罐
世界似乎以我为中心
这是 1993 年秋日的一个早上
我还能做出一套完整的广播体操
香港的楼房特别清晰
113 栋更像一个符号
就像当初的今天
我总是有很多找不到答案的习题
一个梅县人过来与我打招呼

他的普通话像我还没习惯的
广东的早餐
他是 6 楼的机修工，后来成为
我的主管，再后来
他比我还先离开 6 楼
老板不再信任他
在沙嘴工业区 112 栋 6 楼
我还记得一个叫“阿梅”的名字
她是广西梧州人

1996 年

原载谢湘南《零点的搬运工》，华夏出版社，2000 年 8 月版

零点的搬运工

谢湘南

有人睡眠
有人拿灵魂撞生命的钟
有人游走
有人遥望月球而哭泣

时间滑过塔吊飞作重击地心的桩声
一切都是新的连同波黑的静默
不需叉车歌声高过高楼
搬运工寻找动词，鲜活的

鲤鱼，钢筋水泥铸造的灯笼
照亮孤独和自己，工卡上的
黑色，搬运工擦亮的一块玻璃迎接
黎明和太阳

原载谢湘南《零点的搬运工》，华夏出版社，2000 年 8 月版

前沿轶事

谢湘南

我最优秀的五年时间从机器的送料口进去
我看见，这青春的五年从机器的屁眼里
出来——成为一个个椭圆形的塑胶玩具，
一个个滑溜的，一会儿是橙黄
一会儿是朱绿的鸡蛋壳壳。
（听说这东西要一车车运往美国，运往
西欧，作为圣诞礼物，一一出售给
蓝眼睛的孩子……）

那机器吭哧……吭哧……冒着青烟
以磨牙的节奏咬住我呜咽的激情
机油光泽可作早晨起来梳洗的镜子
就因为这，五年中蚊虫不敢光顾
我的身体，我热血徜徉的肉脯

在生产最繁忙季节，老板和老板
太太、情人，分别来到车间
东转转、西瞧瞧，偶尔也带两包
小鱼干，堵塞兄弟姐妹的嘴巴

……这有着狐狸智慧的人，时常择准
我大急之时，突然出现在身后
使我像那冒烟的机器，不得不
乖巧地站立。这倒流的尿液
——竟循环到今夜……

原载《作品》2017 年第 5 期

高速公路

邱华栋

高速的运动，音乐的停顿和持续
把行动送进了冲突！

并且，飞鸟把翅膀收在半空
把羽毛递给了燃烧的空气

那是谁，在岸边收集车流中灯光的残片
扑灭尾气的火花与倒影

并且，城市的躯体因为高速公路的输血
日益变得茁壮，变得心动过速

在这巨大血管里你捏住喉咙，没有歌声
只有寂静，只有群鸟被惊向高空

1996 年 11 月

原载李少君等编:《春暖花开四十年》，时代文艺出版社，2018 年 10 月版

克一号井

邱华栋

1955 年的一天
就在准噶尔盆地的边缘
一片荒凉的戈壁滩上
展开了中国第一场石油大会战

克拉玛依油田一号井
就诞生在那一年，从此
这里就不断地扩展
并跨入到中国的四大油田行列

我在克一号井附近漫步
没有别人，这里那么安静
纪念碑上的浮雕却都开始活动了
再现了当年的拼搏和奋战的场面

那是人和大自然的较量
也是大自然对人的馈赠与和解
那是地球给人的安慰
也是人对自身的顽强挑战

从这里出发的，是中国石油工业的步伐
从这里诞生的，是自力更生的伟大力量
从这里传播的，是人定胜天的顽强精神
从这里凝固的，是克拉玛依的光辉形象

克一号井啊，现在没有了硝烟
也没有了战天斗地的热火朝天
可是我依旧可以在一片宁静中
看到无数已经消失的石油工人的脸

原载《扬子江》2010 年第 5 期

煤的真善美（选二）

叶　臻

阳　光

净土潮湿　沼泽扩张
大地与温暖失去了联系
没有阳光的日子
谁的良心一夜间长出荒草

青铜氧化
你有幸结识一块煤上的阳光

胸襟就这样徐徐张开
漆黑里的温暖　漫过巷道
心底的阳光泛滥成潮
你厚重的背影在煤壁上写意
犹如飞天的壁画

那团郁积胸口的浊气
随一声吼叫喷出
金色的大道把你引向崇高

让一贫如洗的口袋盛满阳光
让瞳孔里的荫翳栖落阳光
让脊背上的汗珠折射阳光
让风镐上的铁锈锃亮阳光
你行走在巷道
你行走在大地与温暖之间
传递温暖
你就是阳光

喊一声阳光你好
天就在你的头顶蓝了
地就在你的脚下碧了
霜花在眼里成为白云
你良心上的那声鸟语已经花香

在世俗中坚持

爱情物质化了
道义也物质化了
平庸的生灵涂一层贪欲的金粉
而煤却可以说不
它奔突在物质的围困之中
汗流浃背　精疲力竭
漆黑的硬骨
开一丛品质的鲜花

自从见到阳光
煤似乎就生存在买与卖之间
飞溅的唾沫
激活了多少猩红的舌尖
煤坐怀不乱　心如止水
以冷峻的双眼傲视浮尘
让胸腔里的黑血
喷出一团火焰

一团火焰　在世俗的风口
又能烛照多长的时日
煤的黑血　一团一团
不停地咯出

在世俗中坚持
煤的头颅已经钙化
煤的胸膛
无疑是一方鲜亮的净土
点播纯正的种粒
只祈盼在岁月的炉火中
燃烧成一个合适的温暖

原载《中国煤矿文艺》1997 年第 6 期

修筑河堤的工人

陈亚平

他们从水流方向堆砌石头，挖土，面对面
窥望岸边几米的地方，在雾气下
力量方面的，水的几种
快速曲线的一系列冲射，晃动着，逐渐增大
此时，突现在他们视角前面的
是堤岸的，松软土层表面，那种凹陷

在他们脚印下，变形，跨下来
几排浪潮沿一边，机械地上升
碎裂的水沫正渐渐靠近
他们低俯的胸膛

流水与堤岸的上两层
他们伸出，弯曲手臂，笔直沿一条路线
在波浪撞击的中心，传递

平滑的石头，筐子，和口袋里面的细沙
在实际的、巨大障碍上面，他们仰着脸颊嚷叫
出声低沉而干脆
被填平的地势不高的小支流，左侧
河水在风中呼号而闪亮

原载《作家》2000 年第 3 期

扳 手

张笃德

想起扳手
往往是在最无助的时候
譬如机器发生故障
螺丝出现松动……

其实扳手很普通
普通得似我们左手和右手
总是在经意和不经意间
被拿起或放下

扳手是工厂最重要的组成部分
是扳手把我们的想法
连同爱岗敬业　爱厂如家
旋紧并固定到骨头里

被拿起的扳手
曾用丁丁当当的亮音
清脆地表达忠诚和幸福的喜悦
如同小伙得到爱情的承诺
激动得足以点燃自己的身体

可如今大多扳手被放弃了
年轻材质好的扳手
凭着身体的朗阔
硬吃硬地闯天下去了
那些老得掉了牙齿
扭曲变形的扳手们
像败血症患者
锈迹从身体里渗透出来
斑斑驳驳的筋骨
一层层剥落……

我是扳手中的一员
我知道扳手的重量
扳手的沉是真正的沉
是由里往外的沉
沉得让心里有一种格外踏实的感觉

所以　我想对机器说
握住了扳手
就等于握住了命根子

原载崔春昌编:《中国诗人 2009 第 2 卷》，
吉林大学出版社，2009 年 3 月版

工厂的声音

张笃德

身在其中是听不到的
身在其外那就更听不到了
韵律优美　节奏铿锵的不是工厂的声音
叮叮当当　听着烦心的不是工厂的声音

什么是工厂的声音
我用近二十年的时间
俯下身子倾听
低下头倾听
跪下双膝倾听
隐约地听到了一点工厂的声音

究竟什么才是工厂的声音呢
离开厂区　工友们送别的话语
从厂房里急三火四地喷涌出来

高一声低一声
在钢铁间撞击出火花
少女尖细的铃音从天车上
慢一阵　紧一阵地尾随你
在设备间折过来　转过去
穿透血肉与筋骨
厚重的如雷鸣
婉转的似鸟啼
声音如同蜂鸟不停地向你袭来
汹涌的潮汐般拍打你的胸膛
直至把你的泪水从眼眶里推搡出来

啊　我终于明白了
什么是工厂的声音

原载崔春昌编：《中国诗人 2009 第 2 卷》，
吉林大学出版社，2009 年 3 月版

工业垃圾

竹马（张笃德）

工业垃圾　四个字
让诗眼为之一亮　随即
吓出了一身冷汗

什么是工业垃圾　掉牙的扳手
变形的铁钎　裂纹的管材　生锈的机器
缺胳膊少腿的工具　磨破的轮胎
报废的计算机　纠缠在一起的电线
用过的油桶　脱扣的螺栓　玻璃
塑料　旧木材　杂乱的边角余料……

我在工厂工作十八年　流过血汗
受过伤　用过的机器已经老旧
有的肢残　有的扭曲　有的一身污垢
工友们像七零八落的零件

不是在角落里沉默
就是在废品堆胡乱纠结

我曾是工厂中的一员
从金属中游离出来
我还是不是钢铁　或者工业垃圾

吹去浮尘　明亮耀眼
用手掂掂　很沉很沉
敲一敲　仍然有清脆的声响
我断定无论大小　新旧
它们是一块好合金　好铜　好钢
是铿锵作响的工厂　力的脊梁

原载《中国诗人》2013年第1期

正午：嗡嗡作响的光斑

陈　超

一

穿过嵌花铁栅
一个戴窄边帽的男人
解开裤门的纽扣
趺趺撞撞的昆虫
沿弯曲晶亮的湿草茎爬到地上
这是动人的
我想起了童年，在太原
孤单游戏的夏日正午
干坼的黄土被我细小水滴的
排钟洞穿，大地
宁静而宽怀
承载了人性的踢踏和温抚

再穿过铁栅
戴窄边帽的男人
步履轻松，又回到
他的水平测量仪面前
即将推平的旧苏式住宅小区
收留了一个劳动者
含氮的浓烈体味儿

二

那女孩怀抱着
断了带子的大红书包
从斜坡下渐渐大了上来
她的面颊笼罩在
无告的阴影里
紧握的两只小手
骨节因用力而苍白
脚丫小心地绕过
路基边的镐、锹、瓷片

尘埃飘浮
戴窄边帽的工程师
走向这个孩子
他帮她系好绿色的鞋带儿
孩子和斜坡彼此跃过了对方

三

有样东西，被置于一块
工地防水布的中央

在正午的光线下
它闪出仿佛是丝绸的质地
蚂蚁小心翼翼沿着边沿
在它上面搔爬、滑下
那是一只橘红色的安全头盔
映出了近处弯曲的花篱

浑圆的寂静
工地在休憩
头盔，你有多么美
听命于化学
顺便把橘子的香味儿吟述

四

推土机驾驶室里
年轻的司机在假寐
工程师的手指
轻轻敲击着驾驶室的窗玻璃
哦，他想起了一段
黄色笑话
急于讲给这小伙子听

推土机的大扁喙
沾满了沙碛、炉灰、草根和泥土
枯燥的劳动
依赖于明快的“性”为之缓解
并且镀上光芒

五

我们，你，他，还有我
即将离开这片旧住宅小区
留恋被越收越紧
心儿在惜别中缠绕、蹀躞
我们看到，铁栅犹在
新翻出的土
却已一车一车冲出了院子

是谁想起了一个主意
招来院子里将别离的孩子们
在正午的阳光下合影
戴窄边帽的工程师
远远望着
他突然朗声高喊“茄——子”
音波撑开了取景框里最好看的
一群小浣熊的表情

六

西西在收拾厨房
刮干净油渍的灶台
阳光邀约了高大白杨的树影
静静地搭在她淡青色的围裙上

对就要告别的老窝
她如此恭谨，殷勤备至
一半出于留恋

一半出于好心
搬空的房子，明天
还要由施工的河南民工暂住

七

我年长日久
埋首于写作
痴迷于幽昧的意象
将它发往乌有之乡
它们像是热情的
但只有我知道骨子里，它们
脆弱，易感，病态
今天，让我变得傻一点
憨实地记下
目力所及的事物的表象

是的，戴窄边帽的工程师
放学的女孩，橘红头盔
推土机和留影，厨房的窸窣
我打算同意它们说服自己
诗，几乎……就在院子里

2000年5月26日

原载《山花》2001年第10期

碧色寨的机器

雷平阳

旧时代的铁，风一吹
就是一个窟窿。不知名的野花和青草
扛着它们的腿、胳膊和心脏
若获浮财，喜气洋洋，朝着天空之家
快速地运送。掉下一堆螺丝和轴承
像上帝餐桌上落下的面包屑
上帝的牙齿一直没有停过，见山
嚼山，见水嚼水，机器端上餐桌
岂有不嚼之理？旁边的小屋中
住着 90 岁的女人肖雅清，她曾经是
上帝的婢女。这些机器，以前
她见过它们，喷着雾汽，在上帝的眼皮下
跑来跑去。那时候，它们意味着
目标、力量和革命，压断人腰
也用不着忏悔。肖雅清说："我在等死，像铁

等了很久了。”她安静的力量比机器
还妖魅。是的，上帝至今
没有召回她的意思。她比铁还硬，每天还让她
爬一次山，山上埋着机器的主人——
一个法国工程师，上帝的另一个仆人
我到过那儿 1910 年前的教堂
上帝早就走掉了，堆着的另一些机器
似乎一直在暗中，力挺肖雅清
它们浑身抹着厚厚的黄油，知道主人是谁
却又不知道主人为何丢下它们，在哪儿闹革命

原载雷平阳《云南记》，长江文艺出版社，2009 年 12 月版

五金厂之夜

阿　北

夜色收住了五金厂
收住了工业区最重的一幢楼
楼房内的啤机　它呻吟着
夜晚
被它压铸得更加悠长

取一只产品　从啤机内部
让它的余热从夜色深处绕过
开机人　他用心跳揣摩啤机的喘息
那有节奏的跳动
和啤机声一起沉入黑夜

只把月光留下来
把那座重重的五金厂留下来
偶尔一两声列车长鸣　唱出开机人

一支思乡的曲儿

五金厂　工业区上的啤机声是否
将这夜晚安放好了？
产品散着热　绕过夜色深处
却暖不了开机人的希望

2003 年 4 月

原载秦晓宇编：《我的诗篇：当代工人诗典》，作家出版社，2015 年 8 月版

矿　工

蓝　蓝

一切过于耀眼的，都源于黑暗。

井口边你羞涩的笑洁净、克制
你礼貌，手躲开我从都市带来的寒冷。

藏满煤屑的指甲，额头上的灰尘
你的黑减弱了黑的幽暗；

作为剩余，你却发出真正的光芒
在命运升降不停的罐笼和潮湿的掌子面

钢索嗡嗡地绷紧了。我猜测
你匍匐的身体像地下水正流过黑暗的河床……

此时，是我悲哀于从没有扑进你的视线

在词语的废墟和熄灭矿灯的纸页间，是我

既没有触碰到麦穗的绿色火焰
也无法把一座矸石山安置在沉沉笔尖。

2004年春，河南鹤壁煤矿

原载蓝蓝《诗篇》，长征出版社，2006年11月版

铸造车间

蓝　蓝

那时我十四岁，熟悉这个车间
所有的工序，并记得
戴安全帽的供应员围着原料转悠
挑选严肃厚实的三角铁板
狡猾的半圆，以及成吨
被削成螺旋状啰嗦的铁屑
——倾倒在化铁炉边

工长一定跪着检查黏土湿型砂的目筛
表情像是阎王派来的判官
这些人都深谙砂箱 180 度翻转的奥妙
远远超出对镜子的发明和创造
于是他们也就放任一部模具的法律和
由其造成的空在被空所充满的空的拥挤里
不停地争辩——

当然，乌有才是繁育的秘密：
翻砂工手中的魔术是实与虚的转换——
抑或姑娘们懂得，绣棚碰上没有樱桃
只有樱桃的影子必须提前于未来，以便
被樱桃替代——当然这是个比喻：
它们是自己的矛和盾，是自己的分裂
和不可分——最终它们一致变成
对创造它们的人的判断——
直到准备开始浇铸的时候
车间里会突然变得鸦雀无声：

直接说吧！——那时我便知道
为了让这一切化为诗
一个人需要冷酷地校准他的翻砂模型
彻底背叛它以获得它最忠诚的支持
并要切记——必须在废料熔化炉中
点燃比愤怒更大的火焰——

原载北岛，于坚等《在写作中寻找方向》，
贵州人民出版社，2017 年 7 月版

流水线

郑小琼

在流水线的流动中，是流动的人
他们来自河东或者河西，她站着坐着，编号，蓝色的工衣
白色的工帽，手指头上工位，姓名是 A234、A967、Q36……
或者是插中制的，装弹弓的，打螺丝的……

在流动的人与流动的产品中穿行着，
她们是鱼，不分昼夜地拉动着
老板的订单，利润，GDP，青春，眺望，美梦
拉动着工业时代的繁荣

流水的响声中，从此她们更为孤单地活着
她们，或者他们，相互流动，却彼此陌生
在水中，她们的生活不断呛水，剩下手中的螺丝，塑胶片
铁钉，胶水，咳嗽的肺，染上职业病的躯体，在打工的河流中流动

流水线不断拧紧城市与命运的阀门，这些黄色的
开关，红色的线，灰色的产品，第五个纸箱
装着塑胶的灯，圣诞树，工卡上的青春，李白
发烫的变凉的爱情，或者低声地读着：啊，流浪！

在它小小的流动间，我看见流动的命运
在南方的城市低头写下工业时代的绝句或者乐府

原载《诗刊》2005年12月上半月刊

产品叙事

郑小琼

一是从弯曲的铁片开始，从村庄、铁矿、汽车
轮船、海港出发，丢失姓名，重新编号，站在机台边。
二是弦与流水线，悸动的嘶叫，疼痛在隔壁，铝合金
图纸，面包屑，线切割机，熟悉的汗水，塑料纸箱的
欢乐与悲伤。三是白炽灯下苍白的脸，工卡、弹簧、
齿轮、卡边、冲压的冷却剂、防锈油，沉寂的加班。
四是证件，合格形状、外观打磨、3000 度的炉火抽打
冷却、热处理的加班费，或者炒鱿鱼的雨滴，左交右错的
身体在沙漏中呈现。五是暂住证、健康证、未婚证、流动
人口证、操作资历证……它们排队，缄默着，压着一个
蛇皮口袋跟疲倦的脸，六是螺钉、苍白的青春手臂，欠薪
罚款、失调的月经，感冒的病历、凋落的眼神，大海辽阔的
乡愁、吊灯里噪音，漂流在远方城市和河流上的工资单。
七是方言的机器和宿舍，湖南话在四川话的上铺做梦
湖北话跟安徽话是邻居，甘肃话的机器咬掉了半截

江西话的手指，广西话的夜班，贵州话的幽暗，雨水淋湿
云南话的呓语和河南话的长裙。八是线形的油条，块状的
方便面，菜汤里城市的形状，铜质面具，挂钩，合格单
一块五毛钱的炒米粉，辣椒酱，色素香味剂的可乐
九是伏在故事与童话中的爱情，同居的出租房，没有钥匙
的门，上铺的铁梯子，医院的消毒水，避孕药，分手的泪
腐蚀的肉体，没有根的爱情誓言。十是回乡的车票，一道
门或者坎，洛阳纸贵或者身份来历不明的车票，挤在过道
厕所，踮着，压着，你一直想在车厢或者世界找个位置
好好活着，爱着，老去

原载《十月》2007 年第 6 期

在五金厂

郑小琼

上帝也偷懒，用流水线造人
我在世间可以寻找的另一半太多
他们像工业流水线的制品整齐，平整
婚姻生长于幽怨的刺，从中午到黄昏
你在刺中活着，疼痛难忍，想想镜中美人
想想骨头的疾病，想想中草药的风情
你听到死亡的名字，如一根钢铁
嵌在你的骨头，你长病不起，一只
蝴蝶在三千度的锅炉里扇动着翅膀
你会误认为它的前生是一头在非洲草原上
奔跑的兽，你的病是从野兽样的机器
开始，从扳手到螺丝，从图纸到卡尺
从孤独到丢失的青春，它有着五金工具的味道
你不过是一块铁，想想与铁有关的言辞
与光泽，哑铁，铸铁，钢铁，想想它的尖锐

以及它扎进身体的疼痛，想想它是巨大的
锭子，将一场美梦砸得粉碎，想想它一口钢针
将裂开的伤口缝上，如果还需要
从劳动法里的爱出发，在希望间涂上面包
与奶油，这些十一点十四分，深夜的机台
有意念像鱼一样游动，她蜷缩在卡尺间
窗外是另一个世界，有灯红酒绿的歌声

一头狮子难以抵达一块钢铁的意念之尖
她被怪异的铁紧捏着喉咙，它的骨头里有着
暴雨与雷鸣，内心的想象，铁由黑变成红
变成霜样的灰与寒冷，在我身体的腹部
或者底座安装着时代的齿轮，杠杆或者滑轮
我们需要进入一个省力时代，却充满了劣质产品
被我遗弃的器官成为铁的某种象征，它原本是
一个怀旧的春分，炉火照亮那么多隐喻和象征
你用铁造出下体的某个器官，让它坚硬
中草药原本是明月，它有阴晴圆缺
你在线切割机上割着十字架，太阳与阳具的图案
雷声在半空送来银色的翅膀，钢铁有着它自己的
嘴巴和品味，需要用游标卡尺或者用罗盘校准
时代的胃口，官员急于学习，贫民习惯哭泣
乡村学会污染，城市正在拆迁，拆，拆，拆
日益萎靡的身体预支着难以成型的未来，啊
他的设计图纸已逃离现实主义，浪漫主义者
开始画饼充饥，我们的前途越来越好，请继续
向瞎子签订真相的契约，他想象南山上的
梅子，他告诉我们，手中的鸡蛋就是石头

时间有些远，从八十年代的四个现代化
我还没有进入二十一世纪小康的矮坡岭
山，还有那么高，身体却腐朽，还需要多少年
才能到达乌托邦，我真为自己难过，年龄
衰老，挤不上去共产主义的最后一趟火车
却活在血汗工厂某个灼热的车间，做一只即将
脱壳的秋蝉，说不出，也叫不了，穿越不了
信用的时间，理想阳光明媚，前途杳无音讯
新世纪旁边堆满机器的剪口废物跟没有来得及
过完的社会主义初级阶段，时间开始变节
它嘲笑我渐失的记忆与激情，啊，你不断赞美
没有什么比空虚的时间容纳更多的东西
我在怀旧，二十年的手动纺纱机纺出了古典的线
穿上大跃进的针，缝着改革开放的衣
官僚们的肝发黑，是的，他们已黑得够多了
有很多可看的已被摧毁，剩下赞美曲不断
嗯，这该死的软骨头，他一直企图借用
谎言的翅膀，踩上银月亮，可怜的，一副奴才相
我习惯了把铁分割，打磨，钻孔，造成一个时代的
外观特征，把我的宿命安置在一块铁器之上
在铁的泪水中孤独地漫游，把身体插入铁
让它驮着我去遥远的地方，这苦原本是人生的
盛宴，需要用忧伤当酒，贫寒的食物
啊，这世界对于我，除了忧伤，还有什么
可以安慰此生，生活是困难的……

真相原本是王侯与党棍，税官和体制，在雨水日
开会，商量国家的阴阳，路线，主义，需要更多

附件与条例，树木需要一个钢铁的祭坛，明月转世
投胎水中，猜测需要歌颂，它妖娆的密码来自清明日
祖先的通灵术，它的颧骨太高，她的命运太苦，她的诗歌
太好，剩下铁质的渴望太硬，刺痛了柔软的时代
她前生原本是一只凤凰，转身投胎却成狮子，钢铁太黑
主义太多，剩下她丰腴的肉体向世界屈服，与黑夜相互
呈现，交叉，重合，啊，它们有着相同的面孔，
它已无法返回它的草原，它的定义正扩展，延伸
如今剩下谷雨日的种子给你带来好运气
道德原本脆弱，它的肉体插入一根无耻的钢钎，蜘蛛结网
飞蛾扑火，我无法回避大厦的倾斜，它傲慢的神情
残留着自然主义者的余温，感觉良好，却彻底丧失信心
啊，它还沉湎于旧时代自怜优雅的风景，她来自四川乡下
红花草的故乡，从树木返回钢铁，荒凉的内心挤满了爬山虎
在机器中打磨着诗句，用铁与图纸造型，啊，一生，原来多么
辛劳，五金厂车间的灼热，电锯与钢锤，窗台的铁树，门外的棕榈
来自传统的木头，它们被制成框，条，形，像古老的教条
你握住日本的丝攻，德国的牙轮，仿制的卡尺，可悲的，这仿制工厂
开始生产冒牌盒身盒盖，它们像一具具的棺木，装着我的灵魂
它们独立于你的身体与内心，有说不完的秘密
绘图员沉湎于线条，模具师们匠心于外观
统计员核算数字，老板们计算着利润，而我在深夜加班
窗口的月亮它仅仅照耀我的梦幻，质检员用红色的印章
签上她的姓氏与编号，我面对冰冷的钢铁与无言以对的空旷
记忆正像开发区被荒芜，眺望像被厂房包围着的古老祠堂
有些守旧，冷清，像废墟，也似遗址，“空气战栗着麻的味道”
我在合格纸的背面写这句话，战栗是可以传递的
从纸到肉体，如果还需我来阐释什么，跟单员小姐习惯了抽象

与雅座，她有着细铁丝一样的舌头，绞着订单与客户，头顶的灯
照亮我的主义与符号，劈面而来的铁钳与刀具，她按动开关与
疾病，机台上的铁被打磨，圆具，方形，六棱形，向左
还是向右，啊，我是良民，齿轮有效地运转，一座座铁制品
做成，玩具，VCD的，寂静的铁将有一次难得的长途旅行
线切割机伸出螃蟹样的钳子，钳住子曰诗云，思想与利润
生活原本寂静的砂粒，跟单员的裙子朝着背阴处掀起，彻夜亮灯
照亮图纸上的未来，啊，这些线条有点简单，这些主义有些错误
我打开生活的阀门，这后现代的艺术，春日灰暗的幽灵需要怎样
铁来打造，它们湿漉漉的身影，在铁丝网上开花，它们穿着
黑铁外套，带着黑铁头罩，啊，你抬头看教堂头顶的钟
此刻，我的血压比天空还高，它因为集体的耻辱不断上升
这么多年，我蹚不过主义的河流，政治的游泳选手长出了
鱼鳞，钟声在时间里活着，啊，岁月太长，生命太短
剩下的城市缺少教养，它努力开发红灯区，大酒店
举起繁华的马赛克，只可惜钉子户习惯了不和谐
这些次品的毛头与披峰，我生活充满异样的味道
它们是不是会盛开，它们会不会凋谢，你看见车间打磨员
开始伸出变节的手指，生命原是一场交易，她背着石头
寂寞的内心，血汗工厂的加班灰了我的心，我像囚徒
用放弃自由获得新生，啊，还剩下三个工序，铆接
锡焊，它是不是像猛兽一样咬着你，铁屑飞动
噩梦太多，需要找一个人来温暖睡眠

我尽快走出这铁质结构的生活，它在机台推行
浪漫主义，把梦从最后一个牙孔抽走，剩下一百种形状
一百种未来，当我在铁的尖叫中忍受着孤独，它在牙上
刻下我的户籍，年龄，档案与暂住证，啊，它记录下

工号与工种，它打造一个囚笼，用生产数字记下我们的
内心状况，它的图纸是黄昏理论，必须用哲学与政治学
铁正在机台上发表演讲，它们等待一个主义或者风格命名
我已经习惯了魔幻现实主义，崇拜哑巴，它现在适合于
某种开放的经验，从矿石到铁块，从铁块到制品，这是
铁开始建立政党的过程，它用卡尺，图纸，开关，哦，
忘了，电，你轻声念出这个有些麻麻的词，它像水流
在你的神经间流动，你颤抖一下念出电，铁把电当作
党章与动力，啊，这些集体政党的铁具开始指挥着我
在此处钻孔，彼处折叠，它说着翻译体，合适而警惕
交集着百姓的悲哀与糊涂，它正与我内心的观念对称
模具设计师开始制定经济政策与前进的路线
它在铁片上找出基本点，铁的中心，组织原则
线切割机师傅忙着规划与发展，在铁片上规划开发区
核心地带，他们打造次级金融中心，机器尖厉的哨声
是拆迁的钉子户，再往下，是血汗五金厂的打磨工
打孔工，啤工，他们祖孙三代同居一室，用残忍的尺度
塑造铁的生活，他们被限制在哪里打孔，打磨，孔径
大小与深度，必须和谐而稳定，课本重复着政治思想
他们要学会忍耐生活，这是另一个中国，失业，下岗
工伤，断指，啊，这些被限制进入城市的低素质人群
代表发言，政协提议，小学生作文中早已经写清
为了创建卫生与旅游城市，禁止民工拥进首都
他们活着是铁片国家的耻辱，太多的民工内心脆弱
不能承受 X 公斤重的痛苦，他们得了胃病，职业病
结石，血管里塞满了不满与怨恨，这些病变会给铁国
带来不稳定的因素，上访者开始进入下一个程序
品检员开始挑选不良分子，熟悉的铁块有了另一个面孔

带着伤痕的淘汰者，它过度幽默与正义，不肯屈服
某个单一的主义，我们开始用数位元与表格来显示喜悦
时间是一个馅饼，它缺少籍贯与身份，饱含太多的歧义
需要等待清洁工来清理，这些铁会换掉舌头嘴巴
它的风格适于合唱，它用反讽，借助修辞术
开始诵读人间喜剧，官僚的外厂 QC 只有单一方向
她开始对铁的国度指手画脚，她的声音充满了
招魂与炼金术，这些铁需要加强政治思想工作
还有生存的诗艺与艺术，铁过于沉默
它还没有摆脱旧时代的公式，不会向顾客上帝
暗送秋波，需要删改和编辑，时间重新返回
一九九〇年代，我们的变革需要重新审视
这个躁动不安的年份，需要辩论与误解
调整与修正，铁的模型还停在一九八〇年代
它笨重而呆板的圈圈不适于新世纪，模具设计师需要
反醒，他们过多地站在旧时代的既得利益者的立场
或者他们本身与旧时官僚与新时的权贵走得太近
他们的设计不适应于大众们的立场，线切割员过度
在意利益，省略小百姓们的曲线，唉，剩下打磨工
打孔工，啤工来承担不良品的责任，味道有些痛苦
彷徨，铁的绝望让死去的政治家们承担，就像我们
从来没有经过意义之外的忧伤，死去了就能够原谅
要抵达这些比铁的政党更虚无的回忆与象征，老板们
需要向这些报废品致敬，统计员计算着错误与缺点
她的字迹有些扭曲，将我的月薪描述得扑朔迷离
后勤人员在我周围装上监控器，目无遮拦的关照
让我的内心感冒，在集体主义的凝视下，我们学会了
怀疑，习惯与不习惯交替压迫着，我想暴动

却又不得不装着良民，按时打卡，对上司尊敬
思想被铁的政党清洗，四周布满了眼睛
它闪烁着铁钳样的光，把多余的念头与想象钳住
保安人员适于暴力，守门与搜身，他的蓝色制服
有着军警们的凛然，他们巡视车间，给瞌睡罚款单

现在我还是回到一块铁的中央，它来自哪里
深山，矿野，国外，它曾是埋藏地下的石头
被人挖掘，粉碎，它饱含着大地的咳嗽
灰黝的躯体有着晚期的职业病，这些铁的往事
太凄凉，我再也不敢想象，它们穿过高楼，厂房
铁路与国营的加工厂，它们在机台上装着比大地还深沉
它的希望需要用钢锯与线切割，我用哑语说出
它的愿望，回到那属于岩石的心境，它说不出汉语的声音
这汉族人最为坚硬的部分，我只隐约听到它像岩石一样的
哭泣，它来自土制窖，回去的路已被工商与城管查封
它正走在并非虚构的改造甬道上，从石头到铁块
从铁块到制品，它遇见马不停蹄的时间
它们被切割成不完整的形式，昨天，今天，明天
历史，未来，现在，或者二十一世纪，这些正是我或者你的
片段，你想坚持原来固有的主义，被生活打扎，卷边
生活不能容忍那些太过于完美的事物，它有着危险的
嫉妒心，开始便是结束，我还在现代的机台上怀想着古代
返回唐朝写诗，去山间采集中草药，垂钓斜风与细雨

原载《青年文学》2008 年第 3 期

赞　美

邰　筐

我赞美那些步行的人
那些沿着平安路或工业大道步行的人
他们用走抵抗着疯狂的速度
是缓的慢的。他们用脑子拉琴用良心吹箫
发出的是一个时代的声音
我赞美那条步行街
那条拒绝机动车进入的街道
它拒绝噪音拒绝污染拒绝宝马车的趾高气昂
拒绝摩托车的横冲直撞
它的左侧栽着银杏，右侧长着木瓜
它是乡村的一棵牵牛因渴望伸向城里的触须
它是道路中的贵族，是一座城池的乌托邦
我赞美那些骑自行车的人
那个单手扶把，在平安路上飞奔的人
他在车把上挂着一捆青菜，左手里

提着新磨的一袋豆浆
在车流人流中，羚羊一般左躲右闪
然后突然拐入某个巷子，融入生活的深处
我赞美那些修自行车的人
那些在羲之路口或星光超市门前
修自行车的人。他们来自城市附近的村庄
拥有朴素而实用的手艺
一会儿给灵魂补补胎，一会儿给命运打打气
他们中有我很熟悉的人
城市管他叫大哥，我管他叫父亲
我赞美那些拉排车、蹬三轮的人
那些在长途汽车站、南郊火车站、华丰个体车站
王庄车站、水田车站、金雀山车站、垃圾中转站——
在成衣批发市场、鞋帽批发市场、家电批发市场
塑料批发市场、土杂批发市场、日化家用批发市场
厨具批发市场、小商品批发市场、箱包批发市场
毛线批发市场、板材批发市场、家具批发市场
保健品批发市场、灯具批发市场、装饰材料批发市场
以及屠宰场、火葬场拉排车蹬三轮的人
他们是这座城市忠实的搬运工
从一条街到另一条街
从一个仓库到另一个店铺
从繁华地段的商务酒店、夜总会、迪厅
到偏僻之处的洗衣房、练歌房、按摩院
他们搬运着生活必需品、日常消耗品、名牌精品
甚至搬运着假冒伪劣产品、危险品、废品
搬运着进口货、国产货、积压货、紧俏货
我赞美有家不归的人、彻夜不睡的人

像夜游神一样，在这座城市里乱窜的人
他也许会发现城市的一些秘密，譬如
一辆洒水车在路灯下抛出的弧线
一个老乞丐躲在垃圾箱后面蘸着月光数钱
他也许还会遇到一个女人，并跟她聊起诗歌里的家乡
我赞美一座城市夜晚的安静
却不赞美它藏在夜幕下的勾当
我赞美汽车上的一个轮子
却不赞美它旋转时的疯狂
我赞美一个人思考的偏头痛
却不赞美他的偏执狂
我甚至可以赞美他口腔里的一颗假牙
却不赞美从一颗假牙开始枯败的时光
只有爱，我是不设底线的
哪怕是偏执的爱狭隘的爱自私的爱
我也会由衷地赞美，并不是我对爱缺乏选择
而是因为这个世界
———它实在太空旷太空旷

原载《诗刊》2006年第12期

我在这里拣拾一些诗歌的骨头

曾继强

诗歌的肉，都被啃掉了
那些咬文嚼字的诗人
用尖利的牙齿撕得一干二净
这些诗歌的骨头，这些残羹冷炙
这些连狗都不愿意用鼻子靠近的骨头
扔在工业区，扔在机器轰鸣的工厂
扔在昏暗的车间，扔在流水线
扔在机台上，在无奈与痛苦中
没有人愿意去拣拾这些光秃的骨头
“呵！伟大的……”——这些抒情，这些
诗歌的肉！诗歌中鲜嫩的肉
比腐烂的肉更难闻，它不适合我的味觉
只适合那些嗜血的蚂蚁。或者苍蝇
那些诗歌的肉，我都统统地剥下来
我只要这根骨头

我要把讨薪欠薪、黑砖窑、瓦斯爆炸
断指与死亡，渗进这根光秃的骨头。这些
遗弃的骨头，比肉更有意义
他们都不知道，骨中的钙
比肉中的营养，更有价值
他们不知道首先腐烂的是肉
然后才是骨头

2008年3月23日

原载秦晓宇编：《我的诗篇：当代工人诗典》，
作家出版社，2015年8月版

勘探地球的人

马 行

1

勘探队。大风将至

有人，返回城市
有人，调进一家炼油工厂
有人，嫌累，回农村了
有人，调总部机关
有人，嫌工资少，辞职到广东打工去了

大旷野，千山万水重整方向。不想走，或是走不了的，皆是徐霞客的化身
唐：善调教风沙，仪器员
许：像闪电，测量工，来自清华大学
潘：云，气象专家

田：狼毒花，电缆技术员
胡：火，爆炸工
马：戈壁石，观测员，喜写诗

2

我，秋天，1210 名勘探队兄妹
住在天山下

一抬头，就能望见天山
再抬头，可望山顶上的雪
这多好啊。我是个不优秀，也不算称职的男人
我知道，勘探的远方，名叫荒凉
那里潜伏着的饿虎
还将吃掉我剩余的青春

而我，不为别的，仅为了这一座天山，以及山顶上的雪，也可蹉跎掉整个人生

3

大雨过后
小水洼，眼神清亮

一顶，又一顶的野营帐篷，仿佛一个又一个省份
一辆，又一辆越野车，仿佛能把整个宇宙装进车厢，统统运走

4

第十九号帐篷内

女勘探队员田莉莉，是引线与 TNT 炸药的距离
是大风劲吹

此刻，她低着头看手机。她的旁边，爆炸工张子良，捧一束百合花
技术员刘同敏，揣着两块热乎乎的烤地瓜

5

祁连山下，河西走廊
烽火台年久失修，夜空蓝得就像一个童话

刘同敏，喝醉了酒，冷不丁拔出尖刀
张子良手持铁棍，抡向刘同敏

天亮了，车轮滚滚
勘探的远方，重低音在回荡

张子良，亮亮的大光头，一片荒凉
刘同敏，抱着吉他，低头弹唱

6

她是艳丽的罂粟，绽放在东经 87° 51′ / 北纬 44° 40′ 的天山脚下
她是寂寞的长信，被春天退回到塔克拉玛干沙漠公路 289 公里的铁皮房子
她是天使之泪，滴落在蒙古国Ⅺ二维区块
她是一只沙狐的前世今生，在准噶尔盆地北缘乌伦古勘探区，和着流水的节拍翩翩起舞

7

大风吹散了时光
帐篷门口，从炊事班猪圈窜出来的一只小黑猪

探着嘴巴，拱啊
拱一朵小野花

8

副队长西爱民，驾驶罗利冈水陆两用车，去拖陷进沼泽的卡车
后勤班连夜打造小木舟
只身前去探路的施工员青岛阿纪，遭遇群狼
测量班长玉海因车祸牺牲

来自蒙古高原的明天，八级大风
将横扫勘探区

9

准噶尔大戈壁，那个扛着被大风刮烂的勘探队旗，跨着大步走进地平线的年轻人
依然没回来

帐篷门口，测量副班长周忠军
坐在石头上
噙着泪，吹响一把口琴

10

前行，谁的车队像星空一样寂寥？

前行，谁的命运像轮胎一样爆裂？

前行
那是周忠军，西爱民，刘同敏，青岛阿纪，与死神一起游荡，在无边的风沙中
前行
那是包有刚，张子良，田莉莉，诗人马行，与狼群一起奔突，在干旱的大地上

11

“我们有火焰般的热情，战胜了一切疲劳和寒冷……”

大旷野，你是一棵野草与天空的对话
你是地平线
也是我的千山万水

大旷野啊，你是老卡车运来的白天和黑夜，你是我和宇宙胸腔里鼓荡的大风

原载马行《无人区》，漓江出版社，2016 年 11 月版

大柴旦勘探区

马 行

星辰的秘密和忧伤都还在，这地层深处涌动的石油与流水啊

辽阔也都在，辽阔是日月穿行的模样
没有村庄，更没有城市

大雪山，引爆地质炸药
千里戈壁，激发着人工地震
驻地大院内，一顶顶帐篷
旗帜飞扬

黑石油，红石油，绿石油，白石油
组成古老画卷
勘探并不仅仅是一种工业
它是神的门铃在响

请再摸一摸，那些最温润的大柴旦玉
其实是最孤独的阳光

请发动卡车穿越大戈壁吧，那骆驼刺上的地平线
在等你呢

原载《诗刊》2020 年第 9 期

在工业区里走过一段田园

池沫树

在工业区里走过一段田园
从工厂，穿过厚街大道
走过南丫村的二个工业区
和一个不大不小的被河流隔断的
村落

在村落五六层楼房相望的一块土地上
在宽阔的空间低处，有二条
被篱笆围绕的水泥路
是我每天上班有意绕走的田园之路

这里有一丛绿意盎然的
丝瓜，南瓜，豆角，白菜
几棵灌木和香蕉树
还有三株金黄的向日葵

一些不知名的藤状野草
随着夏天已经在路边铺展开来
顺便，开上几朵小花

在风中，我能闻到草叶的清新和
一个打工妹擦肩而过的淡淡的花香

远望东江边的高楼
我常常忘了
一处低矮民房里轰鸣的机器声

原载《诗刊》2018 年第 21 期

车间，我的青春在此搁浅

许立志

白炽灯为谁点亮
流水线旁，万千打工者一字排开
快，再快
站立其中，我听到线长急切的催促
怪不得谁，既已来到车间
只能选择服从
流动，流动
物料与我的血液一同流动
左手用于白班，右手用于晚班
老茧夜以继日地成长
啊，车间，我的青春在此搁浅
我眼睁睁看着它在你怀里
被日夜打磨，冲压，抛光，成型
最终获得一点饥饿的，所谓薪水
我听到的打工生活略显疲惫

流经血管，它终于抵达笔端
扎根于纸上
这文字，只有打工者的内心可以阅读

原载许立志《铁月亮》，太白文艺出版社，2019年1月版

流水线上的雕塑

许立志

沿着流水线，笔直而下
我看到了自己的青春
汩汩流动，如血般地
主板，弹片，铁盒……一一晃过
手头的活没人会帮我干
幸亏所在的工站赐我以
双手如同机器
不知疲倦地，抢，抢，抢
直到手上盛开着繁华的
茧，渗血的伤
我都不曾发现
自己早站成了
一座古老的雕塑

2011 年 6 月 12 日

原载许立志《新的一天》，作家出版社，2015 年 3 月版

流水线上的兵马俑

许立志

沿线站着
夏丘
张子凤
肖朋
李孝定
唐秀猛
雷兰娇
许立志
朱正武
潘霞
苒雪梅
这些不分昼夜的打工者
穿戴好
静电衣
静电帽

静电鞋
静电手套
静电环
整装待发
静候军令
只一响铃工夫
悉数回到秦朝

原载许立志《新的一天》，作家出版社，2015 年 3 月版

拿扳手的女人

黑眼睛（邹彩芹）

她在给汽轮机安装
七个小东西
她用扳手较紧，用塞尺
找距离
她的腕上没有玉手镯，手指上不戴钻戒
但有一些脏污

她精心从容地安插
七个卧底
四个负责监视，把数据传给她
三个替她看守
娇小的她
控制巨重的它，用转速绵延电流
它偷懒，不可以
它疯狂了，也不可以

原载《诗林》2013 年第 6 期

冬日的工业园

樊　子

在这个寒冷的冬季
我肩膀扛着一根废木，遇到漫天的沙尘
我在一个命名为工业园的地方坐下来

这个寒冷的土地，众多的树木
面临休克状态
疲惫的火车整日像个奴隶
一节节车皮把煤炭卸下，又一节节
装满再卸下
这些城市依靠煤炭烤火
烤烤僵硬的躯体和虚弱的表情

一些枕木断了，一些钢铁弯曲了
疲惫的火车整日像个伟大的僧人
我肩膀扛着一根废木

在帝国的工业园，看见
银杏树、水杉和烟筒一样挺拔

黎明的白色牛奶要是放在黑夜里还是白色的
我就相信一些谎言
当废木成为枕木、成为精美的根雕
放在自己的肩膀上就显得不太合适了
我只是一个工匠，一个有手艺的工匠
用锈迹斑斑的工具刀
在手臂上刻下：奋斗！

在冬日的工业园，桫椤树塑料模型挂着一盆吊兰
我只有肩上的一根废木
我卸下这根废木，拿起刨子、铁锤和锯
在废木里找自己的锁骨
喧嚣的工业园向来就是寂静无声

原载《诗歌月刊》2013年第4期

想起一段旧木

郭金牛

我不在工地上，就在工棚里。
下雨。
稍息。
一名木工，男，30 岁。正抚摸一段旧木，不像柳永
落寞时
就抚摸
红楼或青楼的阑干

第三层楼的妞最漂亮。许多年前
我最想娶她。
曾执手。曾泪眼。曾一副欲语未语的样子。
《雨霖铃》中。
我追她到宋代
打电话给柳七

七哥，七哥，
每逢梅雨至，
木工的手，便摸到宋词的某个部位，旧情
很难制止。

青梅。竹马。这样的一段旧木，身怀暗香
无论花多少年
她，从不生枝，散叶，
开花。

原载郭金牛《纸上还乡》，华东师范大学出版社，2014年8月版

建筑工地

陈　仓

四个人席地而睡
像几根随意扔在地上的脚手架
两个人横着，两个人侧着
险些压到了天边的云彩
中午的阳光是一层新染的布
盖着他们
他们头枕一堆沙子
这堆沙子已和水泥搅拌
等着浇灌旁边的房子
这堆沙子很像一个坟头
被隆起的坟头
他们几个人没有呼吸
感觉不到胸脯的起伏
我不能判断他们是不是尸体
但还是不敢打扰这短暂的小憩

一只麻雀跳下
啄乌云投下的影子
无意间啄到一个人的头颅
他醒了
睁开眼睛开始张望
蒙眬得像初生的婴儿

2012年

原载《诗刊》2015年6月上半月刊

工厂记忆

唐 欣

在钢铁的怪兽身上
敲敲打打　看看听听
这就是我干的
女友说像扁鹊

机器怒吼的时候
我像原始人一样惊恐
但无法像他们一样逃跑

工业使人平庸
一个上午我什么也没想
金属轰鸣中时间很慢
坐在这儿半小时　我已过了一生

下班我也没有感到太大

喜悦　因为还要上班

机器比人坚强
我只是附在它身上的
一个什么小动物罢了

我不动声色　但内心忐忑不安
就像在密林深处
不知道会撞上什么家伙

我当工人时　是个穿着牛仔工装
大头皮鞋　眼神迟滞　动作有点神经质
说话慢条斯理的小伙子

我离开工厂多年
机器还时常在梦中鸣响
现在我也能回厂熟练地摁下旋钮
这已成了某种顽固的本能

钢铁是怎样炼成的
是在工厂炼成的

1990 年 10 月

原载唐欣《在雨中奔跑》，青海人民出版社，1999 年 7 月版

擦一擦机器的骨头

微雨含烟

为了某种避让，我想像一只鸟
越飞越小的一个点，直至消失。
但随时，它又会回来
告诉我此地以外，大年夜里
顶着风雪疾行的车辆，大大小小的包裹

老北京风味，粉红色毛衣
大红福字静电贴，这些年味很浓的
会让一些疏离变得浅淡。手机里的密码器
停止叩门的动作，猫们浮肿的脸上
血色素一点点回归

往事并不重要
机器周而复始的转动，鸟们继续它们的迁徙

所以现在，我们只能擦一擦机器
让一些疑虑跟着灰尘一同消失

你触摸不到大鸟们的骨头
但你能触摸到这些机器

是的，就是这些铁骨头
给我们的夜晚构架了屏障。

原载《延河》2015年第8期

填简历

泥　文

姓名这一栏好填，每次不用考虑
就能写上
父母用泥土的颜色给我的名字
性别也好说，我还分得清
至于民族，我至今无从考证
只有被户口本民族
到了学历这个节骨眼儿上
我的笔实在犯难，拿不出任何凭证
说明我上过学。那个大专函授结业的红本本
不被认可，出生年月
只能根据身份证上错误的出生填
这是唯一被认可的途径，一个合法公民
已结婚，没有政治面貌，就忽略吧
出生地很远，工作单位很近，职务难以启齿

低到了最低的一线，家庭地址可以填，但不可以通联
办公电话是别人的，住宅电话空白
何年何月至何年何月，在何地何单位工作或学习
这个好说，九二年在河北进过砖厂
九三年在上海拆过旧房，九八年在重庆站流水线
这叫工作也叫学习，职务员工
可以说得泰然，家庭成员
从父母开始，到妻儿，清一色的冠戴
农民，农村，务农
推荐人一栏，我找不到
就自我推荐

2014年8月3日

原载秦晓宇编：《我的诗篇：当代工人诗典》，
作家出版社，2015年8月版

采石场的后半夜

田　禾

我写的采石场是村庄的一个山坳，
山路又高又陡。记得我小时候，
爬上去过一次，那一次爬上山顶，
才知道山的那边还有村庄。
山的更远处是一片陌生的山峦。
采石工在这边山坡上打眼、装药、
安插雷管、点炮。岩石在轰然一声
巨响中，纷纷破裂、碎开、瓦解。
点炮的人，像点着了屁股，跑得飞快，
后面轰隆隆一片，都是黑烟。
夜深了，碎石机的轰鸣声仍没有停息。
两个采石工用钢钎撬着炸开的
松动腐石，另几个轮换着用大铁锤
敲破化开。大锤落在石头上，
山谷发出一阵空洞的回响。

采石工手累酸了，变换一种姿势，
继续敲打。周围是祖宗的坟地，
溅起山中埋骨的沙土。
后半夜，由于起雾，寒意四起，
采石工把搭在树枝上的褂子穿在身上。
有人靠着草丛中的一块墓碑睡觉，
有人在自己的膝盖上睡着了。还有
几个，打着哈欠，坐下抽烟，说话，
一个问另一个："今天初几？"
"小亮的二爹昨天得肺癌死了。"
回答者答非所问。

原载《文学港》2016年第5期

再用轨

马兆印

我是一根再用轨
和新的钢轨堆码整齐
蹲在铁路边
我守候的时间很久了
飞驰的列车刮起的尘埃
将我和同类污染
我怀揣的品格更加高尚
因为无人问津的缘故
我心甘情愿地立在铁路边
这是我一生中最黑暗的部分
我等待工人手中的工具
把我抬上铁路
我多想承受列车的重压
和好钢轨一起接受一次洗礼
车轮滚过锈蚀的部位

焕然一新
和新轨并排而立
我努力散发金属的朝气
我可以默默等待笛声的呼唤
唯独不能接受的
是很多眼光不屑一顾
把我当成一根废轨

央视新闻微信公众号，《工人诗篇：时代情怀的歌咏者》，
2015年5月2日

车间门口的迎春花

蔡峥嵘

机修车间门口
那些迎春花无比葱茏
它们一直默默地生长
它们开花时
我就知道春天来了
有一年我挨着它们照了一张照片
就像一朵花开在花丛中

原载《东风文艺》2010 年第 6 期

炸裂志

陈年喜

早晨起来　头像炸裂一样疼
这是大机器的额外馈赠
不是钢铁的错
是神经老了　脆弱不堪

我不大敢看自己的生活
它坚硬　铉黑
有风镐的锐角
石头碰一碰　就会流血

我想告诉你
我在五千米深处打发中年
我把岩层一次次炸裂
借此　把一生重新组合
我微小的亲人　远在商山脚下

他们有病　身体落满灰尘
我的中年裁下多少
他们的晚年就能延长多少

我身体里有炸药三吨
他们是引信部分
就在昨夜　在他们床前
我岩石一样轰地炸裂一地

原载《四川劳动保障》2015年第7期

意 思

陈年喜

我们三个：老陈、老李、小宋
分别来自陕西、四川、山东
我们都是爆破工
走到一起不是意气相投
也并非什么缘分

我们每天
打眼、装药、爆破、吃饭、睡觉
感觉活得没一点意思
每三天一顿的红烧肉和每天一次的爆破声
就成了我们生活最大的意思

有一回
我们喝高了
小宋唱起了山东大鼓

粗喉亢壮，鼓声铿锵
在古老的戏典里
做了一回武松
老李突然哭了
他说对不起小芹
说着说着他又笑了
他笑着说
人一辈子有了一回爱情
就不穷了
我最后吼起了秦腔《铡美案》
一生气
我把陈世美的小老婆也铡了
事后，我们都说
这酒，喝出了大半辈子没有的意思

前年
小宋查出了矽肺病
走的那天
他老婆用他最后一月工资
请来了镇上最好的班子
让英雄武二哥美美送了一程

去年
老李让顶石拿走了一条腿
成都的麻将摊上
从此多了一只
独立的鹤子

如今，我还在矿山
打眼、装药、爆破、吃饭、睡觉
新来的两个助手是两位童工
他们的时尚词和掌上游戏
没一点意思
每天的红烧肉和炮声
也早已没了意思
我不知道，这后半辈子
还能不能找到点
活着的意思

东风吹起来了
意思一茬茬吹来了
意思一茬茬吹走了
吹着，吹着
都吹成了烟尘

原载陈年喜《炸裂志》，太白文艺出版社，2019 年 3 月版

工人这个称呼

绳　子

一

他们松垮着肢体
他们沉默。他们低头走路
几蓬枯草坚守着黑色的北方市镇
青石的磨盘一个一个碾压
这些粗粮，这些沙砾
被啃噬。目光涣散
在夕光的底部
他们互相伤害、戏谑，他们融为一体
他们生儿育女，不期望意外的收获
他们大都已界中年，积重难返

二

作为一个词，总是遭遇尴尬

全民所有制、合同制、市场经济下的打工者
在档案上变换一次
就有一些人永远消失
在凋敝的厂房里游移
我开始怀念那些消失的名字
他们像包袱一样被堆积
当我突然看到自身的悬置
才知道我们都是没有过去和未来的
尴尬的一群

三

还有一些过早地离去了
他们让我满怀悲伤，我不知道
他们的墓地在哪儿，他们
会不会长成一丛丛小灌木
向我传递心中的隐痛
那个叫刘滨的小子
是我无法绕过的刺，他走过来他说
“我爸是刘金华”，这个总是出状况的小子
工伤、职业病、黑咸菜、霉煎饼的
刘金华，在我的履历上
填补了太多的东西。现在
他的儿子开始讨还
但我不能交出
交出拔出骨头连着肉的年代
那时我自私、偷懒、不负责任、推诿
自以为是，最后
我总是恍惚地说

“你这孩子”

四

现在我不再想着逃离
我说：生
我说：活
两只容器
在头顶摇晃、碰撞
如果有一天它们消失了
谁会到我的墓地上
看一看

2004年9月12日

原载秦晓宇编:《我的诗篇：当代工人诗典》，
作家出版社，2015年8月版

又一条生产线的开工建设

绳　子

那些机器血统不明
在荒地上矗立
我不知道怎么去描述
地脚螺丝像一根刺扎进土地
荒野被机器打开
有些疼痛能够链接
这是 2010 年最后的一天
开工建设的那条生产线早就占领了天空

蒸腾吧　一条生产线可以给时代一个
喷发的理由
我想退到远方
独自一人在荒原上踌躇、迷惘、呼唤
像一个人那样呼吸和走动
拥有自己的皮毛

我躲在一边　　并不能远离
我会回到那里
在工厂和车间
借此我可以活下去
借此我有自己的口粮和生活
内心具有的矛盾会在暗夜里溶解

醒来　在机器和时代之间
一只偶合装置
连接着工业奔涌的液流
日日磨损的器官
在浓浆淋漓的罐体内搅拌
数字在液晶显示器上翻滚
曲线和直线　报警系统闪烁和鸣叫
绝不是叽啾的鸟语带来迷幻和新鲜的空气

损伤是看不到的
DCS 的意思是分布式控制系统
对机器的分散控制　集中操作　分级管理
人的资源是柔软的
通过集中整合
具备了可控制和可操作性
一条新的生产线就是一个操作和控制的集合体
工业区展现了一个伟大的图景
而我仅仅是一只眼睛
我看到的听到的具有了盲点
我不知道自己是谁
高压喷射器保持着衡定的压力

高昂的节奏　铿锵有力
幻想被一块一块敲碎
就像肉体被切开

一切都从旋转开始
驱赶和挤压　每一次冲突都在让你步步后退
从低压泵到高压泵
生产线从最初到最后都在嬗变
原始物料在云集的电力和控制系统的纯熟手法下
推动着历史的进程
而历史是个什么东西
那些看不见的裂变在深深的沟壑里
酝酿一场风暴
而遍布的工业区还是平静的
光线收拢在一条生产线的上空
谁将动手
制造一场风暴

2010年12月28日至12月30日

原载秦晓宇编:《我的诗篇：当代工人诗典》，
作家出版社，2015年8月版

炼钢，炼钢

田　力

钢花，有时候要比急促的雨滴
更密集。我知道，映红天空一角的
不仅仅只是太阳

一双手，加上另一双手，是两双手
对，无数的手
从鲜嫩，到粗糙
从一个夜晚，伸向另一个夜晚

搬动是必须的
工装下的面孔，是相似的
矿石去和矿石说话，而我们不必说话
一个手势，一个眼神，一个奇怪的动作
顶多，借助一声银亮的哨子

是窜舞的钢花使炉中的钢水得不到潜藏
我片刻的沉寂与你持久的匆忙
恰如一只蝉，转换声调时
突然出现的停顿
和宁静

原载秦晓宇编:《我的诗篇：当代工人诗典》，
作家出版社，2015年8月版

一个人像另一个人

田　力

一个人长得像另一个人
高矮、胖瘦、衣裳、哭笑、鼻子眉毛嘴
两个人都是工人
一个是
转业回来的，另一个也是
一个爱看玄幻小说，另一个也看
一人使榔头，另一个人也使榔头
一个人使铁锯，另一个人也使铁锯
过火车道，都是过三十根
一个工人
长得像另一个工人
都是背转着身子干活儿
不同的一点是，一个在三车间，一个在五车间

2016年

原载霍俊明编：《先锋：百年工人诗歌》，中国工人出版社，2021年7月版

大工业时代，请原谅我抬高了心跳

马晓康

我们都是植物人　把根向深处扎
扎向地心　也扎穿你的身体
种下一片灰色森林　将天空顶了又顶

模仿齿轮的呼吸　转动一生　直到分崩离析
不需要表情　每一根链条都不会多余

曾经躺在身边的白马飞走了
只有从缝隙中掉落的一具具发了霉的尸体
来不及流出的眼泪　汇成一望无际的黑色阴影

对不起　在我没被锈蚀以前
请让我听一听天上的声音

原载《北京文学》2016年7月

写意：中国工业园

龙小龙

中国制造的高纯晶硅

我看见一种有形或者无形的力量
集合着一支队伍
某种一盘散沙的状态终于凝聚成固体物质
具有前所未有的质感和硬度
引领着时代的元素周期

我看见原始的蛮荒与粗野
经过洗礼、合成、精馏、冷凝和还原
经过深层次的围炉夜话
达成了一次又一次的理解与默契
弯曲的道路被工匠精神的热情拉成了
笔直的梦想

我看见种植的黑森林，和小颗粒的阳光
中国的金钥匙，打开了西方的封锁
赋予大格局的意识形态
那闪烁的半导体，正满怀笃定的信念
走向岁月的辽阔

工匠精神：一双手

我要写到一双手
是它，把原野里分散的沙粒汇集在一起
放进熔炉里整合
完成了一次次灵魂和品质的重塑

是它剔除了那些管道里的锈迹和霾尘
去除了不合时宜的因子
使空气格外清新，大地呼吸均匀
江河的血液畅行无阻

淬炼阳光的手
让冷硬的生命发光发热的手
一双手，让伟大诞生于平凡的缔造者
一尊立体的雕塑

有一种建筑叫作还原炉

排布整齐的团队。从一座座银色的熔炼炉
小小的玻璃窗
可以看到那些燃烧的信念和理想
形成声势浩大的正能量

一座座晶硅还原炉
就是一个一个倒扣的小宇宙
酝酿着万物生机
是的，大凡高贵的品质
都是外表冷漠，内心多情而炙热

俨然岁月的熔炉。当高压下的电极
闪电一般穿透了化合的状态
析出游离态的晶亮
像纯洁的辞藻，沿着火红的诗意
幸福地生长

高高矗立的精馏塔

一支支矗立向上的大手笔
有力度也有性格
仿佛随时可以饱蘸白云和风雨
抒写一曲大地之歌

但又像水彩画
简约、唯美，而不失灵动
是写意的山峰或挺拔的工业树
站在风里倾听江河

我曾不止一次地在塔前留影
将高高的精馏塔
几何的图案
作为人生最生动的背景

一种静止的高度
在蓝天下，发出耀目的银光

蕴含阳光的内核

我看见远方的沸腾
也看见远方在静静地等待
等待一种叫作硅片的物质
将一片一片蓝天覆盖在辽阔的水面上
用身体的全部
激活它们构思已久的梦想

一片整装待发的多晶硅
内心热烈地运行着
与伙伴们结盟成整齐划一的团队
每一颗奔突的晶粒
用蕴含阳光的内核
重新定义新时代的渔火星光

巡检工人

有男的，也有女的，巡检工没有性别
没有年龄界限

只有一种特征相同
举手投足之间，透射出严谨和细致
以及“一颗保持冷静的心”

把望、闻、问、切的中医原理搬到生产现场
把温度、湿度、压力等各种参数

记得滚瓜烂熟
善于透过表象看本质
更善于从微观中辨别出大趋势

他们，是最实在的艺术家和哲学家
是朴素的工匠
是不善言辞的语言大师
长年累月的逡巡
练就了他们独立的品格和爱的敏感度

原载《诗刊》2018 年第 7 期

新工业叙事

龙小龙

主控楼

每一座制造工厂
必然有一幢建筑叫主控楼
就像每一个鲜活的人体
都有一颗大脑，有丰富的神经中枢系统

四平八稳的楼体看不出与众不同
进入它体内，你会看见一座被抽象的艺术工厂
那些工段、车间和岗位
那些在铁与铁之间来回的工人们
历历在目

所有的管道、塔釜、阀门和仪器仪表
幻化成了形式各异的国际符号

每一个字母和数字，都有特定的象征和隐喻
阡陌纵横的经脉流淌着神奇的介质
就像大地江河
流淌着有形无形的白云清风

我们可以不懂它们的运行法则
但可以清晰地感受到
一座钢铁水泥铸造的庞然大物是如此的可爱
均匀的呼吸，有节律的心跳

主控操作员

来来往往的经线和纬线交织成运行图
那些闪烁的数字和符号
就像天幕上的星星

——他们真的好厉害
掌控着一座神奇的小宇宙
哪里需要装备，哪里需要粮草，哪里需要空气
都安排得井井有条
他们用程序将繁杂的事物简单化
用表格、曲线和颜色
将一种生态直观地呈现出来

在大家眼里，他们既是蓝领又是白领
一身蓝色工装
他们是天空与大海使命的先驱
一身白大褂
他们是科学与生命尊严的捍卫者

焊工场

白天的白，掩不住弧光夺目的烈度
一杆枪，喷发出极蓝的火焰
燃烧发出吱吱吱的声音
像痛，又像爱
缝合与割裂，只隔着一片玻璃的关注

大批钢铁被切割
大量的零部件被组装
此岸与彼岸、时间与空间被无缝对接
平面的梦变成了立体的现实
散兵游勇变成了组织有序、纪律严明的正规军

按照既定的蓝图，工程已经初具规模了
八月还未来临，他们已经迫不及待
用铁锤奏响了铿锵的器乐
穿过脚手架，可以看见一派飞溅的礼花
耀眼的绽放此起彼伏

老旧的转运车

每一次打滑或失控
由于相关防护措施做得到位
都没有伤及无辜
有几回，因它侧翻而产生相关的倾斜
不只是负荷的物料
还有大家的薪酬福利、技能考评政策等等

我们很难准确地说出
一辆转运车究竟养活了多少人
改革开放四十年来
这辆转运车的驾驶员换了一茬又一茬
装车的师傅退了一批又一批
轮胎爆了一个又一个

老旧的转运车。昨天它又侧翻了
依然没有伤及无辜
但很快它被送去了废品站
所以，这一回，它是彻彻底底地“转运”了

设备工程师

随着年岁增长，空压机会患上高血压
减速机可能减着减着
最终把自己行走的速度给减掉了
臼齿会松动，门牙关不住风
一切都在新陈代谢、因果循环、阴阳平衡三大理论中进行
伤病，总是在所难免

我见到的他们，总是全副武装
像一支出没于丛林的野战军，或者特种机动部队
有时阵地战，有时游击战
他们的双手粗若砂纸，但是心灵手巧
有时，为了侦查一个小数据
在厂区里一蹲就是一天

更多的时候，我感觉他们像一名大夫

表情严肃。这些精通内外科的医生
除了善于望闻问切，还善于采取中西医结合的手段
进行刮毒疗伤
给患者开出一些辨证治疗的处方

这些工匠们

抑或，这就是大国工匠的群体意识
质量要好，效率要高，还得节省费用
要将阡陌纵横、繁杂交织的工序打理得井井有条
新点子总是在既定的概念中突围，灵感或顿悟
占领高地并重新定义

我深知，一盘严谨高效的棋局，初期布阵至关重要
每个人手上持着一枚人生的棋子
公告栏张贴的岗位明星，个个是弈棋高手
举起左手，阳光正向的姿态
握紧拳头，应是一种积极的理念表达

这些工匠们，是一群敢于拆除陈规陋习的创变精英
而英雄不问出处
他们曾经在泥土中种植炊烟，在炊烟中诵读
曾经肩挑农副产品穿越在城市街巷中
一声高一声低地叫卖
日出日落，未曾改变的是心中朴实的梦想和信念

再见了，烟囱

父亲曾经说
哪里的高烟囱多，哪里的烟囱在冒烟

就说明哪里的工业最发达

如今，许多工厂生产蒸汽的方式彻底改变了
有的用天然气，有的用电锅炉
天然气的尾气全部回收成为资源再利用
而电锅炉干脆就不产生尾气了

烟囱戒烟了。我希望不要急于拆除
就让它高高地挺立，成为一种标记、一种记忆
而领导坚决要拆掉
那天，我们实施的是定向爆破
只听见一道闷雷，烟囱便应声倒下

那种感觉让我难受了好久
因为我突然想起了平素叼着烟袋、溘然长逝的父亲
我含着泪在心里默默地念叨
再见了，烟囱
再见了，我的老父亲

原载《诗刊》2019 年第 14 期

铁在天空飞翔

龙小龙

那些铁
是集结号中从四面八方云集的智者
彼此素昧平生，却又似曾相识
是团结紧张严肃活泼的铁
是电磁学
是电子技术
还有的是控制工程
信号处理、机械学、动力学的大师

我深知他们的艰难困苦
在高科技的陡峭上攀爬
克服巨大的摩擦力和阻力
经受以亿万计次数的演算、淬火和锻打
失重中涅槃
才找到了持续的支撑与核心动力

在万民的期待里光芒呈现

磁悬浮、大飞机，成建制的编队系列
融合、创变的结晶体
用超出自然的奔跑，圆梦物质的飞翔
穿越纵横、引体向上
螺旋式抵达浩瀚深处
更深处是未知，是不可测评的能量

我们都是凡人，在地面
一边揉着酸胀的脖子
一边深情地仰望

那些铁
经质变和量变而飞翔起来的银白元素
被云朵轻盈托起的金属鸟
愉快地从头顶飞过

2020年

原载龙小龙《新工业叙事》，中国言实出版社，2022年1月版

沿着一条高压线出发

蒲素平

沿着一条带电的高压线路出发
其实就是沿着光和热出发
就是穿过农业、工业、城市、乡村
就是穿过机械、电子、数字化
就是我来了，从生活的深处走向
生活的下一个拐点
就是穿过一群面目模糊的先人

开始走时，双腿有力，目光深远
阳光、铁锈、油漆、高科技，统统
装进一个工具袋
走得稍快一点，就会发出当当的撞击声
虚空的时间，就会停止一会

转过身，是另一个方向，是生活

是疼痛的软肋
而前行，必须穿过烽火、学校、工厂
和一个书本上空空的想象

至于过程，至于脚步
在闪电一下的速度面前被忽视，甚至
被故意遮蔽
对于一个要回家的人，有时
抄点近路
神也会原谅
沿着一条带电的高压线路出发
时间正在衰老，而我
正变得年轻

2017年

原载霍俊明编：《先锋：百年工人诗歌》，
中国工人出版社，2021年7月版

铸球厂，像落日倒闭：大地砂眼（组诗）

马　飚

1 自动门，500 人的手风琴，芭蕉（二月了）

像吹破的裙子，裹藏暗红的刀鞘
修造厂在我心里辽阔着。

斜坡从月亮下来，夜班，适合化验生活
腰比暗要亮，女工们穿着白衣裳，米兰飘香（剪枝者息岗）
嬉笑着（铸球会怀孕）

犬群伏于凤凰花下，这自带血肉的炸药
体内能校对出（财务拨狗粮）
盗窃的时间，很浪漫。山岗上，剑麻像密集的白烛台
老吕短信：追回合金百斤。（手机屏像高原云，舒坦）

工龄的砂眼里，我依旧看见爱人

彼此哭一场，比祝福深情：理想上，草木徒生。

2 疲劳是用此刻做的油画

人的脊背、神的视网膜，从来是两张金币
互不流通。像我们用彩旗装饰大会

劳务工的筒子楼，落日照耀的，一堆疲惫是生活的零件
油漆如光斑，远过我的皮肤（年代很抒情）
关上门，相通的楼梯像一样的命运

谁在铁丝上挂出吊兰，衣物如力气
噪声里飞扬，很有想法的样子

翻砂工来自凉山，多年的劳模
——尊严终被辞退
每天抡动铁锤量，达 10 吨重、5 公里长（月薪 8000 元）
同乡，就在身旁，制白模很优雅（用颜色与班长调情）

落日扯着他的影子，异乡水冰冷如幻
偷回来的铸球，像飞散的屎壳郎，会做噩梦。

3 铸造，鬼神的劳工，形而上之厂

人体内都吹进：沙子、火星、铁锈，工龄、职业病
星星下凡一样的肌肉，是气温的雕塑家

穷人以为财富里，有菩萨心肠
合同、协议、赔偿都是一场战争。我们都停留于表层（辉煌或自慰）

时间边无视边前行，从不会错过谁

中频炉，我的相机：（火中取栗的，不止猴子或坏人）
厂区的山水、草木，与半导体无关
新闻会唱歌，也会诅咒。原谅了比我们强大的：白血病、低收入
神的人格与兽性：贪官的暴虐，我被罚的小错误

我的想象力是圆形的：铸球、铸球，岁月蹉跎出它
磨碎引力，万物依旧，呆子一样苍茫

荒谬是一种工艺，炉台上，粗话吃香
——耐力像啤酒泡
渴望都来自体外（荣誉如面包、可乐，亲切的女工委）

4 香樟树，一对入云，恋爱 40 年可上天

我的办公楼，半块白月亮（涂料剥落，男女是非）

内部广场，像片膏药。站满的风湿、失眠
都穿着工装。五一，升厂旗（厂长寸头，像草皮烧焦）

苦难深爱着浪漫，我们有名牌、市优，大供应商
蟛蜞菊围住院墙，雨的味道在开花
高原上的小小工厂，人烟很重。（亏损像热气球）

歌声响起，工间操是宣告：偷懒、走样被许可
监控室的大李，会李花一样睡意蒙眬（哄笑像低飞轰炸机）
摄像头像闪电的果实，看自己，在流水线旁逐渐变形
这些人，必被忘记名字，必须记住目光。

5 管线通上人性，私生猛兽：蓝色、金黄、漆黑

机关是猎手的工具箱，颜值、智商皆为食物

火焰、永恒与意志无关，有岗位专侍，工伤是班长
像磁吸盘，这财富在空中的胃
为工业集中世俗（重奖是原浆）

大地毫无用途，弧光击穿风声，变压器用强迫症，爱着电工

上帝卷起它的铁皮门，抖动一次为一个工时
下面才是人脸。我常年夜班：高压电与行车，通过人体
操作星星：如果铸球是一秒钟，钢件足有半年重。

生活美在世外。退休的石科长，是一张处方。衰老如解药
许多的年轻气盛，直奔悔恨和激情（他与腐败斗争）

戴红安全帽的影子，落在地上，像有气泡的履带板
降价、返工在滚滚前行
残次品都摆在高处，库工小关穿好劳保，无人问津。

原载《散文诗（上半月）》2018 年第 6 期

吊带裙

邬　霞

包装车间灯火通明
我手握电熨斗
集聚我所有的手温
我要先把吊带熨平
挂在你肩上才不会勒疼你
然后从腰身开始熨起
多么可爱的腰身
可以安放一只白净的手
林荫道上
轻抚一种安静的爱情
最后把裙裾展开
我要把每个皱褶的宽度熨得都相等
让你在湖边
或者在草坪上
等待风吹

你也可以奔跑
但，一定要让裙裾飘起来
带着弧度
像花儿一样
而我要下班了
我要洗一件汗湿的厂服
我已把它折叠好
打了包装
吊带裙
它将被打包运出车间
走向某个市场
某个时尚的店面
等待唯一的你
陌生的姑娘
我爱你

原载《四川劳动保障》2015 年第 4 期

电池厂

魏兰芳

故乡的一半是正极　看似挺拔
想有几片枯黄的落叶　在风中簌簌发抖
漂泊的土　掩盖我半生苍老的血
从负极缓缓流出　抽搐的指纹
携同我的名字一起被收容进
那座打卡机　定时器在闪闪发光

夕阳下　我注定是那款被中和了
的聚合物　佝偻着身影
在锂子的倍率里　被莫名的端子点焊
在这个　浓缩的空间里　加锡　包边
任凭那些红黑引线无规则去隔离

我多想像串联一样的活得方方正正
剩下的孤独像并联一样隐忍　坚强

让所有同容量有关的智慧　思想　胆怯
在电芯爆烈的恐惧里
去喝干血　剔尽骨　把跳动的心装进分容柜

故乡的一半是正极　看似远方
想那儿　电流凶猛我遗忘你的时候
偶尔满怀梦想的时候　电压波动
迷路的时候　我并不曾真的哭泣
在这个城市里　只把自己像负极一样
轻轻溶解　慢慢输出

原载《作品》2017 年第 5 期

起飞中国

——祝贺国产 C919 大型客机首飞成功

宁 明

我的生命注定要写进这一天的日历
从跨进驾驶舱那一刻起
我就把自己都交给了 C919
它也把命运交给了我
这一天，上海浦东机场的天空阳光明媚
把试飞现场几千人激动的心情
也映照得像五月一样晴朗

我调匀呼吸，再次仔细检查每一项座舱设备
仪表板上的每一只指示灯
都向我意味深长地眨着明亮的眼睛
它们像刚踏上花轿的新娘，眼神儿里充满了
难抑的激动，和掩饰不住的一丝紧张

而此刻的我，心情和 C919 一样
彼此怀揣着好奇，一次次把对方深情地凝视

我了解 C919 不平凡的身世
也听说过它背后藏起太多的动人故事
它是一个吃百家饭长大的孩子
血液里流淌着几千名设计师的腾飞梦想
就连身上穿的衣裳，也是来自祖国的四面八方
——有成都的帽子，江西的上衣，哈尔滨的鞋子
还有西安的风衣，沈阳的裤子，上海的领带……
这样的完美组合，才更具一副中国的气质

我还知道，C919 是一个腹有诗书的才子
据说，它有六项学问至今无人可及
能与这样的优秀者做合作队友
是我的荣幸，更是一种信任的依托
我和 C919 神情肃穆，静静地昂立在起飞线上
只待那一句“起飞”的口令

发动机涡轮叶片的旋转比思绪更快
我收回想象，目视笔直的通天大道伸向远方
将心中按捺不住的冲动，用刹车止住
C919 在静止中积蓄着冲刺的力量
我的心和它一起震颤，一起渴盼
巨大的轰鸣声淹没了外界的一切窃窃私语
一个大国的自豪，即将起飞

我感受到了 C919 的巨大推力

它正在让一个民族的伟大梦想不断加速
跑道两侧的障碍物统统被甩在了身后
速度表上的数字在迅速攀升
我在耳机里仿佛听到了自己的心跳
加速滑跑，再加速、加速——
C919终于盼到了昂首挺胸的时刻

我双手握紧驾驶盘，像轻轻托起
一颗初升的太阳，又像托住了一个初生的婴儿
飞机挣脱大地怀抱的那一刹那
我的心倏然下沉，虽意志决绝，而又依依不舍
这多像十月怀胎的母亲，猛然听到了
那一声让人喜极而泣的幸福哭喊

今天，所有的云朵都格外洁净、安详
它们轻轻擦拭着C919修长的双翼
像抚摩一位新过门的蓝天女儿
C919尽情地沐浴在万里春风和灿烂阳光下
比游弋在大海中的大白鲸游姿更美

飞翔中，我的意志被插上了自由的翅膀
其实，我就是一只巨大的白鸟
用羽翅在蓝天上描绘一幅最美的图画
我要让日月星辰和所有仰望的眼睛
都能看清，并牢牢记下C919潇洒的身姿
记住2017年5月5日这个神圣而庄严的日子

是的，我用使命把C919送上了天空

我的生命，从此注定要和China焊接在一起
天空不再只会掠过A字头和B字头飞机的身影
更多C字头的飞机，将跟随我一起起飞
一个庞大的机群，将穿行在地球未来的上空
用一条条纵横交错的航线
编织出一张巨大的天网，为全人类
日夜打捞，最吉祥、美丽的礼物

原载《诗刊》2018年第1期

化工厂的爱情

阿 剑

我看见机器在深夜里醒着。
重型卡车打着灯光的手语。木叶清苦，
片片落满煤、石油与钢铁。

我看见星辰在天上发出多年以前的光。
园区夜晚亮如白昼，忽略节气，
排班表上的睡眠，汇入国民统计数据。

我看见一朵蓝花矢车菊站在自己细小的腰上，
嗅着无论何种空气，拼了命地绽放。

看她摘下安全帽，头发就流出来。
地球就往左边稍微倾斜了十分之一毫米。

2018 年

选自霍俊明编:《先锋：百年工人诗歌》，中国工人出版社，2021 年 7 月版

赵各庄矿

东　篱

它是小镇一条废弃的血管
淌着发黑的脓血。但有个好听的名字——
石榴河。它从我的半简易房西侧
平静地经过，没有理由，没有歉意
我在大地上行走，它在大地上流淌
我们平行，但它干扰了我的生活

石榴河的源头，是一座荒山
因矿山铁汉侯占友之故，人称猴山
登山南望，首先看到的必是高高的井架
旋转的天轮。矿灯矿帽矿衣矿靴的矿工
才陆续登场。黑黑地。上来洗澡，喝酒
喝酒时要骂娘，然后红脸醉眼地回家
他们下井采煤，我上班教书
我们平行，但他们干预了我的生活

五矿同盟大罢工的发起地
刀劈鬼子兵的节振国战斗的地方
我在此只生活了十年
但它影响了我大半生

2018年

原载霍俊明编：《先锋：百年工人诗歌》，
中国工人出版社，2021年7月版

大数据笔记

黄成松

那些年，我们说大数据
进行筚路蓝缕的探索
仿佛是在云端漫步
被人笑话或质疑是难免的
但当别人问起我从事的工作
我从来不会迟疑我搞大数据

那些年，我们办数博会
有人嘲笑我们是异想天开
北上广深的老板过来考察
摇摇头，说别以为请几个人
办几个论坛，就能招商引资了
但我们始终坚信
贵阳发展大数据的方向是正确的
一个，十个，百个……

成千上万的有识之士加入了我们

转眼三年，从无到有
贵阳的大数据，真正落地生根，开花结果了
数据开放共享、数据安全、区块链
成为贵阳撬动大数据发展的三大焦点
戴尔、富士康等国内外著名企业入驻了
数据集聚的高端人才形成了“贵漂”现象
“中国数谷”在崇山峻岭之间迅速崛起
贵阳健步走向世界，世界重新认识贵阳
贵州成为全国第一家大数据综合试验区
大数据成为贵阳最响亮的名片
国家总理亦来为大数据点赞
总书记则说，“贵州发展大数据确实有道理”。

原载《诗刊》2018 年 3 月上半月刊

高铁时代

王兴伟

在从贵阳到广州的 D211 列车上
一个背包的小伙紧紧靠在窗边
像要把所有快速退缩的风景
都框在心上。列车飞驰
一闪而过的村庄储存着他不舍的乡愁

多么快，多么快
他想起时光如水，想起贫穷的乡下
车轮碾出的灰尘隔时空飘起

一双赤裸的大脚，十个小时也走不出的大山
就这样被时代，轻轻地掀了过去

这是一条时速 300 公里的高铁

列车飞驰，沿海与贵州的距离
就在弹指之间

原载《诗刊》2018 年第 5 期

乌江四桥

王兴伟

红军来过，在一条奔腾的河上
用鲜血强渡过去

今天，我们来到这里
四座桥，阶梯呈现
老桥上落满尘灰，偶尔有人在上面走过
铁路桥上呼啸的火车一闪而过
公路桥上，短距离来往的人，一路吆喝一路逍遥
高速路上，探头的人只记住了一瞬

这不是项羽自刎的乌江
乌江之上，渡口的浮雕
对应着一座电站，我们的光明
刚好来自那里

原载《诗刊》2018 年第 5 期

坐上高铁还嫌慢

田　湘

一生都在追求快。当我坐上高铁
一小时把三百公里的风景揽入怀中
忽然两眼放光：这么快
像古人持令牌从天而降
闯入某座城池，对谁谁叫到
拿酒来。然后把满城月光一饮而尽
难得的浪漫与霸气。还嫌不够
这种快也让人闹心：眼前的风景
来不及仔细欣赏就已消失
一首诗刚写好，正在润色就到站了
坐在身旁的人，刚想认识就走了
更不用说，成为谁心里的蛔虫
纵有穿墙术，也无法穿越到古代
向李白讨要一首堪比《赠汪伦》的诗歌
某种东西似乎永远也追不上

坐上高铁还嫌慢——不
一切皆快，唯有自己慢
更可恨的是，看似活得很慢的人
忽然就老了，白发像雪花开满脑袋
且越老越急：一封封加急电报
像皇帝命令谁谁去追逝去的青春
追越来越远的事物及梦想
只恨自己不是疾驰的流星和闪电

原载《诗歌月刊》2020 年第 1 期

港珠澳大桥

邵　悦

55 公里的长度，乘以
年年岁岁跨海往返的里程，就等于
两岸同胞心手相连的长度
33 节钢筋混凝土沉管对接的海底隧道
加上后浪推前浪的奔涌，就等于
两岸同胞世代相融的深情
千百年了，我们心中早就架起
这座连心桥，互通不老的乡愁

梦想，从来不会主动走向我们
我们必须大步向它走过去，风雨兼程
无须铺垫，无须语言，无须隐喻
港珠澳大桥，横空出世
——起于海，又止于海
超越此岸，归于彼岸

大海洋上的漫游者，海底隧道的
穿行者，给世界以最大难度的
“深海之吻”——
5664 米长，75000 吨重

伶仃洋的波澜，涌动了那么久
却没有谁在我们之前
敢去“跨”它一下，更没有谁
敢去“深吻”它一下
伶仃洋里，不再叹伶仃
我们以最长、最大、最重的气运
书写中国新时代的格律诗
以精心、精细、精准的崛起
给世界一个平平仄仄的韵律

没有比桥，更直达希望的路
没有比跨越海潮，更澎湃的激情
大海洋，一座桥梁的臣服者
跨海大桥，一个大国崛起的丰碑
建造者、筑梦者——
我们以静水流深
降服万物，又恩泽万物
大洋之上，“一国两制”框架之下
港珠澳大桥，这枚闪光的奖章
别在华夏民族昂首阔步的胸前

原载《诗刊》2018 年 10 月上半月刊

每一块煤，都含有灯火通明的祖国

邵　悦

对我来讲，没有黑暗
尽管我通体的黑，看上去
像隐秘日月星光的一块暗夜
我从千米深处的地层
被一群矿山的壮汉子
左一锹、右一锹地挖掘出来

亿万年了——
长年累月，黑暗的挤压
成就了我体内的能源
成就了我火热的品格
那群光着脊梁的硬汉子
又把沸腾的热血，注入我体内
把钢铁般坚不可摧的意志
移植到我的骨骼里

他们用家国情怀，挖掘出
我这块煤的家国情怀——
我自带火种，自带宝藏
每一块噼啪作响的我
都含有灯火通明的祖国

原载《诗刊》2019年5月上半月刊

北斗导航

——写在北斗三号正式向全球提供基本导航服务之日

苗红军

北斗七星
是悬挂在浩瀚夜空的天问
答案
在陈芳允、谭述森、李贵琦、周建华、韩春好、李祖洪等
敢于问天人的手中。

从上世纪60年代末的“灯塔计划”，到
1983年年底，双星定位概念逐步明晰，到
1994年7月，我国的导航计划诞生
正式命名为“北斗”，到
2000年10月，北斗导航系统中第一颗处子卫星顺利入轨
……
一次次宏伟的构想和时间节点
都铭刻在他们的心空

他们是一群勤于问天的人。

宽广的心空犹如一望无垠的天空。
天河漫漫，北斗璀璨
从古代的神话传说
到现代传奇，都离我们如此之近。
北斗一号、二号、三号——
全球导航系统的卫星
52 颗覆盖全球各个角落
可以同步，可以变轨
可以近查，可以远眺
它们在茫茫宇宙中，就是最闪耀的星星。

而他们又何尝不是闪耀的星星
在茫茫人海中自带光环，光芒万丈。
从此，我们的家国有了全新的坐标
从宏观到微观，从一维到多维
我们的宇宙观，有了崭新的体验
我们的导弹有长在自己脑袋上的千里眼
我们的飞机、轮船、高铁有自己最精准的仪表盘
……
世界风云变幻，人间风吹草动
一切的一切尽收眼底。
天空的北斗七星，一勺勺
把琼酿玉液舀满月光杯
今晚，举国同庆。我要敬酒三杯——
第一杯，敬我们伟大的科学家们
第二杯，敬热爱世界和平的人
第三杯，敬我身边的人，因为我们都是爱国者。

原载《诗刊》2019 年 5 月上半月刊

蛟龙号之畅游海底

聂 茂

我就这么静静地看着你
看着大海的咆哮是如何环绕着堤岸和堤岸两厢的灯光
看着跳动的寒星在你的注目中升起
看着黑鸟纷纷迁徙后留下的大片大片孤寂
看着黎明前被抛弃的码头在你的招手间突然停顿
看着颤抖的阴影在你的手心里反复揉搓

我就这么静静地看着你
看着潜水的惬意与沙滩隐藏的风光
看着海鲸在海水中畅游直到它不敢触及的高度
看着眺望的碧空和它下面的黑珊瑚
看着耽溺于透明海水里漂浮的挣扎的水母
看着阳光透过的氤氲如雾的冰寒深处
看着月光奏鸣曲在大海的深层毁灭又重生
看着走了许久的旅人不知道前途还有多长和多远

看着海中翻腾的骑手
用怎样的力量咬住睡眠之火、中国速度和摧毁的盐

我就这么静静地看着你
远离一切又逼近一切
沿着人类文明的极限与从未触及的血管
沿着祖国粗糙的皮肤和大地少有的矿藏
不管是延亘四大洋的洋中脊还是马里亚纳海沟
你踏破风涛怒浪坚定行进在浩瀚如宇宙的铁沫里
你的身影缓缓深入大海
沉潜、沉潜，肩负着大地的重量
每一寸都是那么艰难
每一步都游走在死亡的边缘
一次又一次突破极限
向着三千、五千，向着七千米的深度进发
那些爆裂的洋流，那些无边无际的黑暗与恐惧
那些未知的危险海洋生物
那些黑暗中的部落发出闪光的灵魂的问候
所有的一切，包括海底世界最美的生物
都这么静静地看着你，惊讶而肃穆

我就这么静静地看着你
看着你在雷鸣的水流破碎成为黑色的泡沫中的淡定
看着你受创之时海底里突然涌起的强劲的旋风
看着你唱着笑着哭着之后吵醒了海底世界的静寂之美
看着你说话的腔调与姿势仿佛你在红旗下高高举起的手臂
看着你的语言从发烫的河流里冲去又落入寒冷的冰的耳朵
看着你在孤独上切割泪光又将泪光慢慢收起

看着你让时间在历史的大厅完成自己的塑像
看着你在飞速的冲动和高墙之间收集隘道中间的力量与意志
看着你不断攀登的荒原长出一丛丛笑脸般的花蕾

我就这么静静地看着你
在山坡地带，在海水、石块和树丛，
在绿色星星、黑色的粉末、盐巴和明亮如水的森林
在大海无语、河流沸腾仿佛活跃的火山中心
我就这么静静地看着你
看着你走进我的生命，成为细胞和血液
看着你走进崇高的孤独，成为世界和平的保障
看着你走进未来的光荣，成为中国崛起的新的坐标

原载《诗刊》2019年5月上半月刊

物联网小镇

车延高

网，一种生活
互联网，一种现代生活
物联网小镇，一群现代人在虚拟空间里改变生活

在没有云彩的云里集结
在一方屏幕上纵横捭阖，与整个世界博弈

靠智能穿针引线，让信息碎片集束
以智慧裂变式发散，让人流、物流、资金流在技术高地建仓

这里的人清楚：一个人走，无论踩多少脚印
也是孤独的痕迹

所以以梦为马，让物联网废黜地域概念
让街道办事处成为世界的派出机构

发散有核无边
通达信息相连

现在，他们很超前
考虑利益分享
考虑人类命运共同体是什么模式
考虑一个小镇，怎么和地球村
平起平坐

原载《诗刊》2019 年 6 月上半月刊

物联网小镇

王学芯

在吴越的古老土地上诞生
鸿山小镇筑起物联网的巢
看不到的流转波纹
形成秒针回旋

每一个分割都在互联
每一个互联都在意会
传送和网络　集成最简单的术语
数据被潮流引导　被
意识融合
缝隙中的资源和孤独
在一个发光的键盘上进入空气
如同公共大道
沟通毛细血管一样的小径

越过篱笆和壕沟的万物相连
市场如同一个云池出现
微笑曲线
把一个典型的江南集镇
变成世界的城市模块

鸿山的辽阔飘起云彩
一大片柔和的光或树叶过来
使日子和事物
在依存中轻盈上升

原载《诗刊》2018 年 2 月上半月刊

大数据

王学芯

数据集合　密度变得纤细
像浓郁的发丝　在眼前或头顶
盘成网络　让震颤的空气
万花筒似的幻变
使所有生命的周期
迅疾地突变

未来已来　一切开始的挑战和感受
逼视敬畏的眼睛　价值的定义
联通弹指之间的格局

谜团一样的明天
大数据延伸手指上的想象
如同光点在电脑的框架里闪动
从打开的边界

到不可预测的静默
汗湿的脸压出了闪亮的水滴
坠落下
一粒粒惊醒的声音

数据的暴风雨盖住天空和城市
清空了预言和经验　带动着
一刻不停吹拂的风
去遇见未来

原载《诗刊》2018年2月上半月刊

物联网时代

王学芯

网络闪烁
时机改变面貌　一秒钟的链路循环相联
比血液流得更快
物与物
人与物
光点踩着荧屏滑板
日驱十万八千里　手指翩翩跹跹
世界各个角落的仓储　港口或生活
在共度的时刻中
过程如同透过窗帘的光
照亮了房间

所有记录穿透便捷和效率
繁茂的卷须融合长茎上的星星与云朵
键盘成为一种境地

微风在灯的桌边舒缓呼吸
吹动着经济的深层意涵
这使鸿山或无锡新区进入环球
逼近遥远的物与物动静
闪耀出太湖碧波浩渺的光芒
风雨无声
物体悄悄改变云的计算
快速地经过
一个五分之一世纪的一瞥

流量盘旋
原地行走千山万水的鼠标
在程序中成为国际事务的化身或一次迈步
数据的波纹
春天散开一轮轮涟漪

原载《诗刊》2019年6月上半月刊

快递中国

王二冬

快递宣言

一个个快件如横平竖直的汉字
用每一次穿越山河与风雨的抵达
在九百六十万平方公里的土地上
书写着新时代的速度和温度

快递抵达的地方，正是我的中国
比如三沙，蓝色的大海是最好的
分拣中心，海浪举着包裹
跟永兴岛一起守卫我们的南海
比如漠河，极光是大自然制造的
扫描仪，检验着劳动者的努力
也细数着来自五湖四海的祝福

快递抵达的地方，就是我的中国
就算每一次运输都要与死神交锋
像没有翅膀的鸟飞在云端
那就用骨头对抗风搅雪沙尘暴
也要让老虎闭嘴让石门打开
让招手的小鬼躲进弯道和绝壁深处

我的亲人在更远的地方等待
他们等待的地方就是我的祖国
每一次在异国他乡思念，我就把思念
填进包裹，当无数个夜晚跨越千山万水
抵达，像一片被蓝天签收的云彩
在祖国的怀抱中满含热泪

乡村使者

他跑过田野，被惊起的麻雀
飞上货车占领包裹，成为此单的编码
爱唱歌的快递员，习惯把柳枝捻成长笛
随鸽哨声率先被收件人签收

他走到河畔，群鱼排列成一条直线
散发着腥味的传送带，不是冷链
是河流培养的分拣员，是逆风发光的鳞片
点击世界搭在乡村的鼠标

嫁到东河西营的媳妇爱网购
常把挂在门栓的月亮敲得噼啪响
快递员是叫醒她的闹钟，城市的专利

被涂上额头、脸蛋和嘴唇，在春光中绽放
越盛开，嫁接的伤口就越愈合

于是思念有了快件的形状
小小的包裹填补了城乡的裂痕
她把瓜果交给快递员，父母尝到女儿的甜蜜
她把围巾交给快递员，丈夫在异乡不再寒冷

她偶尔也把无名的悲伤交给快递员
没有地址的收件人像一棵与时间对抗的树
不知道送给这一棵还是那一棵
他有时觉得自己也是收件人，自己
也被这个村庄被村庄里的人和万物爱着

原载《齐鲁周刊》2019年第41期

青流万向

王二冬

除了喜悦，一个快件里还要装有
果园、河流、青山和小孩子熟睡的梦
飞鸟把它们打开，春天便一股脑涌出来
奔向田野，与庄稼谈论气候和谚语
奔向街巷，与陌生人互道欢喜
那些不经意间丢弃的纸箱
被风分类，衔上枝丫，成为新型鸟巢
我在树下眺望，快递员一次次路过我身边
世界在他们的搬运中流动起来
仿佛一条大河，快件是风帆是扁舟
讲述得了风花雪月承载得起绿色摇曳
所有寄给今天的快件都会发往明天
它们用香甜的瓜果作为票根
登上高铁一等座，穿越万里山河
把大海装进体内，在深蓝处

看到生命的密码，时刻向未来传递
如果收到另一个星球的信号
一定要小心翼翼签收并发送回执
这是一份快件的荣耀，时代把内容丰富
还有光亮不断照进来
那光就是星辰、花朵、笑脸、漫天白雪
就是一代又一代人的绿水青山
就是一代又一代人的幸福中国

2019 年 2 月 25 日初稿、9 月 1 日修改

原载王二冬《快递中国》，中国言实出版社，2022 年 9 月版

开发老照片

蓝花伞

雪野上七个纵队一起拉运试油井架
雨线中一个个奋力安装钻机的背影
抢险后满身的黑只露一口微笑的白牙……

老照片上穿道道服的拓荒者
开发史上屹立的雕塑和坐标
每一次翻阅
我的眼里都禁不住地潮湿

他们对荒原、风雪、洪水叫板
与青春、梦想、钢铁对话
向蛰伏了几个世纪
油流自身的锁链和冷寂宣战

老照片是黑白的

可奔赴的车辆上、动员大会上
我看见到处的旗帜、标语和横幅
凸现出那个时代
特有的色彩和激情

老照片是静默更是沸腾的
嗨吆、嗨吆，此伏彼起的劳动号子
响彻辽河两岸
探井出油的欢呼声、锣鼓声
钻机隆隆、呼呼的风

每一滴石油都有太阳的光泽
每一滴石油都流淌共和国的血液
沿着老照片上的盐碱的小路、前辈的脚印
辽河油田从荒原中一路走来

那些电闪和雷鸣、光荣和期盼
鸥鸟扑棱棱地飞出记忆
稀油、稠油、高凝油、超稠油
黑石油的花蕾亮起，一盏接着一盏

原载《诗刊》2019 年 7 月上半月刊

钢铁：给一种精神命名

王法艇

曙光西里二十八号
一栋大厦将窗口伸向天空
年轻的春天和理想郁郁葱葱
被光线淬火一般蓬勃
站在辽阔的现代文明高处
弹拨交响曲般的阔博和优雅

深入后工业时代
我们磅礴的歌声漂洋越海
这些比风还要尖锐的力量
比海水还要坚强的力量
吹进旋转的火流内心
吹进镂空的光阴和青春
直至冶炼成一种叫钢铁的精神

在一条万吨线的程序里

一粒矿石，一寸精火
一滴汗水，一丝光亮
被储存在巨大的胸怀里
然后，它们粉碎糅合为时代创可贴
辊压一万遍
煅烧一万遍
冷却一万遍
揉韧一万遍
这还不是它要驻足的节点
它还要在一条沸腾的洪流上奔跑
并恰如其分映现物质的哲学
磨砺算什么，淬炼算什么
成熟是一路坎坷的必然
即便如此，它还深情怀念
汗水纷飞的宏大场景和细节

曙光西里二十八号，天空浩荡
盎然绿意和蔚蓝相映成趣
一株木槿滴露光阴
和一切美好事物相似
我看到泱泱风云，昂扬旗帜
平静的眼睛奔宕着熔岩

阳光呼啸，文明的大厦弥漫朝霞
联袂五洲，谁都可以和它交流
与其说这条路奔涌着中国力量
不如说这样的程序
还原了平凡事物极致的光辉

原载《诗刊》2019 年 3 月上半月刊

焊接太空的人

——致航天焊接特级技师高凤林①

凸　凹

让大地升起，穿越大气层
与太空焊接在一起
将人来的空间小念头
与美好的时间大远方
焊接在一起
是他蛰伏在车间班组里的
凌云志

他大约不会知道
有一个人

① 高凤林，1962 年 3 月出生，河北东光人。特种熔融焊接特级技师。中国航天科技集团第一研究院 211 厂高凤林班组组长，中华全国总工会兼职副主席。曾获全国劳动模范、2017 工匠中国年度十大国匠、2018 年“大国工匠年度人物”等荣誉。

与他同年同月生
又在同一年
入职航天
而这个人所在的大三线
是他所在工厂的后方厂

我相信，这个世界，除了我
不会有第二人
能与这位焊接太空者
产生如此机缘
我有一种
戴着滤光镜朗诵长二捆的奇妙

现在
我要好好凭借这份机缘
为他写首诗
并尽可能写得像他的焊缝一样
胜得了高处寒

2019 年 4 月 8 日

原载凸凹《怀揣手艺的人》，中国工人出版社，2023 年 8 月版

骨　头

——致核燃料修复师乔素凯[①]

凸　凹

一个人全部的能量使出来
也就是二百零六块骨头的力
这是不够的

即便加上
煤矿、石油，和广泛的风水
也不够

人类的生存、发展
以及探索宇宙之路的远大梦想

① 乔素凯，1972年10月出生，山西黎城人。核燃料工程师。中国广核集团运营公司大修中心核燃料服务分部核燃料修复师。曾获全国技术能手、中央企业劳动模范、2018年“大国工匠年度人物”等荣誉。

还需要新能源的加持

中国的新能源
还需要一位叫乔素凯的人
加持

此人端的了得啊
全国一半以上核电机组的核燃料
都由他操作

这样算来，他身体内每块骨头
都是核燃料棒的
N 次方聚合与裂变

都是
梦、小说、电子游戏
将太阳兑现

2019 年 4 月 9 日

原载凸凹《怀揣手艺的人》，中国工人出版社，2023 年 8 月版

幸福之歌

叶延滨

趁无人商店还没有扫荡这条大街
我幸福地向一个个小贩
抛送我真心的问候
恭喜发财、生意兴旺，此刻我发现
这些废话其实很人性很美

趁机器人配餐员还没有辞退厨师
我幸福地向服务员送上微笑
一盘土豆丝，一份东坡肉
为什么我的眼里含着泪水
因为明天我将被机器饲养

趁无人驾驶的车还没占领城市
我幸福地挤上今天的末班车
前胸贴后背，人心挨人心

在计算机和它部下统治世界之前
挤在一起肯定感到幸福

在所有时间被超级计算机变成利润
在所有心房都像计算机精于计算
在所有脸都变得像外星人之前
我幸福地用我的笑脸
迎接每一张迎面而来的脸！

我在晚霞消失之前的这二十分钟
幸福地写下一个幸福的人写的诗……

原载《诗刊》2019年6月上半月刊

与机器人共进晚餐

喻　言

与他相对而坐
只在我面前铺上餐布
洁白的陶瓷圆盘上
一朵鱼肉拼成的鲜花
在薄雾缭绕中若隐若现
背景是古典乡村音乐
他面前一如既往
空空荡荡
盯着我手上忙碌的
银光闪烁的刀叉
他目光中有迷茫也有仰慕
这种古老的交流仪式
对于没有味蕾程序设置的他
本质上是一种折磨
而对于舌齿功能退化的我

则是一种挽救
座位上镶嵌着一片充电的金属装置
当他坐在上面
就以舒适的节奏开启能量补充
这个时代，人类依然坚持
通过嘴巴获取营养
机器人用屁股得到动力
这是人类与仿人类最大的区别
食物已高度浓缩
我们的肠胃正在萎缩
味蕾像梦幻一样一个个破灭
基因的顽强依然支撑我
定期请机器人共进晚餐
星球上濒临绝迹的餐厅
透过巨大的落地窗
看得见整个银河系
美丽的星云图神秘而深邃
我一边吃着充满象征意义的美食
一边滔滔不绝向他倾诉
人类天赋的权力
我非常清醒地认知
保住嘴巴就能保住人类的延续
只要嘴巴依然拥有吃饭
与自由的话语功能
我们就不会灭绝

2019 年

原载喻言《我曾为世界彻夜不眠》，作家出版社，2022 年 3 月版

午夜时分的炼钢厂

巴音博罗

午夜时分的炼钢厂，一切都沉寂了
但有一样东西还活着
其他的都睡了，睡得实实在在
像厚重的无边无际的尘土，像梦
无论如何也挣脱不出的梦魇
呼噜，呓语，眼皮滞重的昏聩
一切都沉寂了，这午夜时分的厂区
却唯有一样东西活着，韧劲十足的
一样东西！活着，活着，拉动了风和呼吸
拉动大地由此向东倾斜
我不说也许你也会猜到，像路灯
偶尔眨一下眼睛。风推开一扇没关紧的门
窥见某张困顿、迷惑的脸，矿工的脸
和转炉的脸。他们把倦怠的歌谣断断续续
传唱。像马厩中的马

以铁铸的鼻音说话
就这样，黑暗中，总有一样东西独自活着
而钢铁厂的心跳，隐隐有力
那是海与大地的心跳，长河般的脉动
使这人世蒙羞
当岁月以青铜面容装扮历史
当历史由纸本回归那炽热铁水……

原载《广西文学》2020 年第 11 期

工业园（组诗）

汪　峰

铁

铁是铁器。是锤子扳手，工人们弯身，在修理
一台因过于劳累而趴窝的电机。

铁通过工人的手指，到达了工业园的心脏部位
那里，有齿轮的咬啮，有电的疯狂
仿佛热恋，有轰鸣，但也会停下来

铁在除锈。机器卸下坏齿轮。
在大工业面前，工人们修理自己，他们往往捉襟见肘。
像一个荒凉的高原，遇见群星的喧哗
以此，把埋在手中的爱，一点点献出

现在，工人们在擦拭

齿轮的关节，尽量清除污迹多些，直到身体内外一片透亮
直到天空是蓝的
然后，工人们在齿轮间一滴滴注入润滑油和云朵
云朵跑出十一个省，机器声开始恢复，像杂草变得平整

荧光屏里显示：工业园汗水湿人衣。

我的到来是及时的。你接过锤子扳手
紧握着铁，先有温度，再有热度

风

安宁河流域的风像打了鸡血似的
吹得工业园主控室玻璃咣当咣当响

窗外的春天，是头都晃痛了的樱花、玉兰花
窗内的春天，是女工程师带电的眼眸和键盘上飞动的手指

加料机在加料，一匹匹马闯进漩涡里喘着粗气
金属液体走到下一炉，它会心脏一样鲜红或停止

高压电推着自己上高压线
矿石搬着自己在蓝天的显示屏上寻找纹路

多少有些急躁，当青春期的爱像压痛了的劈柴
推着山坡

女工程师，像一个不肯随时间下坠的人
紧紧揪住落日里快要被风吹断的地平线

流水线

克莱德曼的钢琴声浮现在水面。
而他在弹奏，在流水线的琴上，
他用手重击或休止符一样停下。
他手拿铲子。在选厂的运矿皮带底下，
不停地铲走掉落下来的矿石。
日夜是黑白键。
他的钢琴里流出来的是青春和汗水的奏鸣。
那天，克莱德曼在钢琴里搬走了一个海
而他不小心在钢琴里留下了一截指纹。

原载《星星诗刊》2020 年第 28 期

钢厂（节选）[①]

孙方杰

散章：壹

一块铁，它的愿望是一束钢花，开和谢都可以看清我内心的思绪。一束这样的花链，带着我的梦想，坠入了随拂晓而来的事物中。

钢铁很快就忘记我，只记住了春风和焰火。

我在钢铁里或坐或立，举着钢铁的愿望，闻到了扑鼻的芬芳。一群蜜蜂将我追逐，在那充满甜蜜味道的空气里，炉火的光在钢花和流星间踱着儒雅的方步。

我曾见过钢铁在我师傅的身体里闪烁，在他清醒的身体里埋藏着愿望的花束，在他疲惫的生命中，这花束就是他走向的未来。

之后，对荣誉的叙述将胜过成功者的喜悦；

对沮丧的叙述将注定失败者的命数；

---

① 《钢厂》文本较为特殊，整体篇幅较长，由“散章”“手记”“诗歌”三部分组成，其中散章 9 个，手记 18 个，诗歌 24 首。本处节选前几部分，为尽量体现文本原貌，按照原作样式节选，保留散章、手记内容。

自信而绽放的花朵，将是我的钢铁。我说出的一切，都将成为火光的起点，这一切也都将源于钢铁。

手记: 01

钢铁有时候是器物，有时候是艺术，那坚韧不拔的流线，有着很精致的美学。当我的生活被不开心的情绪击打得焦头烂额时，我就抚摸着钢铁，那美妙的感受，仿佛迎合着春光明媚的四月。

手记: 02

一把卷刃的刀，沉重地压在我的身体上；一支卡壳的手枪，期待再次指向敌人；一块钢铁断为两截，焊起来继续使用；我的头颅被抹黑，就期望被炉火照亮，再次散发出生命的欢愉。

手记: 03

几乎无法想象，我居住的那座大厦，会轰然倒塌。我出门归来，家就没有了，邻居们正在寻找被覆盖的物品和亲人。他们是否明白灾难来自钢筋的妥协，危险并不是每一个人都能够躲过。

诗歌：一

我用钢铁锻造一枚月亮
圆润而又饱满
我不会让它有任何缺陷
没有潮汐，也没有女人的痛
总是这般的明亮而又慷慨
挂在钢厂的上空
照耀着工友们轻薄的尘世
在快乐和不快乐中
生活被钢铁的圆月照耀着

鼓满了轻松和不在意
一枚锻造的月亮
将光影抛洒在了大地上
照着我的脸，照着我此刻的疲倦
所有的被照耀的角落
有一些细微的事物，闪烁着
那是我的工友，赤着膀子
在加快劳动的节奏
一枚钢铁的月亮在照耀时
一串钥匙，在空中亮了片刻
突然转动起来
让我在钢铁的庭院里，找到了
命运的转机

诗歌：二

灰尘落在明亮的不锈钢上
灰茫茫的一片，就像我的面孔
亮过，也黑过
我用刀剑跟人打架，胜过
也败过，明晃晃的刀尖
落满了灰尘

从空中落下的灰尘
并没有完全覆盖我的额头
我的额头很硬
像明亮的不锈钢的刀尖
栖着无数的甜蜜菜汁
和苦涩的浆果

一块明亮的不锈钢
在灰尘下面，安静下来
仿佛一只鸟飞来
轻轻地扇动翅膀
那灰尘便又升腾起来

我的额头明亮
我的身体，不慌不忙
虚度着时光

散章：贰

一阵疾行，我已走得很远，在钢铁的广阔与寂寥中，我一再地穿过警戒线。

从钢中分离出铁，从铁中分离出萤石，从萤石中分离出矿山的灵魂。利益产生的诱惑，在潜移默化中腐蚀着我的头颅。

灵魂远远地落在了后边，迈着无依无靠的步伐，走向血淋淋的四野。

我曾经用高大的熔炉冶炼良知，为了清除脑海中的不洁之物，我曾经恳求钢铁的帮助。我看到因追求物质而正在堕落的人们，手握着骗术的图谱，带着人性的贫困，奔向前方。那么多的道德要求，都流淌着鲜血。

我的灵魂丢了。我的钢铁的熔炉几近熄灭。我的生性虚妄的生命，成了正义的偷猎者。钢铁是沉重的，犹如道德被捆绑在了财富的车上。

我看到那么多没有灵魂的人，行色匆匆，在钢铁里进进出出，他们在广场上会集，在歇斯底里的舞蹈中，走向深渊。金钱至上人性必将异化。对于他们的贪婪，并在梦中迷失。对于他们的堕落，并在无休止中失去名声。这些，终将逃不过钢铁的眼睛。

而我，与他们何其相似。

在钢铁深处的黑暗中，我看到了遍地的灰烬，从熔炉里喷溅而出，而后苍凉。

诗歌：三

有一块沉重的钢，悬在
沙师傅的头上
压迫着他的神经和浓缩了的愁肠

他的父亲，已在弥留之际
企图用消失，移动他头顶上的钢
这恼人的生活之累
这失去动能的日子
这艰辛的跋涉
所有期待的时来运转
都将被一件件难以应付的事情湮灭
当欢喜成为忧愁的深渊
除了愁肠万断，他的生命已经无处安身

这是黄昏，或者黄昏之后的某段时光
沙师傅回到家
看到他的父亲已经穿上了寿衣
人们想把他抬到门廊
却怎么也抬不动。除了沙师傅
没有人知道，他父亲的身上
还压着一块沉重的钢

诗歌：四

脾气柔软的刘师傅，总像个大姑娘
性子急的李师傅，屁股底下
总是燃烧着一团火焰
搬着一摞耐火砖的张师傅，双臂肌肉凝结
脚步有些踉跄。在水泵房用餐的
徐师傅、朱师傅、冯师傅，倒上了一杯酒
每人二两。劳动纪律和安全规程
不允许上班饮酒，但似乎不喝两口
干活的力气就不足
而我正在安慰刚刚失恋的小鞠
一个干练的小伙子，在更衣室
他总是将换下的衣服叠得整整齐齐
上班用的工具摆得规规矩矩

吸着赢来的烟卷的苏师傅，一脸的惬意
吐了一个白云一样的烟圈
缓缓地飘在丁大壮的头顶上方
车间主任、工段长，巡视到车间的生产副厂长
关心着生产质量和数量。火焰在炉膛里汹涌
立柱上的标语：多炼钢，多挣钱
令人哑默。有人在乎，盘算着钱度日
有人忽略。炎夏的热和严冬的冷
总是在生活中，迅速地开合
插入转炉的输氧管
传来拔出的声音，我们在炉台上兴奋地喊着
就像蜜蜂吃下了自己酿的蜜

下班了，月亮刚好从轧钢车间
移动到电炉车间的上方，光
正好与转炉车间的炉火相遇。交接班的时刻
疲惫，又显得那么轻松
似乎劳作的苦楚，在这一刻化作了悠闲

我似乎听见炉火对着月亮在喊
别站得那么高，转得那么孤单
夜复一夜，仿佛没有终点

手记：04

上夜班，张师傅在一棵树旁的暗影中小便，我大喊一声：干什么的？张师傅不急不缓地回答：天气预报说，局部地区有大暴雨降临。

手记：05

上班第一天，分配给我的工种为浇钢甲班平板工。班长领着我到工作地点，边为我示范边说：活很简单，三分钟就能学会，拴上块骨头狗都会干。看班长干活的样子，我忍不住笑了。

手记：06

一颗螺丝从机器上掉下来，在震动中落进了大地裂开的缝隙；我看见机器痉挛了一会，停了。一时寂静如幽谷，远了又近，机器发出了喘息声，似乎在为自己的不慎而哭。

手记：07

许久没有回家看望父母了，仿佛已经长成了野生动物；许久没有在家乡的小巷里散步了，这巨大的钢厂，白天和黑夜仿佛都在梦中。

散章：叁

喜鹊的巢建在钢厂的小树林里。

喜鹊的巢就在高高的白杨树上，因为树林边的篮球场上，每天黄昏都有一群男人在显示健壮，便有一只只的喜鹊在树枝上侧着头观望。篮球场空寂的时候，它们在这片空地上散步，很悠然的样子，又时刻保持着戒备。

有时候，它们也带着钢铁的嘱托，飞向高空，隐身于那片纯净的蓝，展现出来的野心和向上的力量，融合了钢铁终生发光的热度，恰巧被我仰头看到。

诗歌：五

一块很大的钢，自什么时间开始
腹部以下被埋在了深深的土中
腹部以上被袒露于静静的风里

硕大的钢，半埋土中
它的情绪已一日不及一日
就在昨天
我还听到它在勇敢地歌唱

它坚硬的身体已经开始一层层地松动
那斑斑的锈迹
究竟要做哪些方面的说明
渐渐瘦去的日子
凝望几眼身边那棵树上还绿着的叶子
就会好的

一个坐轮椅的人

从它面前驶过时停留了那么长时间
人与钢，知己相逢
默默地谈了些什么

诗歌：六

搬起一块钢，压在另一块钢上
然后再搬起一块钢
压在这一块钢上。我看到它们的表情
始终如一，好像原本就应该这样
一块被另一块压着

底下的一块，基石般牢固
它那神情庄重的样子
就知道心如磐石
要在最后的时刻，继续坚持
并在竭力的承受中
不住地唱着昂扬向上的歌
中间的一块，毫无怨言
在承上启下的艰巨中，举起誓言
让我们从它身体的任何一部分
都能截取它灵魂深处的光芒

诗歌：七

静静地，注视这些钢
它们紧靠在一起，兄弟般亲密
感情真挚而热烈，又表现出活下去的渴望
我知道它们的心愿。现在
正是阴雨连绵的时节
对于潮湿的天气和雨水的冲击

它们已经忍受够了

被轧制之后，它们已经在这里伫立了很久
我看到它们的裙裾
正在以锈的含义，一层一层地褪去
但它们的意志绝没有垮下去的意思

这些钢，都是我的好朋友
冶炼的那天晚上
我们的眼睛，同时被熬得通红

注视这些钢，深入它们的思想之中
能够让我在最绝望的日子里
继续活下去

散章：肆

在楼下张望的妻子，仿佛越冬归来的大雁，焦急地等待着爱人归巢。她已做好饭，温热了三两白酒。

她看见他了。他骑着一辆永久牌的 28 型自行车，像一个追风少年，疾驰而来，带着赢了两盘棋的愉悦。

怎么这么晚？

加班了。

她知道他说了谎。她知道这是恰好下完两盘棋的时间。但她没有揭穿。

有爱便有谅解。在繁重的体力劳动之余，用适当的娱乐，缓释疲惫的爱人，仿佛一匹耕作了一天的雄马，要有一段时间在黄昏的田野边撒欢。和睦生活，隐秘在这个黄昏，她热了菜，又温了酒。他们的甜蜜，他们相融在一起的命运，有着一个浩渺的宇宙。

手记：08

劳动，劳动。劳动的双手
在钢铁中继续穿行
黄昏风大
潍坊钢厂转炉车间的火焰
站在庞大的车间顶上
锤炼我的身子

（我的身子，钢铁的断指）

钢铁的内部漆黑一片，钢铁内部的光明
被我弯腰的汗水召回
落在炉台上，开一朵圣洁的钢花
使我的心灵深处，布满了星辰

黄昏风大，1992 年 4 月 14 日黄昏的风
拥动我一日之中劳动的光辉
谁追慕着这光辉而来
谁就会看到
潍坊钢厂转炉车间的火焰
在这个黄昏的风中
越燃越旺，谁追慕着这光辉而来
谁就会看到，在这火焰的中心
有一个纯情少女，在挥剑　舞风

诗歌：八

我不在乎粮食
也不在乎衣服的质地
我不在乎树是否白天也在睡着

也不在乎风是否把早晨
吹成了蓝色

但我在乎钢铁
是的，我在乎
钢铁。钢铁有坚硬的脊骨
也有令人迷醉的曲线

在一个爱情的午后
我从钢铁中跃出
只柔软了一会，懦弱了一会
便迅速凝固
似乎只是一瞬，我便成了
另一块钢铁

我不在乎跃出时有多么优美
但我在乎，是否跳出了
生活的平庸

原载《青岛文学》2020 年第 12 期

钢轨诞生

傅天琳

此时它全身光洁、透明
带着玫瑰色心跳
和 1300 度体温新鲜出炉
它被反复冷却、搓揉、挤压、锤打、拉长
渐渐有了高铁轨道的形状，路的形状
笔直或弯曲的形状
速度的形状，命运的形状
此时我才知道
钢之硬，硬中之最硬
钢之柔，柔中之最柔
我只想把其中一节卷起来
放进随身行囊，这样我就能每时每刻
提着自己的命运前行

原载《北京文学》2020 年第 10 期

石油之子

——致王启民

孙晓杰

你头戴的红色铝盔，是松辽荒原的井架旁
新鲜如初的一轮朝日，寒风中
你的暖意，正徐徐吹来
在漆黑的长夜，如你用南国湛蓝而澄澈的湖水
点亮的一堆赤诚的篝火
你充血的眼睛，射出两束绚烂的目光
在天幕上写下如此深情的两个字：祖国
在地壳上写下如此急迫的两个字：石油
当祖国的引擎呼唤你的梦想
你像一个勇士，穿过白垩纪沉积的岁月
在苍茫的井场和轰鸣的钻台含铁而歌
你用嚼着冰碴的牙齿说：这是一场战斗！
在被举世公认为“不能开采的禁区”

你写下春联的豪言：闯将在此
你要让春潮涌动的荒原
献出每一滴石油
哺育贫穷和艰难成长的祖国
你用智慧之光，动员每一缕晨曦和每一片晚霞
唤醒：沉睡日久的黑金
一轮孤独而凄清的中秋明月
被你像放大镜一样握在手中——
你在洞察一块微笑的岩芯：一个神秘的世界
你因病痛而佝偻的腰身，凝聚成一张强劲的弓弩
射出科技之光的利箭
你手牵灵性之水
倾心注入：每一个油层，每一块岩隙
盛邀已被漠视或遗弃的羊群般的油流
共赴春天的聚会
在大地上绽放黑色的花朵
因为你深知：每一滴石油都是激情燃烧的火焰
你用一次次失败的汗水说：你必须挺住！
你甚至用飞旋的钻杆作行走的拐杖
在时间的镜子里，你从自己脸颊的点点黑斑上
发现了散落于记忆之外的油海
你像一位睿智的驯兽师
给强壮的雄狮般的原油层以奔跑的旷野
给瘦弱的青蛇般的薄油层以幽秘的细径
你打开荒原深处每一条黑暗的道路
用颤抖的双手
在油田之中，捧出又一个油田
让古老的油田因你而青春勃发

让浩瀚的荒原因你而傲然屹立
你一生只做这一件事——
在祖国的油箱里
你要献出生命的石油，哪怕仅仅是一滴
正如在祖国的脉管里
你要献出自己的热血，哪怕仅仅是一滴——
一滴最美的石油
一滴最美的热血
一个最美的石油之子，最美的祖国

原载《诗刊》2020 年第 1 期

跨海大桥，或献给港珠澳

杨　克

在海浪和云涛之间
横过水面的桥梁
空悬迢迢大路

一阴一阳谓之道
以车为马　轮胎的飞毛腿
踏碧波凌空行走
在飞机和轮船的航线之外
金属的第三种飞翔
风驰电掣一枚枚曳光弹
划过大屿山伶仃洋
神气的中国结垂落九霄
海豚桥塔高过六十座埃菲尔铁塔
让金门大桥望尘莫及

无限蓝的海无限蓝的苍穹
水天一色　桥面薄如蝉翼
像透明的银苇叶没入碧落交接处
天也空地也空
人渺渺直入神迹仙踪

更像母亲张开双臂
宽广的胸怀揽两个游子

将铁轨和公路从陆地剥离
道生一　一生二　三生万物
同步轨道　抵达外太空深处
鹊桥赵州桥汉语桥
现实的桥和精神的桥
交相辉映
仰看彩虹行空俯视长龙卧波

2017 年 2 月 7 日

原载杨克《每一粒光子的轨迹》，
中国工人出版社，2023 年 8 月版

在华强北遇见未来

杨　克

此刻你我经过这里，像粒子
穿越中国这台巨大的加速器
华强北是它小小的芯片

熠熠生辉的电子元件
云时代撩人心扉的钻石
镶嵌黄金地段

脱离重力一蹦突破大气层
高手纷纷抢占制高点
一览天下小
每一片玻璃
都是看世界的现代之窗
随手摘一颗星
高科技的黑莓新鲜欲滴

而未来的某一个时间轴
复活的冷冻人，与冷冻卵子孵化的男孩
于此相遇，谁是玄孙？谁是隔世的高祖？
猛犸象基因培育的胚胎
在硕大的人造子宫里复活
来到孩子们中间

引力波连接百亿光年星系
我与宇宙里无数个遥远的我
人机交流，而月亮的真相
想象力在唐朝就提前抵达

恍惚中，我们从十维空间
再度重临曾经的世界
戴上多 D 炫彩眼镜
我看见暗物质，周围如此精彩

2020 年 8 月 27 日

原载杨克《每一粒光子的轨迹》，
中国工人出版社，2023 年 8 月版

亲近大国重器智能燎原

杨　克

繁星静寂，崇明岛、长兴岛、横沙岛
守护着货物和集装箱吞吐量最大的城市
此刻，长江的巨尾一甩
来呀，大国诗歌！来呀——

这才是大上海，高楼堆金，摩天的灯火叠玉
来呀，吴淞码头和洋山深水港，来呀，大国智造
钢铁最笨重的身躯，机器最精致的面孔
置身于巨无霸龙门吊下
在板块对冲、棱角切割、镜面弧线的金属辉映下
渺小的我，浑身热力躁动
像一根电缆，体内火花四溅，电流滋滋作响
眺看工厂的核心区域就像仰望星空

来呀，第一套六千千瓦火电

来呀，第一台双水内冷发电机
来呀，一万二千吨水压机
来呀，镜面磨床，核电机组、大型曲轴、超超临界机组
它们是一根根粗壮的肋骨
支撑起大国重器虎背宽肩的高大身躯

一颗螺帽就有六吨，拧紧笼子
套住机械怪兽的嘴巴，不让它蹄子撒野
来呀，这个永远的金刚青年，机械销售的长跑冠军
健步如飞。胸肌发达，肺活量吞云吐海
扛起重型装备、电梯、机床，核电反应堆堆芯
扛起燃气轮，水轮机，联合循环机组
扛起风电旋转叶片，电站环保设施，来组装
一颗超级大城市的心

精密仪器锦心绣口
比花针轻巧。比头发丝细微
机器人一点儿都不吵闹喧哗，工厂静如处子
比白纸干净。蓝红黄绿紫深蓝
不同颜色的路代表不同主题，来呀
核电、冶金、船舶、矿山、石化、交通
我们把大国诗歌的词语也变成装备
每一句都是晶亮亮的品牌，来呀，来呀

2020 年 10 月 27 日

原载杨克《每一粒光子的轨迹》，
中国工人出版社，2023 年 8 月版

图书在版编目（CIP）数据

中国百年工业文学大系：诗歌卷 / 柴高洁主编.
-- 北京：中国工人出版社，2025. 5.
ISBN 978-7-5008-8569-6
Ⅰ. I211
中国国家版本馆CIP数据核字第2025TM8176号

中国百年工业文学大系：诗歌卷

出版人 董 宽
责任编辑 宋 杨
责任校对 张 彦
责任印制 黄 丽
出版发行 中国工人出版社
地　　址 北京市东城区鼓楼外大街45号　邮编：100120
网　　址 http：//www.wp-china.com
电　　话 （010）62005043（总编室）　62005039（印制管理中心）
（010）62379038（社科文艺分社）
发行热线 （010）82029051　62383056
经　　销 各地书店
印　　刷 北京印刷集团有限责任公司
开　　本 880毫米×1230毫米　1/32
印　　张 27.25
字　　数 160千字
版　　次 2025年6月第1版　2025年6月第1次印刷
定　　价 128.00元
